KB237479

過香積寺 향적사를 찾아가다

향적사 어딘지 알지 못하여
구름 봉우리 속으로 몇 리나 들어간다
고목 우거져 사람 다니는 길 없건만
깊은 산 속 어딘가의 종소리
샘물 소리 가파른 바위에서 흐느끼고
햇살은 푸른 소나무를 차갑게 비치고 있네
해질녘 고요한 연못 굽이에 앉아
편안히 참선하며 잡념을 걸어 낸다네

不知香積寺　數里入雲峰
古木無人徑　深山何處鍾
泉聲咽危石　日色冷青松
薄暮空潭曲　安禪制毒龍

우화등선
羽化登仙
Fantastic Oriental Heroes
촌부 新무협 판타지 소설

우화등선 5

촌부 新무협 판타지소설

초판 1쇄 찍은 날 § 2006년 7월 26일
초판 1쇄 펴낸 날 § 2006년 8월 7일

지은이 § 촌부
펴낸이 § 서경석

편집장 § 문혜영
편집책임 § 이재권
편집 § 서지현

펴낸곳 § 도서출판 청어람
등록번호 § 제1081-1-89호
등록일자 § 1999. 5. 31
어람번호 § 제2-0969호

주소 § 경기도 부천시 원미구 심곡1동 350-1 남성B/D 3F (우) 420-011
전화 § 032-656-4452 팩스 § 032-656-4453
http://www.chungeoram.com
E-mail § eoram99@chollian.net

ⓒ 촌부, 2006

ISBN 89-251-0241-2 04810
ISBN 89-5831-954-2 (세트)

※ 파본은 본사나 구입하신 서점에서 교환하여 드립니다.
※ 저자와 협의하여 인지를 붙이지 않습니다.

5
형제지정(兄弟之情)
우화등선
꽝仙
Fantastic Oriental Heroes
촌부 新무협 판타지 소설
도서출판 청어람

목차

5장

제2화 형제(兄弟)

하남성(河南省)에는 천하무림의 존경을 받는 곳이 있다.

오랜 세월 동안 굳건한 거목으로 자리해 온 정파의 태산북두이자, 불법의 자비로움이 살아 있는 도량.

바로 숭산(崇山)의 소림사였다.

천년을 한자리에 서 있었다는 소림사는 과거부터 지금까지 그러했듯, 한결같이 강호를 수호하고 있었다.

그러나 하남성에는 세인들의 존경을 불러일으키는 또 다른 곳이 있다.

바로 정주(鄭州)의 무림맹(武林盟).

천하에서 가장 공명정대하다는 문파들이 모여 천하의 정기를 지킨다는 무림맹은, 그 이름만으로도 감탄사가 튀어나올 만큼 위대한 곳이었다.

이십오 년 전의 마교혈사(魔敎血事)를 막아낸 곳이 다름 아닌 무림맹이었으니, 존경의 염을 듬뿍 받는 것은 어쩔 수 없는 일일지도 모른다.

　무림맹의 맹주사저(盟主私邸).
　정도무림의 중심인 구파일방이 모여 만든 무림맹의 맹주사저는 예상 외로 초탈했다. 소박한 맹주의 성품 탓이었을까?
　맹주사저는 서책을 꽂아둘 만한 자그마한 책장 하나와 책상, 걸상이 전부인 전형적인 문사의 방이었다.
　"허헛."
　고요한 방 안에서 웃음소리가 들려 나왔다. 도제(刀帝) 남궁세옥(南宮世鈺)이 부드럽게 웃어 보인 것이다. 온후하다는 성품에 걸맞는 선한 미소였다.
　"이름이 귀효라고 했나?"
　"그러합니다, 맹주."
　"으흠……."
　남궁세옥은 눈을 감으며 수염을 쓸어 만졌다. 귀효라는 문지기의 말에 따르면, 천하를 떠돌던 신선께서 드디어 무림맹에 오셨다고 한다.
　'드디어 온 겐가.'
　맹주의 얼굴에 어린 웃음이 더욱 짙어졌다. 그는 곧 눈을 감은 채로 상념에 빠져 들어갔다.
　"아……."
　얼굴 가득 웃음을 매단 채 생각에 빠져 버린 맹주의 모습에 귀효의 얼굴이 당혹스럽다는 듯 변해갔다.
　"그, 그러니까……."
　당황한 귀효는 맹주에게서 시선을 돌려 화산파의 장문인, 허원 진인(虛原眞人) 권재후(權才珝)를 바라보았다.

"속하는 어찌 해야 하올는지……."

권재후가 침착한 얼굴로 귀효를 돌아보았다.

"…참으로 신선이 오셨더란 말이냐?"

"그러합니다, 장문 진인."

"진정 참이란 말이더냐?"

"참으로 선인이 오셨습니다, 장문 진인."

재차 확인해 보아도 같은 대답뿐이다. 권재후의 얼굴이 침중하게 변해 갔다. 선인, 선인께서 어찌 무림맹으로 찾아오셨단 말인가!

"선인께서는 사천에 계신 줄 알았는데……."

선인께서는 사천에서 마교의 도당들과 만나 생사결을 치렀다 했다. 그런데 어찌 이렇듯 빨리 무림맹에 도착할 수 있다는 말인가!

"으음……."

아니, 중요한 것은 그게 아니다. 생각해 보면 화산파로서도 신선을 찾아야 할 이유가 제법 크니까.

'하늘의 도우심이나 다름없군.'

생각을 정리한 권재후는 무거운 얼굴로 침묵에 빠진 맹주를 돌아보았다.

"맹주, 선인께서 본 맹을 찾아오신 것이 분명하다면 마땅히 뵈어야 할 일이오."

"허헛. 그리해야겠지요……."

남궁세옥은 눈도 뜨지 않은 채로 짧게 중얼거리고는 다시 상념 속으로 잠겨들었다.

잠시 맹주실에 침묵이 감돌았다. 짧은 시간이었지만, 그 무거움 덕택에 긴 시간처럼 느껴지는 침묵이었다.

"신선이……."

얼마나 지났을까? 웃기만 하던 맹주가 마침내 입을 열었다.

"…신선이 본 맹을 찾아주셨다면 마땅히 뵈어야겠지요. 하나, 본 맹주가 직접 몸을 일으키기에는 상황이 마땅치 않으니, 화산파의 장문인께서 대신 수고를 해주셔야겠소."

"음?"

"선인께서 오셨으니 연회라도 준비해야지요."

"…그렇구려."

권재후의 얼굴이 차분하게 변해갔다. 한낱 연회 따위를 맹주가 직접 준비할 리는 없을 터. 그렇다면 저 말은 몸을 일으키지 않겠다는 뜻이나 다름없다.

선인으로 하여금 직접 찾아오게 만들겠다는 뜻인 것이다.

"맹주께서 그렇듯 바쁘시니 어쩔 수 없지요……."

일단 권재후는 고개를 끄덕였다. 하지만 머릿속은 복잡해질 대로 복잡해진 후였다.

'신선이라는 이름값이 맹주를 움직이기에는 부족하던가?'

그럴 리가 없다.

신선인지, 아닌지 사실 여부는 제쳐 놓고라도 그는 무당파의 장로 배분이다. 구파일방의 장로가 오면 일부러라도 몸을 움직여 찾아가던 맹주가 이번에는 움직이지 않는다는 것은 어딘가 이상했다.

"그럼 본 장문인이 그를 안내하리다."

아무리 살펴도 이상한 기척을 느끼지 못하자, 권재후는 묵묵히 몸을 일으켜 귀효를 바라보았다.

"자네는 다른 장문인들에게 그 소식을 전하게. 선인께서 무림맹의 현문에 계시다 했으니, 나는 그리로 가보겠네."

귀효에게 명을 내린 권재후는 대답도 듣지 않고 걸음을 옮겼다. 숫제 달려나가는 듯한 몸짓에 맹주는 웃음을 지었다.

"허허헛."

여태까지의 사람 좋은 미소가 아닌, 비릿한 미소였다.

*　　　*　　　*

무림맹의 권위를 상징하듯, 그 정문은 참으로 거대했다.

황궁이 아니라면 짝을 찾기 어려울 만큼 거대한 문은 조용하던 평소의 분위기와는 다르게 웅성거리고 있었다.

평생 볼 수 없을 거라 생각했던 사람을 보게 된 탓일까? 하급무사들은 자신들의 임무도 내팽개친 채 청명을 구경하고 있었다.

"저, 저분이 선인이신가?"

"그렇다는구먼."

하급무사의 질문에 동료가 대답했다. 그 역시 믿지 못하겠다는 듯 청명을 훑어보고 있었다. 아무리 봐도 소년일 뿐이다.

"귀효가 그렇게 다급히 달려가는 것은 처음 보았네. 게다가 '신선이다!' 라고 외치질 않던가. 그 친구가 헛소리를 하는 편은 아니니 믿어도 되겠지. 그리고 무당파의 도복을 입고 무림맹에 왔으니, 뭐……."

말은 이렇게 하고 있지만 사실 말하는 자신조차 저 소년이 신선이라는 게 잘 믿어지지 않는다. 어쩌면, 그는 스스로에게 되뇌는 걸지도 모른다.

"그럼, 저분이 참으로 검선(劍仙)이라는 소리로구먼."

하급무사가 말했다. 물론, 선인과 그 일행에게는 들리지 않게 조그맣게 속삭인 것에 불과했다.

그러나 내공이 경지에 다다른 청명의 일행은 그 속삭임들을 똑똑히 들을 수 있었다.

"허어―"

귀효의 동료이자 무림맹의 문지기인 허진무는 한숨을 내쉬었다. 그 얼굴은 낭패한 채 굳어 있었다.

'이제 백화당에 있기도 글렀구만. 입소문이 제대로 번지게 생겼어.'

허진무는 딱딱한 얼굴로 뒤를 돌아보았다. 운풍 녀석과 처음 보는 운혜라는 사매가 자신을 바라보고 있다.

"하… 핫."

무표정한 운풍자의 얼굴을 바라보며 허진무는 억지로 미소를 지었다. 왠지 그래야 할 것 같다.

하지만 정신은 온통 소년의 형상을 한 사조님께 가 있었다.

'신선… 이라.'

허진무는 조심스레 시선을 돌려 청명을 살펴보았다. 그래서 운풍자는 한숨을 내쉬고 싶은 심정이 되었다. 얼굴은 제 쪽을 보고 웃는데 시선은 다른 데 가 있다.

"참으로 오랜만에 뵙습니다, 운향 사형. 그간 어찌 지내셨는지요."

"응? 나야, 뭐……."

화들짝 놀라 정신을 차린 허진무는 흘끗 운풍자를 보고는 멋쩍은 듯 뒷머리를 긁적거렸다.

"나야 뭐, 그럭저럭 지냈지……."

하지만 시선은 금세 사조님께로 옮겨진다. 허진무는 조심스럽게 청명의 얼굴을 살폈다.

사형제 간에 어설픈 침묵이 감돌았다.

괜한 침묵이 불편했던 것일까? 추걸개가 헛기침을 내뱉었다.

"오랜만에 만나 놓고는 할 말이 그렇게나 없나. 매정한 친구로구면."

추걸개의 옆에서 의뭉스럽게 눈치를 보고 있던 귀곡자가 재빨리 끼어

들었다. 그 역시 침묵이 불편했던 것이다.

"내 보기에는 매정하다기보다 어색해 보이는데?"

"…네놈은 주둥아리를 다물어라! 포로 주제에 말이 많기도 하구나!"

괜히 빈정 상한 추걸개가 엄포를 놓았다. 귀곡자의 얼굴이 씁쓰레하게 변해갔다. 요 며칠간은 잊고 있었는데, 자신은 포로다.

"그래, 나는 포로지. 무림맹에 도착했으니 내 좋은 시절도 다 갔구먼. 무당파는 내 거취를 어찌 하기로 한 겐가?"

귀곡자의 씁쓸한 얼굴 사이에는 당당함이 묻어 있었다. 그에게는 마교를 배신하고 무당파에 투항해야 할 이유가 있었다. 천하가 뒤집히기 전에 선인께 자신이 알고 있는 모든 것을 말씀드려야 한다는 것이 바로 그것이었다.

그리고 운혜 도고에게도 할 말이 있다. 귀곡자는 어딘가 서글픈 듯한 눈으로 운혜를 바라보았다.

'서희야……'

자신이 아는 정보를 아직까지 선인께 말씀드리지 않은 까닭은, 어쩌면 서희 때문에, 그리고 운혜 때문일지도 모른다.

"음, 글쎄?"

귀곡자의 마음을 모르는 추걸개는 대수롭지 않다는 듯 수염을 벅벅 긁었다. 선인은 귀곡자를 데려가야 한다는 말씀만 하시고는 다른 말씀을 남기지 않으셨다. 하지만 이제 무림맹에 당도했으니, 이제 귀곡자의 거취를 결정해야 될 때가 되었다.

"무슨 이유인지는 모르나 선인께서 네놈을 데려가야 한다고 고집하셨으니……"

"……"

추걸개는 속 모를 소리만 남기고 침묵에 빠져들었다. 귀곡자 역시 마찬가지였다. 둘은 아무런 소리 없이 호진과 더불어 놀고 있는 청명을 바라보았다.

호진과 함께 서 계신 선인께서는 무슨 이야기가 그렇게 재미있는지, 잔뜩 신이 나 계신다.

"아하핫! 나도 할래요!"

"웅! 내가 꼭 시켜줄게!"

"……."

제자 호진의 목소리에 사조님을 예의주시하던 허진무의 얼굴이 당혹스럽게 변해갔다.

반말. 그것도 몹시 허물없는 반말이다.

제자 호진의 무례한 언동에 놀란 허진무는 얼른 운풍자를 돌아보았다.

"……."

아니나 다를까, 태사손뻘 되는 아이가 사조께 막말을 하는 것을 본 운풍자의 눈썹이 분기탱천하게─새끼손톱 반만큼이나─위로 솟구쳐 가고 있었다.

과거 운풍자의 행실을 잘 알고 있던 허진무의 마음이 급해졌다.

"호, 호, 호진이는 언행을 삼가라!"

"그러니까 어떻게 하는 거냐면… 어?"

청명에게 무엇인가를 열심히 설명하던 호진이 눈을 동그랗게 뜨며 허진무를 바라보았다. 청명 역시 마찬가지였다.

"왜 그러시나요, 허 도우, 아니, 운향 사손?"

"아, 그러니까……."

"왜 그래, 사부?"

사조님과 동시에 호진의 목소리가 들려왔다. '왜 그래, 사부' 라니, 맹랑한 말투다.

“흠, 흠…….”

하나 바로 옆에 사조님이 계시니 함부로 제자를 탓할 수도 없다. 허진무는 못마땅한 듯 시선을 돌려 호진의 형, 호은을 바라보았다. 어떻게 좀 해보라는 뜻이리라.

그 시선에 물끄러미 서 있던 호은의 얼굴이 붉어졌다.

“호진이는 이리 오너라.”

“형아!”

세상에서 제일 좋아하는 형아의 부름에 호진은 재빨리 그 앞으로 달려갔다. 호은은 사부를 대신하여 짐짓 엄한 표정으로 말했다.

“그분께서는 네 태사조가 되시니, 너는 말을 조심해야 한다. 어찌 그리 경망되게 구느냐.”

“나보다도 어려 보이는데, 친구가 아니야?”

호진의 얼굴이 이해할 수 없다는 듯 변해갔다. 쟤는 저렇게 조그만데…….

“그래. 네 친구가 아니라 태사조님이시니, 사부님을 대하는 것보다 더 조심히 대해야 할 거야.”

“응…….”

‘재밌는 친구를 만났나 싶었는데.’

호진의 얼굴이 기운없이 변해갔다. 동생이 알아듣는 기색을 보이자 호은은 조심스럽게 사부를 돌아보았다. 허진무의 흡족하게 웃는 얼굴이 보였다.

그 얼굴 너머로 무표정한 얼굴의 사숙과 사고의 모습이 보이자, 호은은 천천히 머리를 조아렸다.

“…동생의 무례를 대신 사죄드립니다.”

“그래.”

운풍자는 무뚝뚝한 어조로 말하곤 시선을 돌렸다. 사조님께서 탓하시지 않는 일에 자신이 먼저 나설 수는 없다.

문득 운향 사형을 바라보니, 사형은 제자의 허물을 덮으려는 듯 억지 미소를 짓고 있다.

"호, 호은이 녀석이 참 착하지? 어떤 면에서는 황우 녀석보다도 사람이 됐어."

"……."

황우자가 들었다면 분노할 소리다. 입문식 이후로 얼굴을 세 번밖에 비치지 않은 사부가 자신의 됨됨이를 어찌 알겠는가 말이다.

그래도 오래본 사질이라고 황우자에게 마음이 쓰인 운풍자가 무표정한 얼굴로 말했다.

"그동안 본산에는 얼굴도 비치지 않으셨는데 황우 사질의 됨됨이를 어찌 아시는지요."

"…그렇기야 하지."

문득 허진무의 가슴 한 켠에 어린 꼬마 황우자가 떠올랐다. 그 녀석은 잘 있을까?

"…황우는 어떻게 지내든?"

"현성 사숙과 운형 사제가 가르치고 있습니다."

"사부님이라면 믿을 만하지."

씁쓸히 중얼거린 허진무가 먼 산을 바라보며 수염을 쓰다듬었다. 그 몸짓에서 회한을 느낀 운풍자가 입을 열었다.

"…그간 어디 계셨는지요."

"나? 무림맹에도 있었고, 운남에도 가보고, 뭐, 천하를 방랑했지."

"……."

운풍자는 대꾸도 없이 허진무를 바라보았다. 허진무의 얼굴이 민망하다는 듯 변해갔다. 운풍자의 얼굴이 꼭 탓하는 것처럼 보인다.

"아, 내가 법통을 잇지만 않았어도 그렇게 돌아다니진 않았을 게다, 이 녀석아! 거 눈 하나 살벌하네."

상스러운 말투를 자랑하는 허진무였다. 하지만 그 내용은 결코 범상치 않았다.

법통(法統)이란 한마디 때문이었다.

강호인들은 무당파를 무인들의 문파로 알고 있겠지만, 본래 무당파는 도문(道門), 즉 도사들의 문파다.

무당의 무공이란 것이 본래 도가 경전에서 나왔거니와 그 근간이 된다는 태극권 역시 오랜 좌정으로 건강을 해칠 도사들을 위해 만들어졌다고 하니, 더 말할 것이 뭐가 있으랴!

게다가 규율까지 엄해, 무당파의 도사들은 타 문파와는 다르게 화식을 금하고 화거도사들의 수도 제한한다. 또한 속세를 떠나 규율을 엄격히 지키는 것은 물론, 어지간한 잡귀는 쉽게 제압할 만한 도력을 지니고 있다.

무당 도문의 본류 중에 본류라고 할 만한 법통은 엄격한 심사를 통과한 몇 사람이 맡아 이어가게 되어 있는데, 법통을 이은 사람들 중에 가장 뛰어나다고 평가받는 사람이 바로 운향자, 허진무였다.

"……"

운풍자는 여전히 무표정한 얼굴로 허진무를 바라보았다. 그렇다고 제자와 사부를 버리고 도망간 것이 이해되는 것은 아니니까.

"에라, 이 녀석아. 그 살벌한 시선부터 치워라. 안 그래도 내 할 말이 있으니."

허진무가 손사래를 치며 말하자 운풍자는 살짝 목례했다.

"편히 하문하시지요."

"…내가 천월법(天月法)을 이었단 건 알지?"

"예."

천월법이란 무당의 법통 중에서도 천문학, 점성학에 가까운 법통이다. 귀문(鬼門)을 경계하는 일반 법통과 비교할 때 비교적 독특한 것이라 할 수 있다.

"거기서 세상에 한바탕 혈풍이 분다잖냐. 그래서 그거 막아보려고 준비를 좀 했지……."

이게 무슨 귀신 씻나락 까먹는 소린가! 운풍자의 얼굴이 기괴하게 변해갔다.

"…당황스럽군요."

"아, 지, 진짜야! 이 녀석아! 운남에서 사천으로 올 때는 술도 금했다니까!"

운풍자의 시선이 변하지 않자 당혹스러운 얼굴이 되어버린 허진무가 벌컥 화를 냈다. 운풍자는 한숨을 내쉬었다.

"하아— 사형의 말씀이니 진실이겠지요. 하면, 그 준비는 끝났습니까?"

"아니."

허진무의 얼굴이 다시 심각하게 변해갔다. 곧 천하를 덮칠 환난은, 준비를 할래야 할 수가 없는 큰 난이었다.

"내 손을 떠났어. 아니, 이 일은 북극진무현천상제(北極眞武玄天上帝)와 원시천존(元始天尊)까지도 손댈 수 없는 일이야. 선계에서 손댈 수 없는 일이라면 보통, 같은 선계의 일 뿐인데……."

허진무는 말을 늘이며 청명을 바라보았다. 청명은 여전히 호진과 더불어 잡담을 나누고 있었다.

호진은 이제 제법 말을 조심하고 있었지만, 그래도 신선 사조가 좋은

지 찰싹 달라붙어 있다.

"신선 한 분이 본문에 있구나."

허진무가 말을 끝맺자 운풍자의 얼굴이 조금은 심각하게 변해갔다. 원시천존까지도 손을 댈 수 없는 일이라는 말 때문이었다. 그런 일이 가능할 리가 없다.

"운남에서도 같은 기운이 느껴졌었지. 천하 난리는 국란이 아니야. 그렇다고 강호의 난도 아니지. 난(亂)은 선계에서 날 거야."

"……?"

운풍자는 의아한 눈으로 허진무를 바라보았다. 허진무는 계속 말을 이어나갔다.

"그리고 어떻게 끝날지는 몰라도 안 좋게 끝나면 아마 문명이 없어질걸."

문명이 없어진다?!

"그, 그게… 무슨……."

운풍자의 얼굴은 이제 경악에 가까웠다. 법통을 이어도 제대로 이었다는 운향 사형이다. 예언과도 같은 말을 하기로 유명한 분이니, 그 말이 결코 가볍게 들리지는 않는다.

"그게 무슨 소리신지요……?"

"하핫, 너도 그런 표정을 지을 줄 알았나?"

장난스러운 얼굴로 운풍자를 가리키며, 허진무는 킬킬 웃었다.

"하핫, 그런 표정을 보니까 정말 어울리지 않는구나. 표정부터 풀거라. 천월을 읽긴 했지만 무슨 뜻인지는 나도 모르니."

"……."

운풍자는 잠시 허진무를 바라보았다. 하지만 허진무는 정말로 모르는 것인지, 아니면 더 말하고픈 마음이 없는 것인지 뒷머리를 긁적거릴 뿐이었다.

만약 더 말하고픈 마음이 없는 것이라면, 물어보지 않아도 나중에 알게 된다는 뜻이나 다름없다. 운풍자는 무표정히 시선을 돌렸다.

"…그렇군요."

아마, 보통 사람이 이와 같은 행동을 보일 때는 할 말 없다는 뜻일 것이다. 하지만 운풍자가 시선을 돌리니, 꼭 화를 내는 것만 같다.

허진무가 받아들인 것도 그러했다.

"여전히 재수없구나, 넌. 그러니까 평생 혼자 살 팔자지. 도사로서는 차라리 잘 됐어."

"……?"

운풍자의 얼굴이 다시금 의아하게 변해갔다.

허진무는 운풍자 옆에 서 있던 운혜를 바라보았다. 운혜는 운풍자와 허진무의 대화를 열심히 경청하고 있었다.

"운혜야, 내가 기억나긴 하냐?"

"예? 아, 예. 기억… 나는 것 같기도 하고……."

사실 기억은 잘 안 나지만, 그래도 사형인데 안 난다고 말할 수야 없지 않은가! 여기에도, 저기에도 끼어들지 못하고 구경만 하고 있던 운혜가 고개를 끄덕였다.

허진무가 피식 웃었다.

"그동안 마음고생 심했지?"

"예?"

"마음고생 심했냐고 물었다."

"……."

사실 아직도 심하다. 음화신녀로서의 위기는 어찌어찌 해소되었지만 최근 들어 사부가 다시 보고 싶어 몸살이 날 지경이다.

“넌 팔자 폈으니까 신경 쓰지 마. 조금만 더 고생하면 될 거다. 아─
주 좋은 인연이 있거든.”

“…….”

운혜는 이해할 수 없다는 듯 허진무를 바라보았다. 허진무는 이제 씨
익 웃고 있었다.

“자! 내 제자들을 소개해 줄게!”

“…예.”

운풍자와 운혜는 옆에 차분히 서 있는 소년에게 시선을 돌렸다. 조금
전에 소개를 받긴 했지만, 제자들이라고 소개만 받았을 뿐, 자세한 설명
을 듣지 못했다.

허진무가 호은을 가리키며 말했다.

“이 녀석이 다음 대 천월법을 이을 녀석이야, 도명은 아직 없고, 속명
은 호은이라고 한다.”

천월법통을 이을 아이라는 말에 운혜의 얼굴이 호기심으로 물들어갔
다. 사부께 천월법통에 대한 이야기를 띄엄띄엄 들어본 적이 있었기 때
문이다. 천월법에서 예언한 일은 반드시 도래한다는 전설이 있을 정도라
고 한다.

운혜의 호기심 어린 시선을 모른 체하며, 허진무가 말을 이어나갔다.

“그리고…….”

허진무는 청명과 더불어 노는 호진을 가리켰다.

“저 녀석은 호진. 저 녀석이 아마 다음 대 태극혜검을 이을걸.”

“……!”

무덤덤하던 운풍자의 눈이 커졌다.

*　　　　*　　　　*

청명은 희희낙락 웃으며 호진을 바라보았다.

"호진 도우, 호진 도우. 이제 다 알겠어요. 그런데 정말 넘어지지 않는 거예요?"

"응! 아니, 네!"

호진은 신난 듯 웃으며 말했다.

무엇을 가르쳤는지는 몰라도, 방금 전까지만 해도 해맑던 청명의 얼굴이 근심 가득한 얼굴로 변해갔다.

호진 도우가 가르쳐 준 놀이에서 가장 중요한 것은 눈을 감는 건데, 그러면 꼭 넘어지기 마련이다. 선경루에서는 눈 뜨고도 매일 넘어졌었는데.

"한번 해볼래?"

어느새 존대도 잊고 호진이 말했다. 열일곱 소년치고는 덩치가 커다란 호진이 조그마한 청명에게 말하는 모습은 꼭 삼촌과 조카 같았다.

"예!"

청명은 용기를 냈다. 그 놀이가 그렇게 재미있다는데, 안 해볼 수는 없지 않은가! 넘어지지 않도록 조심하면 될 일이다.

"그럼, 얼른 눈을 감아. 어이쿠! 내, 내, 내 손부터 잡아야 돼!"

말을 더듬으며 호진이 외쳤다. 눈을 꼬옥 감은 채 휘청거리던 청명은 얼른 호진의 손을 잡았다.

청명의 손을 단단히 잡은 호진은 씨익 웃고는 이내 크게 외쳤다.

"자, 이제 간다!"

눈을 감은 청명의 손을 꼬옥 잡고, 호진이 뚜벅뚜벅 걸음을 옮겼다.

"어, 어, 어디까지 왔나—"

앞이 보이지 않자 겁을 잔뜩 집어먹었나 보다. 청명의 목소리가 부들

부들 떨려 나왔다.

"벌써 말하면 안 돼! 열 걸음은 걸은 다음에 말해야……."

청명에게 엄하게 말하다가 문득 호은 형아를 보니, 형아의 얼굴이 자기보다 훨씬 더 엄하다. 호진은 얼른 말을 바꾸었다.

"마, 말해야 돼… 요……."

"호진 도우, 버, 벌써 여섯 걸음이나… 으앗! 앞이 안 보여요!"

눈을 감고 있으니 보일 리가 없다. 바둥바둥거리는 청명을 보고 호진이 헤벌쭉 웃었다.

"무섭지?"

"네, 네……."

"열 걸음이다! 이제 '어디까지 왔나―', 해야 돼."

"어, 어디까지 왔나―"

청명이 더듬거리며 말하자, 호진이 싱글벙글 웃으며 입을 열었다. 사실 이 역할은 우리 형아 건데, 자기가 하니 그건 그거 나름대로 재미있다.

사부의 앞에 도착한 호진이 활기찬 목소리로 외쳤다.

"사부 앞까지 왔지―"

"내가 네 사부인 건 아는구나!"

딱! 경쾌한 소리가 울려 퍼졌다.

"아얏!"

호진의 얼굴이 울상이 되었다. 자신의 키가 더 크니 사부도 때리기가 쉽지 않을 텐데, 사부는 폴짝 뛰어올라 가차없이 꿀밤을 때려 버렸다.

"왜, 왜 때려, 사부……."

호진이 울먹거리며 말하자, 허진무가 무서운 표정을 지었다.

"그분은 네 친구가 아니라 태사조님이라고 하지 않았더냐! 큰 사부 할

아버지라고!"

"그, 그래도 이렇게 작은데……."

호진이 조그마한 목소리로 항의하며 청명을 안내하던 손을 놓고 아픈 머리를 쓰다듬었다.

꼭 부여잡고 있던 손이 사라지자 청명은 당황했다.

"으앗! 호진 도우!"

어지간하면 눈을 뜰만도 하련만.

눈을 뜨면 안 된다는 호진의 말을 튼튼히 믿고 있던 청명의 몸이 비틀비틀거렸다.

"앞이 안 보여요오!"

"에휴……."

한심하다는 얼굴로 비틀거리는 청명을 바라보며 운혜는 한숨을 내쉬었다. 무당파의 최고 배분이자 신선이 비틀비틀거리는 모습은 기왕이면 사양하고 싶다.

"눈을 뜨시면 되잖아요!"

하지만 놀이 중간에 누가 불러도 눈을 뜨면 안 된다고 했다. 청명은 고개를 저었다.

"이 놀이 중에는 눈을 뜨면 안 된대요, 운혜 사… 으앗!"

청명의 몸이 비틀거렸다. 균형을 잡지 못했는지 팔을 허우적거리기도 했다.

"너, 넘어질 것 같아요!"

"꺄악!"

다행히 청명은 넘어지기 직전에 누군가를 붙잡을 수 있었다. 청명에게 붙잡힌 운혜가 짧게 비명을 질렀다.

'아, 운혜 사손이다…….'

비명 소리만 들어도, 아니, 품속에 안긴 작은 몸만으로도 누군지 알 수 있다. 왠지 기분이 좋아 청명은 운혜를 더욱 꼬옥 안았다. 절로 웃음이 나온다.

"헤헷."

"저, 저리 가요."

운혜의 얼굴이 붉어졌다. 갑자기 사조님께서 자신을 안 듯이 덮친 것이다. 의외로 넓은 가슴과 따뜻한 품이 느껴졌다. 가슴이 쿵쾅거리고 머리가 어지럽다.

청명의 품에 꼬옥 안겨 버린 채로, 운혜가 더듬더듬 입을 열었다.

"그, 그만 하세요. 사, 사조님……."

"아하핫! 이제 눈 떠도 되는데!"

떨리는 운혜의 목소리 뒤로 호진의 웃음소리가 튀어나왔다.

"푸허헙!"

허진무 역시 재빨리 터지는 웃음을 수습했다. 천월법통, 아니, 법통이 아니라도 눈에 뻔히 보인다. 사조님과 사매 사이에 기묘한 공감이 오가고 있다. 아직은 둘 다 아이와 같지만 앞으로는 어떨까?

애써 웃음을 참아보려던 허진무는 다시 웃음을 터뜨렸다.

"으하하핫!"

"…험, 험."

웃음소리 뒤로 누군가의 헛기침 소리가 들려왔다. 허진무는 웃음을 삼키며 뒤를 돌아보았다.

"…으음?"

무당파의 도사들이 왔다는 소식을 전하러 무림맹 안으로 바람같이 뛰어갔던 귀효가 돌아와 있었다, 뒤에는 무림맹의 인사들을 줄줄이 달고서.

그리고 무림의 명숙들 모두 시선을 돌리며 헛기침을 하고 있다.

"험, 험……."

"으흠……."

다채로운 헛기침 소리에 운혜의 얼굴이 새빨갛게 물들어갔다. 어지간하면 먼저 몸을 뗄 법하건만, 사조님께서는 여전히 자신을 꼬옥 붙들고 있다.

부끄러워진 운혜는 얼른 청명을 밀쳐 내었다.

"으앗!"

청명의 입에서 비명 소리가 튀어나왔다. 아직도 눈을 감고 있던 청명은 뒤로 밀려나며 비틀거리다가 마침내 눈을 떴다.

주위를 둘러보니 흰 수염이 가득한 늙은이들과 고운 대머리 노파가 보인다.

"아?"

청명의 얼굴에서 알 수 없는 소리가 튀어나왔다. 아직 상황을 이해하지 못한 것이다. 눈을 감았다 뜨니 주위에 이런저런 사람들이 와 있다.

차분한 얼굴로 운풍자가 나섰다.

"무당파 십칠대 제자 운풍이 여러 선배님들을 뵙습니다."

그 뒤를 따라 운혜 역시 한 발 앞으로 나섰다. 여러 선배 고인들께 인사를 하려는 것이다.

"무당파 십칠대 제자 운혜가……."

"허헛, 차기 무당제일검이 예 계셨군. 소문으로만 듣고 얼굴을 보기는 처음일세. 본도는 화산의 허원일세."

"여러 선배님들을 뵈어요……."

운혜는 조금 당황한 어조로 말을 끝맺었다.

'무시… 당했다?'

차가워 보이는 시선으로 흘끗 자신을 일별한 노인이 운풍 사형을 보고
서는 따듯하게 웃어주는 것이 보였다. 운혜는 살짝 고개를 갸웃했다.

'아, 아니겠지?

하지만, 노인의 기색은 여전히 자신을 무시하는 듯싶었다.

"허헛, 실제로 보니 참으로 영명하군. 좋은 도기(道器)일세."

노인, 권재후가 입을 열었다. 그는 운풍자에게 말하면서도 흘끗흘끗
청명을 돌아보고 있었다. 권재후의 정체를 들은 운풍자의 얼굴이 딱딱하
게 굳어졌다.

'예전, 천하제일가를 빠져나올 때 화산의 추적이 제일 끈질겼었지.'

옛 기억을 떠올리며, 운풍자가 조용히 목례했다. 변함없는 무표정이었
다.

"무당의 제자 운풍이 허원 진인을 뵙습니다."

"그리고, 여기 선인께서 계신 것으로 알고 있네만."

운풍자의 말을 귓등으로 흘리며 권재후가 말했다. 긴장했는지 얼굴이
딱딱하게 굳어 있다.

"……."

아무런 말 없이, 운풍자가 머리를 들었다. 그리고 무표정한 얼굴로 몸
을 돌려 청명에게 시립했다. 흡사 노복이 주인을 모시는 듯한 극공경의
자세였다.

"허, 헛……."

억지 웃음을 지으며 권재후가 운풍자를 바라보았다. 직접 선인을 소개
하지 않고 그저 선인의 앞에 시립할 뿐이라는 것은, 화산파 장문인인 자
신더러 먼저 예를 갖추라는 것이다.

'뭐, 정말 신선이라면 그러해야 하겠지.'

권재후는 조용히 머리를 숙였다. 하지만 극공경이라기보다 그저 잠시

머리를 까닥거렸을 뿐이다. 그로서는 신선을 꼭 찾아야 한다는 절실한 소망과 동시에 또다시 무당에게 눌릴 수 없다는 화산의 오랜 자존심이 있었던 것이다.

"화산의 허원이 검선을 뵙습니다."

"청명이에요."

청명이 마주 머리를 숙였다. 하지만 고개를 푹 숙이는 것이 권재후의 까닥거리는 고개와 대조된다.

권재후의 얼굴이 붉어졌다.

"이, 이런……."

"이 못난 승려도 선인께 인사를 올려야겠소이다. 헐헐."

권재후를 보다 못한 소림의 요료성승이 앞으로 나섰다. 평범한 기도를 가진 노승은, 무림맹주를 대신해 남궁세가에서 회의를 열었던 바로 그 노승이었다.

장난기 넘치는 미소를 지으며 노승이 합장했다.

"소림의 요료가 신선을 배알하오. 헐헐, 원시천존께서는 안녕히 계시는지요?"

비꼬는 건지, 아니면 진실로 궁금한 건지 알 수 없는 목소리였다. 청명은 해맑게 웃었다.

"늘 길[道]에 계시지요."

"……."

노승의 얼굴이 딱딱하게 굳었다. 원시천존의 안부가 단숨에 선문답이 되어 돌아왔다.

"그, 그렇군요……."

현기 넘치는 대답에 잠시 생각에 빠져들었던 노승은 이내 표정을 관리했다. 아무래도 조금 후에 더 생각해 봐야겠다.

"…이만 들어가시지요. 안에 자리를 봐 두었으니."

짧게 중얼거린 노승이 가사 자락을 펄럭거리며 몸을 돌렸다. 그러나 수많은 무림인들은 여전히 청명을 주시하고 있었다. 그 얼굴의 어린 미소 때문이었다.

깨달은 자의 얼굴이라 그럴까? 청명의 얼굴에는 부처나 지을 법한 은은한 미소가 어려 있었다. 그 미소 속에는 여러 가지 의미가 담겨 있었다.

'인연을 만들 수 있어. 아니, 만들어야 해.'

인연을 만들어야 한다. 본래대로라면 파괴되어야 할 인연을 다시 이어야 하고, 본래대로라면 망가질 세상을 구해야 한다.

그리고 운혜 사손을 지켜야 한다.

"네, 이만 들어가요."

청명이 대답했다. 조금은 각오 어린 얼굴이었다.

사조께서 무림맹 안으로 걸음을 옮기자, 운풍자는 조용히 허진무를 바라보았다.

"사형께서는……."

"그만! 더 이상 말을 꺼내지 말거라!"

운풍자가 무엇인가를 말하려 하자, 허진무가 다급히 입술을 달싹였다. 아직 자신에게는 이름을 밝힐 수 없는 이유가 남아 있었다.

"……."

운풍자는 무표정한 얼굴로 허진무를 주시했다. 속으로는 깨나 당황했지만, 워낙 무덤덤한 얼굴 탓에 아무도 운풍자의 심경 변화를 느끼지 못했다.

"…수고하시오."

허진무를 묵묵히 바라보던 운풍자는 짧게 말하곤 몸을 돌렸다. 청명 사조께서는 벌써 저만치 걸어가고 있었다.

*   *   *

청명 사조와 운풍자, 그리고 운혜가 사라지는 뒷모습을 바라보며 허진무는 한숨을 내쉬었다.

'하아— 어째 불길하단 말이야?'

불길한 기분이 감돌고 있었다. 천월법 때문이려나, 아니면 그저 육감이려나? 찝찝한 기분이 감돈다.

허진무는 고개를 저었다. 아직은 일이 벌어질 때가 아니다. 인연의 흐름이 하늘의 거울에 비추어지는 것이 천월법의 골자인데, 아직 하늘의 거울에 비친 모습은 평화로웠다.

'기분 탓이야, 기분 탓…….'

허진무는 씁쓸히 고개를 돌렸다. 시선을 돌려보니 호은과 호진이 보였다. 호진은 시무룩한 얼굴로 고개를 숙이고 있었고, 그 앞에서 호은은 엄한 얼굴로 호진을 탓하고 있다.

목소리를 크게 내지 않는 것이, 자신을 위해서인가 보다.

"허헛……."

"…사부님."

가끔 보면 정말 운풍 녀석과 비슷하다, 동생에게 꾸중을 하다가도 자신의 인기척을 느끼자마자 바르게 시립하는 것을 보니.

규율에 사로잡혀 있으니 어찌 보면 도기(道器)가 아니요, 억지로 차리는 것이 아니라 마음에서 나오는 참 예의니 어찌 보면 도기, 그것도 대도(大道)의 그릇이다.

허진무는 따듯하게 웃음 지었다.

"그래. 너무 탓하지 말거라. 사조께서도 무던히 넘어가시는 것을 보니 우리가 탓할 일이 아니지 싶다."

"예."

호진을 탓하지 말란 말에 호은이 머리를 숙였다. 그 모습을 바라보며 허진무가 장난스레 눈을 찡긋했다.

"그나저나 좀 놀랐지?"

"……."

이번엔 대답이 없다. 아마도 자신의 문파가 하늘 아래 검으로 우뚝 섰다는 무당일 줄은 몰랐을 것이다. 무당의 이름이 어떤 무게를 가지고 있는지 무림맹의 문지기인 호은은 너무나 잘 알고 있었다.

"뭐, 여하튼 본 문은 도문으로, 이름은 무당이라 한다. 네 사조와 사숙들을 뵈었으니 이제 곧 본 문에 들어서게 될 것, 너희들은 푸른 도복을 보면 예를 갖추어야 할 게다."

"사부의 뜻을 받드옵니다."

"임시로 도명이라도 내려야 그나마 멋지겠다만 어차피 본 문에 가면 정식으로 도명을 받게 될 터이니 그럴 수도 없고… 어흠, 그냥 한마디만 당부하자꾸나. 문파가 어딘지 알았다고 해서 너무 마음가짐이 바뀔 것도 없느니라. 그저 지금처럼만 하면 될 것이다."

"예."

"그래도 예전보다는 조금 더 잘 해야겠지?"

허진무가 클클 웃으며 장난스레 말했다. 제자들은 자신의 문파가 무당이라는 사실에 아직도 멍해져 있는 듯하다.

"머지않아 무당에 정식으로 알릴 테니, 오늘 내가 별말 안 했다고 서운해하지 말거라."

"뜻을 받드옵니다."

“그래, 그럼 쉬어라. 이제 곧 교대 시간이니.”

허진무는 그렇게 말하고는 휘적휘적 걸어가 버렸다. 아마도 귀효 어른과 술이라도 한잔하러 가는가 싶다.

“하아—”

사부님이 사라지자 호은이 한숨을 내쉬었다. 자신의 문파가 무당이고, 천월법이라는 게 뭔지는 모르겠지만 자신이 그것의 후계자란다. 그리고 왜인지는 몰라도 사부께서는 정체를 밝히시기를 꺼려하시는 듯하고, 자신들 역시 나중에 알리겠단다.

“……..”

생각을 정리해 보려 했지만 하나도 모르겠다, 그저 시간이 가기를 기다리는 수밖에.

“우리도 이만 돌아가자, 호진아.”

“응, 형아!”

형의 얼굴에서 엄한 기색이 사라지자, 호진은 희희낙락 웃었다. 왠지 모르게 기분이 좋았다.

“우리 어디까지 왔나— 하자!”

“이제 우리도 도사가 될 텐데, 아이처럼 그런 걸 하면 되겠느냐.”

엄한 듯 말했지만, 호은의 얼굴에는 웃음기가 녹아 있다. 어머니가 가르쳐 준 놀이를 좋아하는 동생을 보니 좋기도 하고, 속이 쓰리기도 한 탓이었다.

“우리 큰 스승 할아버지도 하잖아. 그러니까 괜찮아.”

호진이 그 큰 덩치를 흔들며 졸랐다.

“하자, 형아! 하자!”

“…그래.”

호은은 부드럽게 웃었다. 그리고는 호진의 커다란 손을 꽉 틀어쥐었다.

"이제 한다?"

"응!"

호은은 부드럽게 웃으며 눈을 꼬옥 감은 동생을 바라보았다. 동생은 이제 자신을 믿고 보이지 않는 길을 걸을 것이다. 보이지는 않겠지만 자신이 있으니 동생에게는 무서울 게 없겠지.

서른 걸음쯤 걷자 목소리가 들려왔다.

"어디까지 왔나―"

"현문까지 왔지."

조금 더 걷자 또 목소리가 들려온다.

"어디까지 왔나―"

"조경월루(照鏡月樓)까지 왔지."

무림맹의 현문을 지나 조금 더 걸어가면 커다란 객잔 하나가 나온다. 무림맹에 음식을 납품하기도 하고, 때로는 무림맹에 입맹하고자 하는 젊은 무인들이 숙박하기도 하는 객잔이었다.

"어디까지 왔나―"

"포목점까지 왔지."

호진은 보이지 않는 길을 형의 손을 잡고 걸어가는 것이 몹시 좋은가 보다. 목소리에 흥분된 기색이 가득했다.

호은 역시 나쁘지 않은 기분이었다. 아주 예전엔, 어머니의 손을 잡고 자신이 이 길을 걸었다.

"어디까지 왔나―"

"시장까지 왔지."

"와아! 엄마! 당과 사줘!"

"호호홋, 너, 눈을 떴구나?"

"……."
엄마의 목소리가 마음속에서 들려오는가 싶다. 하지만 이제 엄마는 없고 자신이 그 자리에 서서 동생을 끌고 걸어가고 있다.
다시 호진의 목소리가 들려왔다.
"어디까지 왔나—"
짧은 회상의 끝에서 호진의 목소리를 들은 호은이 부드럽게 웃었다.

*　　*　　*

무슨 이유에서인지 권재후는 직접 숙소를 안내했다. 청명과 운혜는 아무것도 모른 체 그러려니 하고 걷고 있었지만 운풍자와 추걸개는 권재후의 속셈을 파악하느라 머리털이 뽑힐 지경이었다. 하지만 아무리 생각해 봐도 이유를 알 수가 없다.
"으음……."
운풍자와 추걸개는 이제 생각을 멈추고 무거운 얼굴로 권재후를 관찰할 뿐이었다. 무당의 도사와 거지의 시선을 받으며 권재후가 입을 열었다.
"…오늘 저녁에는 선인을 모시고 작게나마 연회를 열 겝니다."
"연회요?"
"예, 그렇습니다."
청명은 눈을 데굴데굴 굴렸다. 예전 육신을 벗고 두루 세상을 돌아볼 때, 맛있는 것들을 잔뜩 쌓아놓고 풍악을 울리며 사람들이 잔치를 벌이는 것을 본 적이 있다. 연회라는 게 아마 그런 건가 보다.

옛 기억을 떠올린 청명의 얼굴에서 기대감이 떠올랐다.

"그, 그럼 마, 맛있는 음식도 있나요?"

"……."

맛있는 음식? 이해할 수 없는 소리에 권재후의 얼굴이 멍해졌다. 신선 씩이나 되어 맛있는 음식이 무에 그리 중요하겠는가!

권재후는 더듬더듬 입을 열었다.

"…이, 있기야 있습니다만."

"헤헷,"

청명은 헤벌쭉 웃었다. 어쩌면, 고기를 먹을 수 있을지도 모른다.

"허허헛……."

권재후도 웃었다. 선인의 웃음을 보니 마음이 편해진다. 그는 모르고 있었지만, 도가 문파인 화산파의 장문인으로서 오래도록 도(道)를 공부 해 왔던지라 선기의 영향을 강하게 받고 있었던 것이다.

도인(道人) 권재후는 편한 마음으로 청명에게 머리를 조아렸다.

"그럼, 저녁에 뵙지요."

"네."

청명이 싱글벙글 웃으며 고개를 끄덕였다. 권재후는 마주 웃어주고는 몸을 뒤로 돌렸다.

"아, 한데……."

무언가가 떠올랐는지 권재후는 몇 걸음 걷지 않아 다시 청명을 바라보 았다. 그의 얼굴은 살짝 굳어져 있었다.

'생각해 보면, 선인께서는 마교에 가셨다가, 천하제일가로, 천하제일 가에서 사천으로 가셨다고 했다.'

천하가 좁다하고 이곳저곳을 넘나드는 선인이다. 고작 석 달이라는 기 간 동안, 그렇듯 많은 장소를 넘나들 수 있는 사람은 없다고 해도 과언이 아니리라.

'이렇듯 떠돌기를 좋아하는 선인께서 무림맹에는 얼마나 계실 것인가!'

그것이야말로 알 수 없다. 만약 화산의 숙원을 풀기도 전에 선인께서 떠나 버리시면 그야말로 닭 쫓던 개 꼴이 난다.

권재후가 천천히 입을 열었다.

"저, 선인께서는……."

"예?"

청명이 의아한 듯 고개를 들었다. 그런 청명의 모습에 권재후는 저도 모르게 실소를 지었다. 선인의 맹한 모습이 나름대로 귀여웠던 것이다.

"혹, 맹을 떠날 계획이 있으신지요."

권재후가 부드럽게 말했다. 다른 사람이라면 떠보듯 물어봐야겠지만 선인의 얼굴을 보아하니 직접적으로 물어보아도 대답해 줄 것 같다.

"아니요, 저는 떠날 계획이 없어요."

"예, 그렇군요."

권재후는 너털웃음을 터뜨렸다. 왠지 모르게 믿음이 갔다. 저리 말씀하셨으니 선인께서는 아마 떠나지 않을 것이다. 그렇다면 나중에 다시 볼 수 있겠지. 아니, 당장 오늘 저녁에 볼 수 있을 것이다.

화산의 장문인은 웃음을 터뜨리며 걸음을 옮겼다. 그 모습을 바라보며, 운풍자가 묵묵히 한숨을 내쉬었다.

"…으음."

화산의 속셈이 도대체 무엇이란 말인가! 예전 사조님을 그토록 열심히 추격해 온 것을 보면 내심 꾸미는 일이 있는 것은 분명할 터. 하나 지금의 얼굴에는 악의보다 호의가 가득하니 알 수 없는 노릇이다.

"분명히 예전 화산의 추적이 제일 심했었지?"

"…그렇습니다."

추걸개 역시 마찬가지 생각을 했던 것일까. 추걸개의 얼굴에도 침중함이 가득했다.

"운혜 도고에 관한 것만으로도 불안하기 짝이 없는데. 화산은 왜 또 저러는지, 원."

"일단 조금 더 지켜봐야겠습니다."

"그래야겠지. 흐음, 그런데 악의는 없어 보이지 않나?"

운풍자는 말없이 고개를 끄덕였다. 그리고선 시선을 내려 사조님을 보니 그 얼굴이 발개져 있다.

"헤헷. 있다가 연회가 있대요, 운풍 사손."

"…예."

연회에서 어떠한 일이 있을지는 아무도 모른다. 하지만 사조님께 그런 내색을 보일 수는 없는 노릇, 운풍자는 묵묵히 고개를 끄덕일 뿐이었다.

"일단은 방으로 드시지요, 사숙. 곧 무림맹에 있는 무당파의 제자들이 사조님을 찾아뵐 것입니다."

"네."

청명은 히죽히죽 웃으면서 방 안으로 걸어 들어갔다.

*　　　　*　　　　*

무림맹에는 구파일방의 사람들이 상주해 있다.

때로는 장문인이 와 있기도 하고, 때로는 평제자들이 와 있기도 하지만 대체적으로는 장로 배분의 사람들이 항상 무림맹에 상주해 있어 자파의 권익을 대변하기 마련이다.

무당파에서도 무림맹에 상주해 있는 장로가 있다. 현중 진인과 현화 진인이 바로 그들이었다.

무당파 내에서도 기인으로 유명한 현중 진인은 유유자적 세속의 바람을 즐기다가 사조님께서 무림맹에 오셨다는 소식을 듣고 경기를 일으켰다.

"그 방에 누가 계시느냐!"

무당파의 귀빈실을 접객하던 시비는 공포에 질렸다. 근엄하게 생긴 도사님 하나와 폭급하게 생긴 도사님 하나가 찾아오신 것이다. 근엄하게 생긴 도사님은 조용히 계실 뿐이지만, 폭급한 도사님은 달랐다.

"여기에 무당파의 신선께서 와 계시는 것이 맞느냐!"

"예? 예……."

"그래? 그럼 뭣 하고 있느냐!"

"예?"

시비는 당황해 울먹이는 얼굴로 현중 진인을 바라보았다. 뭘 하고 있냐니? 현중 진인이 다급히 말했다.

"아, 손님이 왔다고 고해야 할 것이 아니냐!"

"하, 하오나 뉘신지……."

"무림맹에 있으면서 우리들 얼굴도 모르면 어쩌누. 우리는 무당의 장로니라, 어린 아해야."

폭급한 도사님 대신 근엄한 도사님이 인자하게 말하자, 겁에 질렸던 시비는 마음은 조금 추스를 수 있었다. 하지만 그래도 떨리는 마음을 어찌 할 수는 없었는지 접객을 알리는 목소리가 살짝 떨려 나왔다.

"무, 무당파의 진인께오서 찾아오셨습니다."

"들어오십시오."

밖의 소란을 어느 정도 감지하고 있던 운풍자가 말했다. 무거운 목소리 사이로 반가움이 느껴지고 있었다. 오랜만에 사숙들을 뵙는 것이다.

덜컥—

문이 부서져라 밀어제치며, 현중 진인이 얼굴을 들이밀었다.

"십칠대 제자 운풍이……."

"으하하핫, 청명 사숙!"

"…현중 사숙을 뵈옵니다."

운풍자는 무시당했다. 현중 진인은 운풍자의 문안은 아랑곳 않고 사조님부터 불러 제꼈다.

"아, 안녕하세요."

청명은 조용히 머리를 숙였다. 본래 밖에서 만나는 가족은 더 더욱 반가운 법이다. 사실 얼굴도 잘 모르는 사이지만 그래도 같은 무당파의 사람을 무당산이 아닌 곳에서 보니 반가운 마음이 먼저 든다.

"오랜만에 배알하오, 사숙!"

"헤헷."

청명은 쑥스러운 듯 웃었다. 볼에는 홍조가 살짝 떠올라 있다.

"으하하핫! 강호를 쑥대밭으로 만드신 선인께서 그런 표정이시라니요!"

"예?"

청명이 동그란 눈으로 현중 진인을 바라보았다. 현중 진인이 싱글싱글 웃었다.

"그야말로 무당의 명예를 드높이시지……."

"비켜라, 현중 사제. 나도 인사를 올려야 할 게 아니냐."

근엄한 목소리의 주인공, 현화 진인이 입을 열며 청명에게 머리를 조아렸다.

"…무당의 십육대 제자 현화가 사조를 뵈옵니다."

"…아, 예."

청명도 마주 머리를 숙였다. 현화 진인의 얼굴이 심각했던 탓에 조금 떨떠름한 기분이 느껴졌다.

"……."

현화 진인은 문안을 마치자마자 묵묵히 고개를 들었다. 그리고는 청명 사조에게서 시선을 돌려 운혜를 바라보았다.

"…오랜만이구나, 운혜야."

"예? 오, 오랜만… 입니다."

운혜의 커다란 눈에는 반가움의 빛깔이 깃들어 있지 않았다. 운혜의 눈에 깃들어 있는 것은 공포였다. 현화 진인과 현중 진인은, 운혜를 죽이자고 주장했던 무당의 도사였다.

"무량… 수불."

공포 어린 얼굴을 바라보며 현화 진인은 진언을 읊조렸다. 저 아이의 얼굴을 어찌 바로 볼 수 있으랴! 저 아이의 얼굴은 자신의 도(道)를 부끄럽게 한다.

고개를 푹 숙인 현화 진인의 모습은 마치 운혜에게 머리를 조아린 것처럼 보였다. 그 모습에 신이 나서 희희낙락하던 현중 진인의 표정도 무거워졌다.

"……."

현중 진인이 현화 진인의 옆에 가 섰다. 현중 진인 역시 머리를 숙였다.

"네 얼굴을 볼 낯이 없구나."

"예?"

겁에 질려 있던 운혜가 반문했다. 현중 진인이 슬쩍 고개를 들었다. 그리고 진심 어린 눈으로 운혜를 바라보았다.

“미안하다.”

무엇에 대한 사과인 것인가! 어쩌면 이 두 분 사숙 때문에 사부님은 팔을 잃으신 건지도 모른다.

운혜는 아무런 말도 없었다. 그저 눈앞에 선 현중 진인과 현화 진인을 번갈아 바라볼 뿐이었다. 그 눈에는 혼란스러움이 가득 담겨 있었다.

“나는… 아니, 저는…….”

자신은 무엇을 말하려는 것일까? 그리고 두 분 사숙은 무엇을 사과하는 것일까. 죽임을 당할 뻔했던 소녀와 죽이려 했던 도사들 사이에서는 무엇이 남을까.

운혜는 눈을 몇 번 끔뻑였다.

“아…….”

손에서 온기가 느껴진 것은 그때였다. 운혜는 자신의 손을 잡은 사람을 바라보았다. 자그마해 보이지만 사실은 누구보다 커다란 손이 자신의 손을 마주 잡고 있었다.

“사조…….”

“헤헷.”

청명은 웃었다. 조용한, 하지만 부드러운 그 눈은 운혜의 두 눈을 똑똑히 주시하고 있었다.

용서해요.

머릿속에 가득한 생각들 사이로 사조님의 눈빛이 새어 들어왔다.

“…….”

운혜는 다시 현중 진인과 현화 진인을 바라보았다. 온기, 손에서 느껴지는 온기가 운혜의 마음을 편하게 했다.

그 온기는 현화 진인과 현중 진인에게 전염되었다. 청명의 손에서 흘러나온 온기는 운혜의 눈을 건너 현중 진인과 현화 진인의 눈에 전달되었다.

"허헛……."

말하지 않아도 짐작되는 것이 있다. 마음에 오랜 응어리가 풀어지는 것을 느끼며 현화 진인은 부드러운 미소를 지었다.

현중 진인은 아예 신이 났다.

"고맙네, 고마워."

"예……."

아무런 말도 없었지만 방금 용서가 지나갔다. 현중 진인은 마치 아이와 같은 얼굴로 희희낙락 웃었다.

"마음에 도(道)를 품기도 어려운데 악(惡)을 품었으니, 그동안 사는 것이 사는 게 아니었지. 으하하핫, 이제 악이 사라졌으니 비로소 도를 좀 돌아볼 여유가 생겼네!"

현중 진인은 신나게 웃었다. 그리고 그것을 바라보는 추걸개도 웃었다. 현중 진인과는 예전에 강호행을 함께한 적이 있다.

"으하하핫, 현중 도장께서는 변하질 않으셨구만?"

"어라? 그러고 보니 거지도 있구나?"

"…이제 나이도 있는데, 존칭은 좀 해주지 그러나."

"친우끼리 무얼."

현중 진인은 멋쩍게 웃었다. 분위기가 요상하게 흐르자 추걸개가 적당하게 배려해 준 것이다. 추걸개 덕택에 분위기가 훨씬 나아졌다.

"그러나저러나, 강호를 쑥대밭으로 만들어놨다니 그건 무슨 소리요?"

"음? 저 도우께서는 또 뉘신가?"

조용히 끼어든 귀곡자를 바라보며 현화 진인이 의아한 표정을 지었다. 귀곡자는 머쓱한 듯 시선을 내렸다.

"우리를 도와준 무림의… 그러니까 무림의… 그래, 기인일세. 스스로를 무명자(無名子)라고 하시더군."

추걸개가 얼른 귀곡자의 별호를 대충 둘러대었다. 귀곡자는 추걸개를 슬쩍 쏘아보았다. 하필이면 무명자가 뭔가, 무명자가.

"그렇구려. 본도는 현화자라고 한다오."

그러나 현화 진인은 부드럽게 고개를 숙여 보였다. 수상쩍어 하는 생각은 조금도 없었다. 그저 이름을 밝히기 싫어하는 것을 보니 명리를 초월한 기인인가보다고 생각할 뿐이었다. 사조님께서 가까이 하시는 인물이니 악인일 리가 없다.

조금의 의심도 없이 귀곡자를 받아들인 현화 진인은 슬쩍 웃음을 지었다.

괜히 귀곡자의 정체가 드러날까 초조했던 추걸개는 얼른 끼어들어 화제를 바꿨다.

"어쨌든 하던 말씀은 계속해야 할 것 아니오. 우리가 강호를 쑥대밭으로 만들어놨다니?"

현화 진인은 추걸개와 운풍자를 번갈아 바라보았다. 둘 모두의 얼굴에서 궁금증이 보인다. 마지막으로 청명을 바라보며 현화 진인은 한껏 웃음을 지었다.

"설마, 아무것도 모르고 있었던 게요?"

청명은 눈을 동그랗게 떴다. 늙은 사질은 도대체 무얼 말하고 있는 것일까?

"그럼, 별호도 모르고 있겠군요?"

별호?

운풍자와 추걸개, 그리고 운혜의 눈이 현중 진인에게 가 박혔다.

"허헛, 참으로 모르고 계셨군. 그렇다면, 제가 말씀드려야겠지요. 세류소선(世流少仙) 청명 진인."

"그, 그게 뭔가요?"

세상을 노니는 작은 신선.

청명은 모르고 있었지만, 세류소선이란 자기 자신에게 붙은 별호였다. 검선이라는 칭호가 이미 있었지만 반로환동하여 아이와 같은 언행을 즐기니 별호가 새로 붙은 것이다.

"이것부터 말씀드려야겠소이다. 성씨 일가는 무당산에 무사히 도착했소이다. 현재 무당산의 기슭에서 화전을 일구고 있지요."

"아, 그 친구들이 무당산으로 갔었지!"

추걸개가 추임새를 넣었다.

그러고 보니, 성씨 일가의 소식이 궁금하다. 참으로 보기 좋은 부자였었는데.

"그 친구들은 잘 지내나?"

"경일이라는 도우는 점소이가 되었고, 효원이라는 도우는 무당에서 직접 글을 가르치기로 했네. 그리고 삼득 도우는 여전히 농사를 짓고 있지."

"…허헛."

추걸개의 얼굴에서 미소가 새어 나왔다. 그들 부자의 깊은 정은 잘 알고 있다. 따듯한 기운이 피어올랐다.

"그 도우들 덕택에 선인의 이야기가 처음 태어났다네. 다름 아닌 호북에서 신선의 전설이 태동한 거지."

"아?"

삼득, 효원, 경일은 무당산으로 가는 길을 고이 걷지 않았다. 평촌에 아이들을 납치해 가는 마귀가 있었으며, 신선이 그들을 물리쳤다는 이야기를 퍼뜨렸던 것이다. 그리고 그 소문은 나날이 커져 갔다.

"소문이 커지자 무림맹에서 나름 조사를 했다오. 그리고 개방의 취팔선보의 흔적과 무당의 유운보법의 흔적을 발견했지. 물론 아직도 쉬이쉬이 하고 있지만."

운혜는 물론이고 운풍자마저 이야기 속으로 빨려들었다. 자신들의 행로가 강호에 알려졌다는 것은 달갑지 않지만, 제삼자에게 듣는 행보에는 기묘한 재미가 있었다.

"그리고 마교에서 두 번째 소문이 퍼졌다오. 마교에도 정파의 간세가 있으니 똑똑히 알 수 있었지. 사조께서 마교를 쑥대밭을 만들어놓았더군요?"

"예?"

"마교 사장로의 내공을 폐했지 않습니까."

교주는 마교도들에게 선인이 장로들의 무공을 폐했다고 했다. 스스로의 권익을 위한 것이었지만, 덕택에 강호에는 신선의 무공이 극에 달했다고 알려졌다.

"저, 운풍 사손, 내공을 폐하는 게 뭔가요?"

청명이 궁금증 가득한 얼굴로 운풍자를 바라보았다. 그러나 운풍자는 묵묵히 고개를 저을 뿐이었다. 청명 사조께 들었기 때문에 그것이 사실이 아니라는 것을 알지만, 강호에 소문이 그렇게 났다면 굳이 뒤집을 필요는 없다.

"그리고 천하제일가에 마교의 도당들이 침입해 왔을 때 그것을 막아내셨지요."

천하제일가를 침입한 것은 다름 아닌 구파의 동도들이었지만, 운풍자는 모른 체했다. 자세히 설명하기엔 너무나 위험한 사안이다.

"그리고 사천에서 교주와 직접 맞부딪친 일로 여기 계신 모두에게 별호가 생겼다오."

"아……."

운혜의 얼굴이 붉어졌다. 드디어 자신도 강호의 별호를 얻게 된 것이다. 무당산에서부터 키워왔던 꿈이 이루어지고 있었다.

현중 진인이 말을 받아 이어나갔다.

"소문에 의하면 신선은 아이와도 같은 마음가짐에 천하를 떠돌며 악을 멸한다고 했으니……."

천하를 떠돌긴 했다. 호북성 평촌에서 운남성으로, 운남성에서 안휘성 합비로, 합비에서 사천의 성도로, 사천에서 하남성 정주로 떠돌았으니, 천하를 떠돌았다 해도 과언이 아니다.

그리고 공교롭게도 호북에서도, 운남에서도, 안휘에서도, 사천에서도 마교의 악적을 물리쳤다는 소문이 돌았다.

"때문에 청명 사숙께 세류소선이라는 별호가 붙었지요."

자랑스레 현중 진인이 말했다. 청명은 고개를 갸웃했다. 현중 진인의 얼굴에 가득한 뿌듯함이 이해되지 않는 것이다. 하지만 진정한 천하제일인을 배출했다는 자부심에 가득한 현중 진인은 그런 눈치를 알아채지 못했다.

"그리고 천음선녀(天陰仙女) 운혜 도고."

현중 진인이 운혜를 가리키며 말했다. 차가운 공기를 몰고 다니며 신선을 보좌하는 선녀.

운혜의 얼굴이 발그레해졌다.

"무당일검(武當一劍) 운풍 도장."

"……."

운풍자의 얼굴에는 표정 변화가 없었다. 하지만 그 역시 기뻐하는 기색이 역력하다. 입꼬리가 슬쩍 올라갔던 것이다.

다음 차례는 추걸개였다. 추걸개는 뿌듯한 미소를 지은 채 자신의 새 별호가 불려지는 순간을 기다렸다.

"그리고 거지."

“…….”

잠시 장내에 침묵이 감돌았다. 추걸개 막 선배의 별호가 고작 거지라는 사실에 당황한 것이다. 막 선배의 기분이 얼마나 더럽겠는가!

그러나 추걸개는 아무런 말도 하지 않았다. 거지로 끝날 리가 없다. 그 뒤에 뭔가가 더 있을 것이다. 하지만 제법 오랜 시간을 기다려도 말이 없다.

“음? 그게 끝인가?”

“자, 자네는 그게 끝인데?”

추걸개는 당황했다.

“그럴 수가!”

곧 대단히 흥분한 추걸개가 고래고래 따지기 시작했다. 이 무슨 말도 되지 않는 상황인가! 그간 선인과 함께한 날들이 얼마인데 별호가 없다니!

“자, 자네는 호북에서도, 천하제일가에서도, 사천에서도 구걸만 했잖나. 그, 그리고 마, 만리추영이라는 별호도 이미 있고.”

“그래도 이게 무슨 불합리한 처사란 말인가! 강호의 친구들이 얼마나 비웃을 거냔 말이야! 이게 무슨 쪼잔한…….”

더 듣기 싫었던 것일까? 현화 진인이 추걸개의 말을 끊었다.

“이, 이제 곧 연회가 시작될 겝니다. 허허헛!”

“내 말을 무시하는 게요!”

그렇다. 무시하고 있는 중이다. 현화 진인은 계속 말을 이어나갔다.

“마침 무림맹에 적당한 도복이 있어 가져왔지요. 연회 때 입으시면 될 겝니다.”

현화 진인은 그렇게 말하며 작은 보따리를 내밀었다. 보따리 안에 무엇이 들어 있을까? 청명은 호기심 어린 눈으로 보따리를 주시했다.

“이제 채비를 갖추시지요.”
“네.”
보따리를 주시한 채 청명은 고개를 끄덕였다.

5장

제3화 **연회(宴會)**

저녁이 되자 무림맹은 혼란에 휩싸였다. 연회장의 경계를 서던 무인들은 흥분한 듯 옷깃을 추슬렀고 근처를 지나가던 시비들까지도 들뜬 듯 잰걸음을 놀렸다.

신선이 왔다!

무당파에 내려온 신선이 반로환동하여 소년의 모습을 한 채, 무림맹에 도착하여 연회에 참석한다 했다.

무림맹이 술렁이는 것은 어쩌면 당연한 일일지도 모른다.

때문에 무림맹의 수뇌부들은 계획에도 없던 커다란 연회를 열게 되었다, 무림맹의 주요 인사와 주요 문파가 모두 참석한다고 해도 좋을 만큼 커다란 연회를.

연회가 열릴 대회장(大會場).

식탁에 준비된 음식들은 그야말로 휘황찬란했다. 이곳에 황제라도 오

는 것일까? 황제의 식사가 부럽지 않을 화려한 음식들이 탁자에 가지런
히 놓여 있었다.

이미 식탁에 놓인 음식만 해도 수백 명은 거뜬히 먹을 만한 양이었다.
하나 현재 연회에 나와 있는 음식은 소채(小菜), 량채(凉菜)가 전부다.

그것만으로도 이렇듯 화려한데, 열채(熱菜)가 나오면 어떻겠는가! 음
식 하나만 보아도 무림맹이 이 연회를 어떻게 생각하는지 알 수 있을 것
이다.

자리에 착석해 있는 사람들의 면면 역시 대단했다.

무당과 소림의 장문인을 제외한 구파일방의 장문인들이 모두 모여 있
었으며, 천하오가(天下五家)라고 불리는 가문의 가주들 중 팽가, 모용가,
제갈가, 남궁가의 가주들이 모조리 앉아 있었다. 오직 한 가문, 당가만
자리에 없었다.

그리고 그 휘하의 일대제자, 이대제자들은 물론이거니와 삼류 방파의
방주들도 한자리씩 차지하고 앉아 있다.

“…….”

연회장을 둘러보던 권재후는 조용히 시선을 돌렸다. 화려한 연회가 시
작되었건만 아무도 입을 여는 사람이 없다. 바늘 하나가 땅에 떨어지면
그 소리가 들릴 만큼 조용했다.

가끔 차를 옮기는 시비의 걸음 소리나 차를 입가로 가져가 꿀꺽거리는
소리가 연회장을 울릴 만큼 조용했다.

서로 눈짓은 나누고 있지만 말은 없다.

“으음…….”

권재후는 차를 들어 입가로 가져갔다. 분위기가 고요하니 자신도 말을
꺼내기가 쉽지 않다.

그때였다. 차를 들이키는 소리와 함께 문이 열렸다.

"무림맹주이자 남궁가의 태상가주, 도제 남궁세옥께서 나오십니다!"

"오오, 나오셨구려!"

권재후는 재빨리 차를 내려놓고 몸을 일으켰다.

본래 구파일방의 장문인의 엉덩이란 몹시 무거운 법이어서 어지간하면 먼저 일어나는 법이 없지만, 무림맹주의 엉덩이는 구파일방의 장문인보다 더 무겁다.

자리에서 일어선 사람들을 보며 맹주는 부드러운 미소를 지었다.

"허헛, 모두들 모여주셔서 감사하외다."

"이를 말씀을요."

자리에 있던 장문인들이 겸양의 인사치레를 했다. 이제 맹주가 왔으니 분위기가 조금은 나아질 것이다.

"…그럼, 모두들 자리에 앉으시오."

맹주는 그 말을 끝으로 중앙에 위치한 태사의에 푹 눌러앉았다. 그리고는 한마디 말도 없이 수염을 쓸기 시작했다.

장문인들은 다시 침묵에 빠져들었다. 형식상 이 연회를 주최한 것은 맹주니 자신들은 어찌 보면 손님이다. 그렇다면 손님의 예를 갖추어야 하는 것이다.

"……."

침묵에 휩싸인 연회장을 바라보던 권재후는 잠시 싱거운 웃음을 지었다. 이래저래 분위기가 너무 무거우니, 어찌 방도를 찾아봐야겠다. 곧 권재후가 맹주를 바라보며 점잖은 목소리로 입을 열었다.

"허헛, 연회의 주최자가 늦으시니 이 화려한 음식들을 놓고도 먹을 수 없어 얼마나 괴로웠는지 모른다오."

권재후가 농을 꺼내자 장내가 조금 밝아졌다. 무당도, 소림도 없으니 화산이 그 자리를 대신할 수 있다. 무림맹주와의 대화가 저렇듯 부드러우니 신선이 온다는 중압감은 조금이나마 해소되리라.

"허헛, 허원 진인께서도 그러셨소? 사실 본인도 얼마나 이 철화요과(鐵和姚菓)가 먹고 싶던지 하마터면 진법이라도 펼칠 뻔했소이다."

질세라 제갈가의 가주 제갈천기가 입을 열었다. 그가 농을 꺼내자, 이제야 연회가 조금 연회스럽게 돌아간다.

"이제 주최자가 오셨으니, 우리도 주린 배를 채울 수 있겠지요. 허허헛!"

청성의 장문인이 길게 말하자 주위에 웃음소리가 커졌다.

"그렇소, 그렇구려!"

"허기 때문에 큰일이 나는 줄 알았소이다!"

"…허허허!"

마지막의 웃음소리는 맹주의 것이었다. 맹주는 심유한 눈으로 주위를 둘러보았다.

"본 맹주가 이렇듯 늦었으니 어찌 사죄를 드려야 할지 모르겠소. 술이라도 한잔 따라 드려야 본 맹주에 대한 소문이 고울 것이나, 아직 주빈께서 오지 않으셨으니 먼저 저(箸)를 들기가 민망하지 않소이까."

주빈이라 하면, 무당파의 신선이다. 알게 모르게 모든 무인들이 마치 맹주를 기다린 듯 말했지만 사실 주빈은 엄연히 신선, 청명이다. 그를 기다리느라 이렇듯 조용했던 것이다.

"…하긴. 그렇지요. 당대에 신선을 뵙는데 수염에 국물을 묻히고 뵐 수는 없으니."

권재후가 조용히 입을 열었다.

"한데, 그분께서는 아직 자리에 오지 않으시었소?"

"허헛, 요료성승께서 직접 뫼시러 갔으니, 머지않아 자리에 오실 게요."

인자한 얼굴을 한 맹주가 의자에 등을 기댔다.

"이처럼 모두가 모이게 된 것도 오랜만이니 잠시 담소라도 나누어봅시다."

"허헛, 예."

권재후가 대꾸했다.

*   *   *

무림맹의 귀빈실에 앉아 있는 청명의 얼굴은 시무룩해져 있었다. 우울한 얼굴로 눈을 데굴데굴 굴려 운풍 사손을 보니, 전에 없이 얼굴이 엄격하다.

청명의 얼굴이 애처롭게 변해갔다.

"아니 됩니다."

운풍자의 단호한 목소리에 청명은 시선을 돌려 운혜를 바라보았다. 그리고 애절한 목소리로 속삭였다.

"우, 운혜 사손……."

"…입으세요."

"…….."

운혜 사손의 얼굴도 전에 없이 엄격하다.

청명은 시무룩한 얼굴로 침상에 놓여 있는 화려한 도복을 가리켰다.

"저, 정말 저 옷을 입어야 하나요?"

"그렇습니다. 사조님."

청명의 몫으로 준비된 도복은 화려한 금관(金冠)과 금포(金袍)였다. 금실로 짠 번쩍번쩍거리는 도복은 무당의 장문인도 큰 행사가 아니면 입지 않는 고급 도복였다.

더군다나 청명의 체격에 딱 맞는 크기에, 구궁수까지 달려 있는 것이
짧은 시간에 어찌 이렇게 완벽히 준비했나 싶다.

청명은 우울한 얼굴로 입을 열었다.

"…하지만 운풍 사손, 이 옷은 너무 반짝거려요."

"그래도 입으셔야 합니다."

"시, 싫은데."

주위를 돌아보니 운풍 사손도, 운혜 사손도, 그리고 못된 거지도 한마
음 한뜻으로 자신을 바라보고 있다. 결국 청명은 우울한 얼굴로 금포를
집어 들었다.

"입을게요."

청명은 주섬주섬 관을 머리에 쓰고 금포를 둘러 입었다. 그 모습을 바
라보며, 운혜가 입을 열었다.

"이제 됐군요."

"그렇군."

한동안 옷을 입지 않겠다고 주장하시던 사조님께서 의복을 갖추었으
니, 이제 연회장으로 가는 일만이 남았다.

"그나저나 선인을 뫼시러 오지 않을 예정인가? 이 거지의 배가 등에
달라붙어가네."

추걸개가 너스레를 떨었다. 불편한 옷을 꿰어 입은 청명 역시 기대감
어린 목소리로 고개를 끄덕였다.

"나도 얼른 가고 싶어요."

"……."

운풍자는 무거운 얼굴로 청명을 바라보았다. 연회장에서 어떤 일이 있
을지 모른다. 청명 사조님께서는 무당파의 명예를 한 몸에 이고 있는 처
지이니 만약 실수라도 했다가는 험한 눈초리를 받을 수도 있음이다.

걱정 어린 시선을 탓하는 시선으로 받아들인 청명의 얼굴은 살짝 발그레해졌다. 괜히 재촉했나 싶다.

"아마, 곧 오실 겝니다."

호랑이도 제 말하면 온다던가. 인기척이 들리고 시비의 고운 목소리가 방 안에 울려 퍼졌다.

"소림사의 성승께서 오셨습니다, 도사님!"

"…출발하겠습니다, 사조."

운풍자가 무덤덤한 목소리로 입을 열었다.

*　　　*　　　*

아직 주빈이 나타나지 않았지만 연회장에는 조금이나마 흥이 돋아 있었다. 오랜만에 연회가 마련된 것이니 인맥을 조금이나마 틔워놓아야 한다는 강호인들의 사고방식 덕택이었다.

나이 지긋한 무인들은 후기지수들을 데리고 다니며 서로 담소를 나누고, 또 후기지수들은 서로서로 안면을 익히느라 정신이 없었다.

공동파의 복마검(伏魔劍) 서영권이 중얼거리기 전까지는 분명히 그러했다.

"마교주가 파천화련공을 완성한 것이 확실하오?"

서영권의 목소리는 차분했다. 평범한 질문과 같은 어투였으나, 그 말이 가지는 무게는 결코 평범하지 않았다.

연회장이 고요하게 변해갔다.

"그러하오. 어떤 경위인지는 모르겠으나……."

복마검 서영권의 말에 대꾸하며 권재후는 고요해진 연회장을 훑어보았다. 결코 크지 않은 자신의 목소리가 연회장을 울린다.

“음화신녀를 취한 듯하외다.”

고요한 모습 때문일까? 저도 모르게 웃음이 나온다. 실소를 흘리며 권재후가 말을 끝맺었다. 연회장을 흐르는 풍악이 새삼 크게 느껴졌다.

“으으음…….”

삐죽하니 솟은 머리칼에 마치 붕어와도 같은 눈을 가진 서영권이 침음성을 내뱉었다.

바늘 돋은 붕어와 같은 그의 외관은 우스웠지만 사실 그는 천하에서 손꼽힌다는 복마검을 대성한 공동파의 장로다. 그의 침음성이 가져오는 무게는 결코 작지 않았다.

“그렇다면 선인과 함께 있다는 무당의 음화신녀가……?”

“그렇소.”

서영권의 말에 대답한 이는 권재후가 아니었다. 여태 조용히 앉아 있기만 하던 무림맹주가 입을 연 것이다.

“사천에서 새로운 음화신녀가 나타난 덕택에 교주가 파천화련공을 완성할 수 있었다는 정보가 있긴 하오만, 하늘 아래 순음지체가 더 있다는 것은 아무래도 믿기 힘들지요.”

“으음…….”

침묵이 깔려 있던 연회장에 새로운 무게가 실려 갔다. 그것은 앞날을 걱정하는 무림지사들의 의기 어린 한숨이었다.

“그렇다면 선인은 도대체 무얼 하고 있었단 말이오!”

서영권이 화가 난 듯 외쳤다. 아무리 생각해도 이해할 수가 없다. 하늘 아래 모든 도(道)를 이루었다는 선인이라면 능히 마교주를 막을 수 있었으리라. 그러나 결국 음화신녀의 음기는 마교주에게로 전이되고 말았다. 이는 선인이 그저 좌시하고 있었다는 말에 다름 아니다.

그 외침은 많은 무림지사들의 동의를 얻어냈다.

"참으로 선인이긴 한 게요? 마교주와 붙어도 밀리지 않는 무공을 지녔다는 소문이 파다하나 눈으로 목도한 게 아니니 믿을 수 없는 것이 아니겠소이까!"

"그렇소이다! 또한 선인의 몸가짐이 저잣거리의 아이와 같고 경박하다는 소문이 있소이다. 보이는 것만이 진실이 아니라 하나 그와 같은 모습은 신임이 가질 않지 않소이까!"

"허어, 만약 신선이 아니라면 무당파는 도대체……."

"그대는 말을 삼가시오!"

그답지 않게 조용히 상황을 주시하고 있던 현중 진인이 고함을 내질렀다. 선인이 나오면 모든 이야기가 끝날 것이라고 생각해 조용히 있었으나, 그 명예가 손상되자 그만 눈이 뒤집혀 버리고 만 것이다.

흥분한 현중 진인이 마저 외쳤다.

"우리 무당은 눈이 없는 줄 아시오? 무당에서도 그와 같은 불경한 의심이 있었으나 확인 절차 끝에 선인이 참으로 선계에서 내려오셨다는 것을 확인했소이다!"

"…무당을 의심하는 것은 아니나 일이 중하니 어쩔 수가 없구려. 무당에서는 증거를 내놓으셔야 할 게요."

"태극동이라도 열어줘야 믿겠소? 그곳에는 선조들뿐만이 아니라 모든 도사들의 도적까지 쌓아놓고 있으니, 그것을 확인하면 되겠느냐 말이외다!"

"…으흠."

태극동의 권위는 엄청나다. 천하 도가(道家)의 조종(祖宗)이자 천하제일인을 세 번이나 배출했었던 무당파의 조사지동(祖師之洞)을 논했으니, 이제 선인의 의심을 쉬이 말할 수는 없게 되어버렸다.

사위가 고요해지자 현중 진인은 의기양양해졌다.

"무당의 명예와 취도(醉道)라는 내 별호를 걸지! 사숙께서는 참으로 선인이시오! 전대 무당 장문인까지 인정했단 말이외다!"

"…이제 그만하시게."

현중 진인을 보다 못한 현화 진인이 손을 들어 현중 진인의 팔을 잡았다. 하지만 흥분한 현중 진인은 그 팔을 뿌리쳤다. 체통이고 나발이고 신경 쓸 겨를이 없다.

"아니, 사형은 가만히 계시구려! 그러고 보니 네놈 수염이 검구나! 너 몇 살이야, 너!"

"…허어."

현화 진인이 한숨을 내쉬며 고개를 돌렸다. 괴팍하기로 소문난 현중 진인이다. 사부께서 조금 무거워질 필요가 있겠다고 그에게 '중(重)' 자 섞인 도호를 내렸으나, 그 후로 일 갑자가 지났는데도 그의 천성을 변하지 않았다.

아니나 다를까, 나이뿐 아니라 배분에서도 밀리는 서영권이 머쓱히 고개를 돌렸다.

"아니, 본도의 뜻은 그게 아니라……."

끼이익—

서영권이 뭐라고 중얼거릴 때였다. 갑자기 연회장의 문이 보드랍게 열렸다. 그리고 그 뒤로 겁먹은 소년의 눈동자가 빼쭉이 나와 주위를 두리번거리는 것이 보였다.

"음?"

멋쩍게 시선을 돌리던 소년의 눈동자가 서영권의 눈과 똑바로 마주치고 말았다. 맑은 눈동자에 난감했던 서영권의 마음이 조금이나마 풀어졌다.

"허헛……."

까닭없이 웃음이 새어 나와 서영권은 실소를 지었다.

그사이, 주위를 조심히 관찰하던 소년의 눈은 다시 문밖으로 사라졌다.

연회장 내부에서 고래고래 고함 소리가 들려 나오자 저도 모르게 겁을 먹었던 청명은 뒤에 시립하고 있는 운풍자를 바라보았다.

"운풍 사손, 운풍 사손, 안에서 소리를 마구 지르고 있어요."

"…그렇군요."

운풍자는 묵묵히 고개를 끄덕였다. 안에서 들리는 고함 소리는 이미 똑똑히 들었다. 이제 사조께서 어떻게 처신하시는지가 관건이 될 게다.

"들어가시지요."

걱정스러운 얼굴이 된 운풍자가 중얼거렸다. 조심스레 고개를 끄덕인 청명은 침을 꿀꺽 삼키고는 걸음을 옮겼다.

"무, 무당파의 장로이자, 서, 선계에 오르신 세류소선 처, 청명 진인께서 드십니다."

연회장의 입구를 지키던 무림맹의 총관이 긴장 섞인 얼굴로 청명을 바라보며 외쳤다.

시끄러웠던 연회장이 고요해졌다. 연회장을 내내 흐르던 풍악이 멎었고, 무림지사들은 하던 행동을 멈추고 문가를 바라보았다.

"허어……."

누구의 것인지 모를 한숨 속에서, 청명이 한 발 앞으로 내딛었다. 화려한 금관 자락이 바닥에 부드럽게 쓸렸다.

청명은 한발 한발 조심스럽게 걸어 앞으로 나아갔다.

　세인들은 저도 모르게 침을 꿀꺽 삼키며 신선의 등장을 바라보았다. 소문에 따르면 저 소년이야말로 선계에 오른 신선이자, 고금제일인이다.

　중앙에 이른 신선이 금포를 휘날리며 좌중을 바라보았다.

　정기에 가득 찬 신선의 눈동자에 좌중은 넋을 잃었다. 너무나 맑은 눈동자다. 마음이 편해지는 기분이 들었다. 언뜻 보기에는 귀여운 손자처럼 똘망똘망하지만, 자세히 보면 볼수록 현기(玄氣)가 엿보이는 눈동자였다.

　신선은 긴장한 듯, 주위를 바라보고 있었다.

　"아, 안녕하세요."

　"……."

　안녕하세요?

　좌중은 침묵했다. 강호에 떠도는 이야기에 따르면, 아니, 그냥 상식 수준에서 보아도 신선은 근엄한 모습이 아니던가!

　그런데 '안녕하세요' 라니, 인사가 너무 수수하다.

　좌중이 침묵하자, 청명은 당황했다.

　'아… 이, 이게 아닌가?'

　청명은 당혹스러운 얼굴로 사위를 훑어보았다.

　'자, 자기소개를 먼저 해야 되나보다.'

　"나, 나는 청명이라고 해요."

　"……."

　좌중은 다시 침묵 속으로 빠져들었다. 뭐라고 대답해야 할지 감이 잡히지 않는다. 그들은 멍하니 청명을 바라볼 뿐이었다.

　사실, 청명의 외관만으로 보자면 후기지수 중에서도 후기지수에 가깝다. 게다가 하는 행동도 강호초출인 것처럼만 보이니 당혹스러운 마음이 들 뿐이다. 하지만 그런데도 묘하게 정이 간다.

"아……."

이제는 거의 울 듯한 얼굴로 청명이 주위를 두리번거렸다. 아무래도 옷을 잘못 입었나 보다. 옷이 너무 반짝거려서 자기를 계속 쳐다보는가 싶다.

울상을 지은 청명이 주위를 두리번거릴 때였다.

"허허헛……."

어디선가 난데없이 웃음소리가 터져 나왔다. 인자한 듯한 웃음소리였으나 그 속에는 쇳소리가 섞여 있었다.

청명은 시선을 돌려 웃음소리의 주인공을 바라보았다.

"무림맹을 찾아주신 것에 감사하외다, 선인. 본 맹주는 남궁가의 사람으로 이름은 세옥이라고 한다오. 강호의 친구들은 저를 도제라고 부르곤 하지요. 허허헛."

"다, 당신은……."

청명의 눈이 동그랗게 커져갔다. 그 얼굴에 떠오른 표정은 경악이었다. 무림맹주의 얼굴은 분명히 처음 보지만, 그 몸에서 느껴지는 기세는 이미 알고 있다.

"마선……?"

청명이 멍하니 중얼거렸다. 무림맹에서 강력한 인연이 느껴졌으나 어떠한 인연인지는 알 수가 없었다. 순응하고자 하면 끌려왔을 것이나, 그 인연이 무엇이든 스스로 헤쳐 나가겠다고 마음먹었기에 직접 찾아왔다.

이제 그 인연의 끝자락이 보였다, 다름 아닌 마선이란 이름으로.

"당신이 어떻게……."

"허헛, 선인의 도호는 청명이시지요. 잘 알고 있소이다."

경악에 찬 청명의 중얼거림에 맹주는 아무렇게나 대답했다. 동문서답이었다. 덕택에 청명의 중얼거림을 잘 듣지 못했던 사람들은 신선이 도호를 소개했나 보다고 생각했다.

무림지사들의 화후가 높으니 아무리 작게 중얼거려도 못 들을 리 없건만 청명의 중얼거림은 아무에게도 들리지 않았다.

무림맹주는 부드럽게 웃음을 지으며 손바닥을 하늘로 펴 청명에게 자리를 안내했다.

"허헛, 이제 자리에 드시지요. 사실 선인을 기다리느라 배가 등가죽에 붙을 지경이라오."

"하하핫, 그렇소이다, 선인. 어서 자리에 드시지요."

청명과 맹주의 분위기를 조금도 눈치 채지 못한 권재후가 자리를 안내했다. 그로서는 조용해진 연회장의 분위기를 조금이라도 살리고자 한 것이었다.

하지만 청명의 긴장된 표정은 변하지 않았다. 저 기세는, 아니, 선기는 분명히 마선이다.

"다, 당신이 어떻게……."

청명의 말은 끝까지 이어지지 못했다. 갑자기 마선의 마음이 전해져 들어온다.

"그만. 더 말하면 운혜를 죽이겠소!"

"……."

청명의 입이 다물어졌다. 그 눈 또한 가라앉았다. 선계에 오른 또 다른 신선, 그리고 천하를 혈해로 만들겠다고 장담한 신선이 무림맹에 있다.

'나를… 불렀구나!'

청명은 입술을 비죽거렸다. 무림맹에 인연이 느껴졌었다. 인연을 거부할 수 있지만 만약 거부했다가는 많은 죽음을 보게 되는 그런 인연이었다.

"허헛, 자리에 앉지 않으실 거요?"

"…나는 앉을 거예요."

맹주의 재촉에 조그맣게 대꾸한 청명이 단 위로 걸어 올라갔다. 조금 전의 중얼거림은 아무에게도 들리지 않았으나, 이번의 중얼거림은 모두에게 들렸다.

"허헛, 선인께서 무림맹에 방문하셨으니, 이는 무림의 홍복이외다. 이보게! 이처럼 좋은 날에 풍악이 울리지 않으면 어찌 하겠는가! 풍악을 울리게!"

걸어 올라오는 청명을 바라보며 무림맹주가 흥겨운 듯 외쳤다. 하지만 그 마음속은 다른 울림을 자아내고 있었다.

"오랜만이구려!"

맹주는 마음으로 한 번, 입을 열어 한 번 말을 건네고 있었다. 하지만 그 내용은 판이하게 달랐다.

"허헛, 반로환동 하셨다더니, 참으로 소년과도 같은 형상을 지니셨구려! 흡사 선인이 아니라 산골의 소년 같소이다?"

말속에 뼈가 있다.

이미 청명이 진짜 신선이라는 것을 잘 알고 있음에도 마선은 못 믿겠다는 듯 말한 것이다. 그리고 무림맹주의 겉껍데기를 빌려 나온 음성은 그 말이 마치 진실이라도 되는 양 울려 퍼지고 있다.

"……"

고개를 푹 숙인 채 앉아 있던 청명은 아무런 말도 하지 못했다. 마선의 마음에 대꾸하기 위함이었다.

"네, 오랜만이에요."

"허헛, 대답을 하지 않으시는구려."

마음을 흘려보내는 와중에 갑자기 목소리가 들려왔다. 청명은 멍하니 고개를 들었다. 마음이 아니라 입을 열어 대꾸하라는 뜻이었다.

"아……."

"대답하시오!"

"……."

진심으로 반갑다는 듯 웃는 마선의 얼굴이 보인다. 마선은 어깨를 으쓱해 보이고는 조금 전에 했던 말을 다시 되뇌었다.

"마치 산골의 아이와도 같으시다고 했소이다. 허헛!"

목소리와 동시에, 또다시 마음이 들려온다.

"대답하지 않으면 운혜의 목숨이 위험할 게요!"

"내가 막을 거예요."

청명은 고집스러운 얼굴을 지어 보이고는 마주 마음을 보내었다. 하지만 혹시나 싶은, 왠지 불안한 마음에 얼른 입을 열어 무림맹주의 음성에 대꾸했다.

"…그, 그런가요?"

청명은 운혜를 흘끗 바라보고는 다시 입을 다물었다. 아무래도 불안하다.

"허헛, 무림맹까지 오시느라 수고가 많았소. 사천에서 예까지 멀다고는 못해도 가까운 거리는 아닐 터. 그런데도 제법 빨리 도착하셨더구려."

"막을 수 있겠나!"

청명은 주위를 조심스럽게 바라보고는 말을 이어나갔다.

"저, 저는 빨리 걸을 수 있어요."

"도(道)에 이르러 하지 못할 것이 없으니, 나는 막을 수 있어요!"

"허헛, 재미있는 대답이구려."

무림맹주는 그렇게 중얼거리고는 피식 웃으며 시선을 돌렸다. 청명의 마음에는 대꾸하지 않은 상태였다.

그는 인자하게 웃으며 술잔을 들어올렸다.

"자아, 무림맹에 선인께서 친히 오셨으니, 어찌 술이 한 순배 돌지 않을 수 있겠소! 술이 돌지 않으면 무림맹의 예의가 모자라다 할 것이니, 본 맹주를 생각해서라도 잔을 듭시다!"

"하하핫, 그리 하지요!"

장내의 무림지사들이 잔을 들어올렸다.

"건배!"

"건배!"

"허허헛……."

우렁찬 '건배' 소리가 울려 퍼지고 나자, 맹주는 부드럽게 웃으며 잔을 입가로 가져갔다.

"해보시게!"

"앗!"

마선을 주시하던 청명이 다급히 고개를 돌렸다. 편안히 술잔을 들이키는 듯 보이던 마선이 갑자기 사기(死氣)를 내어 돌린 것이다.

시선을 돌려보니 아무것도 모른 체 웃고 있는 운혜에게로 죽음의 기운이 휘몰아쳐 가는 것이 보인다.

"……."

청명이 손을 살짝 들어 흔들었다. 본래 사람의 수명은 하늘에 달려 있으니, 생사의 기운으로 사람을 상케 하는 것은 순리가 아니다. 생각 끝에 부드럽게 손을 떨치자 운혜에게로 다가가던 죽음의 기운이 살짝 멈추었다.

"제법이군!"

하지만 그뿐, 죽음의 기운은 다시 뱀꼬리처럼 운혜에게로 뻗어나갔다.

"그러지 말아요. 그건 순리가 아니에요."

“허헛, 그러고 보니, 선인께서는 식사를 아직 하지 않으신 것으로 알고 있소만?”

“…….”

사기를 막아내느라 대꾸할 여력이 없다. 청명은 맹주의 말을 무시하며 다시 한 번 손을 떨쳤다.

사앗—

운혜에게로 흘러가던 죽음의 기운이 살풋 멈추었다. 그리고는 아주 천천히, 공기 중으로 흩어져 간다.

청명의 선기가 기운을 훑은 것이다.

“…음?”

운혜는 갑자기 몸에 소름이 돋는 것을 느끼고는 몸을 부르르 떨었다. 갑자기 한기가 느껴진다.

‘왜 그러지?’

무심코 시선을 돌려 청명 사조를 보니, 다행이라는 듯 헤헷 웃고 계신다. 운혜는 괜히 부끄러워 시선을 돌렸다.

“…….”

운혜 시손을 구했다는 기쁨에 웃고 있던 청명은 다시 한 번 느껴지는 기운에 마선을 바라보았다.

“제법이구려. 핏덩이인 줄로만 알았는데… 혹여, 타불아화(他不我和)의 묘를 깨달으셨소?”

마음과 동시에 목소리도 들려왔다.

“식사를 하셔야지요?”

마선이 손을 하늘로 해 음식을 권하고 있다. 청명은 조용히 음식들을 바라보았다. 먹어보고 싶은 음식들이 가득 있었다. 고기는 물론이고, 맛있게 조리된 야채들과 먹음직스러운 탕이 가득하다.

하지만 먹어서는 안 된다. 운혜 사손이 위험하니까.

"저, 저는 배가 고프지 않아요."

청명은 더듬더듬 중얼거렸다. 그리고서야 마선의 마음에 제대로 답할 수 있었다.

"네, 다른 것은 제가 될 수 없지만, 저는 다른 것이 될 수 있어요. 평범한 사람은 마음을 투영하니까요."

삼득 도우와 경일, 효원 도우도 그랬고, 설 도우와 경 도우도 그랬다. 그리고 가연 도우와 소연 도우도 서로에게 아낌없이 자신을 나눠주었다.

"…허허헛, 그것을 깨달으셨다니 경하할 일이로군."

"그래도 한 저 뜨시지요. 본 맹주의 손이 부끄럽지 않소이까."

"당신은 왜 피를 보려 하지요?"

마선에게 마음을 보낸 청명은 대답없이 고개를 끄덕이고는, 눈앞에 보이는 무채를 집어 들었다.

"…잘… 먹을게요."

청명은 조그맣게 중얼거리고는 음식을 입가로 가져갔다. 그러나 마선 때문인지 맛이 느껴지질 않는다.

"무위(無爲)로 돌아가기 위함이요."

마선 역시 마음을 보내며 중얼거렸다. 하나 여전히 입에서 나오는 말은 판이하게 달랐다.

"무림맹의 식사가 결코 박하지 않으니, 아마 제법 맛이 좋을 게요."

"네, 맛있어요."

청명은 조그맣게 중얼거렸다. 방금 운혜 사손에게 흘러 나가는 사기를 어찌 막았는지 모르겠다. 마선의 기운을 흩는데 온 마음을 쏟았지만, 마치 맨손으로 금강석을 깨어버리려는 듯한 막막한 기분만 들 따름이었다.

다행히 막아내긴 했지만, 그런 기운이 다시 솟아오른다면 어찌 될까.

청명은 고분고분 마선의 뜻대로 따를 수밖에 없었다.

"그것은 무위가 아니에요!"

"아니, 지금이야말로 무위가 아니지. 이곳을 보시오. 이곳이 인위(人爲)가 아니라 어찌 말하겠소?"

"……."

마선이 조용히 웃으며 연회장을 훑어보았다. 그 시선을 따라 청명의 눈도 연회장으로 흘러갔다.

"……."

청명은 아무런 말도 하지 못했다. 연회장에 가득 찬 사람들은 그 깨달음이 깊고 수양이 깊었으나, 엄연히 무위에 다다르진 못했다.

아니, 어쩌면 범인보다 더 더욱 인위적이었다. 범인은 한 끼 식사 외에는 바라는 것이 없고, 하루 묵을 곳 외에는 원하는 것이 없으나 이들은 권력에 눈이 멀고, 더 높은 무공을 얻고자 눈이 멀고, 명예에 눈이 먼 무리들이었다.

"그렇다고 이들의 피를 볼 수는 없어요. 훌륭한 사람이 도를 들으면[上士聞道] 그대로 행하고[勤而行之] 범인이 들으면[下士聞道] 비웃는데[大笑之] 했어요. 이들은 아무것도 모를 뿐이에요."

"…허허헛!"

마선이 부드럽게 웃었다. 그리고는 손을 뻗어 주전자를 집어 들었다.

"그러고 보니 선인께 술 한 잔도 올리지 못했구려, 이런 결례가 있나."

나지막하게 중얼거리며, 마선은 술잔에 술을 따랐다. 그리고는 서서히 몸을 일으켰다.

"아니, 악한 것이외다."

"자, 무림의 평화를 위해 한 잔 술을 올리니, 선인께서는 이 술을 받아 주시오."

"……네."

청명은 고개를 끄덕였다. 마선의 의도를 알 수가 없다. 분명히 이곳에 가득 찬 것은 무위가 아니라 인위지만 사실 모자란 사람이 도를 들으면 웃는다 했다. 멍청한 사람이 도를 듣고 웃지 않으면[不笑] 그것은 참다운 도가 아니다[不足以爲道].

이곳에 있는 사람들은 그저 멍청할 뿐, 악함이 아닌 것이다.

"내가 막을 거예요."

청명 역시 몸을 일으켰다.

주위의 시선들이 청명에게 가 박혔다. 맹주와 선인께서 서로 담소를 나누더니, 마침내 한잔 술을 나누겠다고 일어서 있는 것이다.

'시험이로군!'

맹주와 선인 사이에 오가는 기묘한 공기를 관찰하던 권재후가 생각했다. 그로서는 상상도 하지 못할 이야기가 오가고 있었지만, 그것을 모르는 권재후로서는 그저 선인이 참 선인인가 시험하고자 하는 것으로만 보였다.

맹주가 술잔을 들고 슬쩍 손을 흔들었다. 이상한 기파(氣波)가 느껴졌다. 거북한 느낌과 맑은 느낌이 동시에 도는 기파였다.

"……"

청명의 우측에 앉아 있던 운풍자의 눈썹이 꿈틀거렸다. 맹주는 잔에 내공을 싣고 있는 것처럼 보인다. 이 무슨 무례란 말인가!

운풍자는 재빨리 청명을 바라보았다. 하지만 청명 사조께서는 부드럽게 웃어 보일 뿐, 별다른 반응이 없다.

결국 운풍자는 아무런 말도 하지 못했다.

"내가 막을 거예요!"

"가능할까?"

맹주는 술잔을 부드럽게 떨궜다. 술잔은 공중에 떠올라 회전했다. 술잔은 빙글빙글 회전하며 느릿느릿 뻗어나갔다.

"허허헛……."

마선의 웃음소리가 연회장에 울려 퍼졌다.

*　　　*　　　*

'어찌……!'

권재후의 눈이 크게 떠졌다. 선인을 시험하기 위함이라면, 간단한 내공 시험 정도면 된다. 기실 맹주와 선인쯤 되는 초고수들 정도가 되면 내공의 많고 적음보다 정교한 운용을 보게 되는 법이다.

전신의 내공을 쏟아 부어 내공 대결을 벌인다면 그 결과는 어느 한쪽의 사망, 혹은 주화입마가 될 터였다.

'그런데 어찌 내공 대결을……!'

권재후는 놀란 눈으로 잔을 바라보았다. 그것은 주위의 무림인들 모두 마찬가지였다.

"허어……."

안타까움의 한숨부터 경악의 외마디 비명까지 다양한 비명이 터져 나왔다. 일촉즉발의 상황이란 것을 모두가 짐작한 탓이었다.

그사이 잔은 빙글빙글 회전하며 청명에게로 나아가고 있었다. 그 안에는 천 근 거력이 담겨 있어 자칫하면 큰 위험이 될 터였다.

"……."

청명은 침중한 얼굴로 잔을 바라보았다. 잔은 아주 느리게 떠 다가오고 있었다. 그리고 그 안에 담긴 것은, 여기 있는 사람들의 착각과는 다르게 내공이 아닌 선기였다.

하지만, 선기의 사이사이에 사기(死氣)가 담겨 있다.

운혜 사손을 공격하던 것으로 부족했던 것일까? 마선은 자신을 죽이려 하고 있다.

"…아무것도 가지지 않고[不拿], 아무것도 바라지 않으니[不望], 그대의 잔은 내게 영향을 미치지 못해요."

누구에게 하는 소릴까? 청명은 난데없이 뭐라고 중얼거렸다. 잔은 어느새 청명의 앞에 당도했다.

"……."

청명은 부드럽게 손을 뻗어 잔을 받았다. 그리고 신음성을 토해냈다.

"흡!"

아니나 다를까, 부드러웠던 잔은 결코 가볍지 않았다. 죽음의 기운을 머금은 선기가 청명의 팔에 들러붙었다. 청명의 팔이 뒤로 밀려났다.

청명은 이를 악물고 술잔을 내려다보았다. 술잔엔 아무런 미동도 없었다. 아주 고요한 일렁임 하나조차 없이 평평할 뿐이다.

본래 잔에 담긴 술은 찰랑찰랑 움직이게 마련인데 그러한 조화를 비웃듯 술잔은 얼어붙어 있었다.

"으… 흡……."

절로 신음 소리가 새어 나온다. 죽음의 기운이 잔에서 팔을 타고 오르고 있었다. 자신을 사라지게 하려는 마음. 자신을 바라지 않는 마음.

죽음은 도(道)가 아니지만, 또한 도이기도 하다. 아직 선계에 들지 못했으니 죽음은 청명의 주위에서 멀리 있지 않았다. 멀리 있지 않다고 해서 죽음을 곱게 받아들여야 하는가.

눈을 부드럽게 감은 청명은 마음을 술잔에 담았다.

'운혜 사손⋯⋯.'

눈을 감기 직전, 언뜻 보인 운혜의 얼굴에는 눈물이 가득 머금어져 있었다. 운혜는 무인이니 청명이 받고 있는 것이 무엇인지 똑똑히 짐작할 수 있었다. 그리고 청명에게 내공이 없다는 사실 역시 똑똑히 기억하고 있었다.

여기에 담긴 것은 결코 내공이 아니지만, 자신을 죽이려는 점에서 내공이나 다름없기도 하다.

'원시천존님⋯⋯!'

도(道)는 강제로 이루지 않으며[勉强地不做成], 자신의 뜻대로[自私] 세상을 바꾸지 않는다[不掉世]. 어떤 일이든지 인위로는 해결하지 못하지만[人爲卽不能解], 무위는 해결한다[無爲卽能解].

'도에 이르러⋯⋯.'

출렁—

술잔에 일렁거림이 일어났다. 사기로서 묶어두어 마치 얼음과도 같았던 술잔이 미동을 보였다.

'못할 것이 없노라.'

"⋯⋯!"

권재후의 눈이 크게 떠졌다. 시선을 돌려보니 마침 성승이 보인다. 성승 역시 놀란 얼굴이었다. 둘 모두 어떤 일이 벌어졌는지 짐작한 것이다.

'내공이 아니다?'

술잔을 받을 때의 기파는 말로 설명할 수 없는 느낌이었다. 하나 내공이 아니라는 것만은 분명했다. 굳이 이름 붙이자면⋯⋯.

'자연지기(自然之氣).'

권재후는 맹주를 바라보았다. 맹주의 얼굴이 달라져 있었다.

‘…원시천존이여!’

마선의 수염이 가볍게, 아주 가볍게 꿈틀거렸다. 술잔에 담아두었던 사기는 자신의 마음이자 자신의 도다. 그 도가 깨어지려 한다.

‘죽음이 어찌 삶과 다르리오. 어찌 순리에 따른 죽음만 죽음이리오. 기실 삶도 죽음도 없는 것을.’

세상에 수많은 사고가 얼마나 많던가! 난데없이 산사태가 벌어져 죽음을 맞게 된 산지기는 그대로 죽음을 맞아야 하는가, 아니면 더 살기 위해 발버둥쳐야 하는가.

어떤 것이 인위고, 어떤 것이 도인가!

“……”

마선의 얼굴엔 늘 인자하게 웃던 웃음조차 사라져 있었다. 그는 그저 술잔을 주시할 뿐이다.

일렁—

술잔의 일렁임이 다시 가라앉았다.

“…허헛!”

마선은 웃었다. 이제 더 이상의 일렁임은 없다. 아마 선기를 막아내지 못했기 때문일 것이다. 천선의 운명은 어찌 될까.

당황한 얼굴의 천선과 빙정처럼 얼어붙어 버린 술잔을 바라보며 마선은 이를 드러내었다. 저 술잔을 막을 방도가 천선에겐 없다.

그가 그렇게 안심할 찰나였다.

“잘 먹겠습니다.”

“……!”

청명은 술잔을 입가로 가져갔다. 마선의 얼굴에 숨길 수 없는 충격이 떠올랐다.

‘어찌……?’

“헤헷!”

청명은 당연하다는 미소를 지은 채 술을 들이켰다.

꿀꺽꿀꺽—

제법 도수가 높은 술이 거침없이 청명의 입가로 사라져갔다. 씁쌀한 맛에 청명의 이맛살이 찌푸려졌다.

“크으—”

청명은 잔을 모두 비워냈다. 그리고는 그 쓴맛에 곧 울상을 지었다. 자리가 자리인 것은 알았는지 다행히 운풍자에게 칭얼대지는 않았다. 그저 혼잣말을 중얼거릴 뿐이었다.

“써, 써요…….”

“…….”

마선은 표정을 수습했다. 방금 이해할 수 없는 광경을 보았다. 천선은 선기가 올올히 얽혀 있는 술잔을 들이켰다. 그러고도 아무 이상이 없는지, 자연스럽게 서 있을 뿐이다.

물론 청명이 자연스럽게 서 있는 것은 아니었다. 조금의 시간밖에 흐르지 않았는데 어느새 비틀비틀거린다. 그 표정은 더 가관이었다. 붉어진 얼굴을 보니 술기운이 올랐다는 것을 알 수 있었다.

“아…….”

시선을 돌려보니 마선이 두 개로 보인다. 사람들 역시 마찬가지였다. 그런데 왠지 기분이 좋다. 청명은 헤벌쭉 웃었다.

“헤헷…….”

“…….”

운풍자의 얼굴이 굳어졌다. 다행히 내상이 있는 건 아니신가 보다. 조금 이상한 기색을 보이시긴 하지만 위태로워 보이지는 않는다. 다만 저 발그레해진 볼, 그리고 살짝 풀린 눈, 헤헤 웃으시는 입…….

‘취하셨나?’

“헤헤헷!”

청명은 싱글싱글 웃었다. 마음이 흡족했다. 기쁘다. 이유도 없이 그냥 기쁘다. 죽음도 도(道)고, 삶도 도고, 술도 도다.

삶도 없고 죽음도 없는데[無生無死] 난 도대체 뭐에 집착한 걸까? 한 잔 술의 어지러움 속에서는 아무것도 관계가 없는데.

하지만 그래도 예는 갖추어야 한다. 한 가지를 받으면 반드시 보답하라 했으니 술잔을 받았으면 술잔을 주어야지.

청명은 헤헷 웃으며 손을 뻗었다.

“나도 술을 따라 드릴게요.”

비틀거리는 청명의 그 손은 술병에 가 닿지 않았다. 그저 허공 중에 멍하니 펼쳐져 있을 뿐이었다. 그러나 그 손짓은 가볍지 않았다. 마치 태극을 그리듯 부드럽게 원을 그리고 있었다.

“헛!”

누구의 비명 소리일까? 장내는 침묵에 휩싸였다.

가만히 자리 잡고 있던 술병이 떠올랐다. 선인께서 앉아 있던 자리의 술병 하나가 둥실 허공에 떠올랐다.

아무런 내공도 없이 펼쳐진 신기에 모두들 경악했다.

“겨, 격공섭물인 게요?”

“아니, 장담하는데 아닐 게요. 우리 사부께서도 저러신 적이 있거든.”

“공진성승께서?”

“그렇소이다. 믿을 수 없지만, 저것은 아마도 마음을 실은 결과일 게요.”

성승의 말에 권재후의 수염이 꿈틀거렸다. 사물에 마음을 싣는다? 검에 실으면 심검(心劍)이요, 술잔에 실으면 심주(心酒)가 된다.

만약 들이마시는 숨결 하나하나에 마음을 실으면 어떻게 되겠는가! 어쩌면 숨을 쉬게 만드는 것 하나만으로도 상대를 제압할 수 있으리라.

그렇다면 진정한 고금제일인이나 다름없다.

권재후가 그렇게 생각할 때였다. 성승의 앓는 듯한 신음 소리가 들려왔다.

"으음… 주위를 보시구려!"

"……?"

권재후는 멍하니 주위를 둘러보았다. 그리고는 비명을 내질렀다.

"헛! 수, 술병이……."

떠올라 있는 것은 한 병만이 아니었다. 이제 연회장의 사람들은 머리를 망치로 맞은 듯한 얼굴을 하고 있었다.

"세류소선……."

누구의 것인지 모를 신음이 새어 나왔다.

연회장의 모든 술병이 떠올라 있었다. 수십 병이 공중에 떠올라 마치 바람과 춤추듯 빙글빙글 돌고 있다. 제자리에서 회전하기도 하고, 원을 그리며 돌기도 한다.

때로는 뒤집히며 원을 그리기도 했는데 그래도 술병 속의 술은 쏟아지지 않았다.

경악에 가득 찬 무인들의 귓가에 조그만 속삭임이 들려왔다.

"아, 너는 아니야. 술잔이 작아서 많은 술은 들어갈 수 없단 말이야."

청명의 중얼거림이 들려왔다. 말을 알아듣기라도 한 것일까? 몇 개의 술병이 자리로 내려갔다.

"나, 나는 한 병만 있으면 돼."

재차 중얼거리는 청명의 목소리에 따라 술병들이 하나둘 자리로 내려갔다. 청명은 하나의 술병만이 남을 때까지 기다린 다음, 헤헤헤 웃으며 마선을 보고 말했다.

"따라줄게요."

말이 끝나자 술병이 기울어졌다. 잔도 없는 맨 탁자로 술병이 기울어지자 세인들의 얼굴에 당혹스러움이 떠올랐다.

쪼로록―

도대체 선인은 어디에 술을 따르는 것인가! 청명이 따르는 술은 그저 허공 중으로 뿜어져 나가고 있었다.

"으음……."

다시 한 번 누구의 것인지 모를 신음 소리가 새어 나왔다.

공중에 뿌려진 술은 바닥에 떨어지지 않았다. 넘실넘실, 한 마리의 뱀처럼 술은 뻗어나가고 있었다.

청명은 헤죽 웃었다.

"그대는, 아, 이게 아닌데……."

마음을 보내야 하는데 입을 열어버렸다. 청명은 헤죽 웃고는 마음을 보내었다.

"그대는 나를 해하려 했지만, 나는 그렇게 하지 않을 거예요."

청명의 선기 속에는 생에 대한 찬란한 빛이 숨겨져 있었다. 술잔은 그 어느 때 보다도 영롱하게 빛났다.

마선은 피식 웃으며 청명의 마음에 답변했다.

"멍청하구려!"

"허헛, 선인의 잔을 받을 기회가 있다니. 영광이로소이다."

맹주는 잔을 들어올렸다. 공중을 떠돌던 술이 잔 위로 떨어져 내렸다. 한줄기 부드러운 선기가 잔 안에 머물렀다.

'순진하기 짝이 없군.'

사기를 풀어 천선을 시험해 보려 했던 자신이 멍청하게 느껴진다. 무위에 이르러 욕심이 없음에도 하계에 내려와 온갖 인간사를 겪어야 했던 천선이지만, 아직도 순수한 마음을 간직하고 있었다.

'그렇다고 천하를 구하려는 내 계책을 막을 수는 없을 것이오.'

마선은 피식 웃으며 선기가 가득 담긴 술잔을 들이마셨다. 길게 한 잔을 마신 마선은 조용히 장내를 바라보았다.

청명의 신기에 취해 버린 사람들의 놀란 눈동자를 바라보며 마선은 맹주의 얼굴로 돌아왔다.

맹주는 난데없이 한마디를 우렁차게 내뱉었다.

"한 잔 술을 받았으니 본 맹주는 이만 물러나겠소. 주빈께서 와 계시니 모두들 연회를 즐기시구려!"

그리고는 인자하게 웃음을 지었다. 청명의 얼굴을 더 마주하지 않겠다는 뜻이 담긴 웃음이었다.

그러나 평소에도 연회에서 일찍 사라지곤 했던 맹주인지라 장내에 자리한 무인들은 그러려니 하고 고개를 끄덕일 뿐이었다.

오로지 권재후만 괴이 망측한 추측을 시작하고 있었다.

'혹시… 내상을 입었던가?'

완벽하게 틀린 추측이었지만, 왠지 모르게 수상쩍은 맹주의 몸놀림에 권재후는 그렇게 생각할 수밖에 없었다. 조용히 맹주를 살피며 그는 조용히 술을 들이켰다.

*　　　　*　　　　*

맹주는 천천히 걸어 연회장을 빠져나왔다. 중간중간 누군가가 인사를 하면 그 인사를 마주 받고 담소를 나누곤 했지만, 결코 오랜 시간을 대화하진 않았다.

예의에 어긋나지 않는 선에서 대화를 마친 맹주는 다시 걸음을 옮겼다. 맹주사저가 아닌 후원을 향해서였다.

연회장을 빠져나올 때쯤 되어서는 쫓아오는 시비마저 물렸다.

"잠시 산책을 하고 싶구나."

"하, 하오나 천녀는……."

"더 이상 쫓아오지 말거라."

맹주는 부드럽게 웃으며 시비를 바라보았다. 그 인자한 얼굴에 시비는 조용히 머리를 숙여 보였다. 맹주의 뜻을 거스를 수가 없으니 물러가야 할 일이다.

"그럼 천녀는 여기서 기다리고 있겠습니다."

"그리하게."

시비가 시립한 채로 조용히 몸을 돌리는 것을 확인한 맹주는 무림맹의 후원으로 걸음을 옮겼다.

상쾌한 밤공기가 느껴졌다. 달빛이 부드럽게 세상을 감싸 안고 있었고, 잘 꾸며진 후원의 나무 위로 꽃이 한 송이 피어올라 있는 것이 보였다.

고요하고도 아름다운 모습이었다.

맹주는 그 모습을 바라보며 웃음 지었다.

"허허헛……."

어떠한 감흥을 느껴서 웃은 것이 아니었다. 갑자기 살기가 치밀어 올라 견딜 수가 없었다. 맹주는 한 손을 들어 무엇인가를 움켜쥐는 시늉을 했다. 손가락이 서로 맞닿았다.

탁—

피어 있던 꽃 한 송이가 끊어져 땅바닥으로 낙화했다.

"허허헛……."

그제야 마음이 편안해진 맹주는 웃음을 지었다. 그는 조용히 하늘을 바라보았다.

"때가 되었음이니……."

무슨 뜻일까? 맹주는 알 수 없는 한마디를 중얼거리고는 눈을 감으며 숨을 깊게 들이켰다. 그리곤 길게 내뱉었다.

한동안 고요히 호흡을 하던 맹주의 붉은 얼굴 속에서 조금씩 핏기가 사라졌다. 마음이 육신을 벗어나는 것이다.

긴 호흡 속에서 맹주의 입가가 부드럽게 휘어졌다.

*　　　　*　　　　*

연회장은 고요했다. 방금 선인의 신기를 보았으니 평생 자랑할 거리가 생겼다고 해도 과언이 아니다. 어쩌면 새로운 신기를 볼 수도 있음이니 선인의 일거수일투족을 놓칠 수가 없었다.

그러나 선인은 술에 취해 있었다.

"헤헷!"

청명은 젓가락을 들어올렸다. 팔이 잠시 흔들린다.

균형을 잡는 듯 젓가락을 뱅뱅 돌리던 청명은 눈을 가늘게 뜨고는 젓가락 끝을 바라보았다.

나름대로 정신 집중을 하는 것이다. 웬일인지 사물이 두 개로 보여 음식을 집을 수가 없다.

불만스러운 얼굴이 되어버린 청명이 뒤에 서 있는 운풍자를 확인하고는 칭얼칭얼거렸다.

"어, 어지러워요, 운풍 사손."

"……."

운풍자는 묵묵히 주위를 둘러보았다. 그리고 다시 사조님에게로 시선을 옮겼다. 주위 사람들도 이미 짐작한 모양이지만 사조님께서는 술에 취하셨다. 발그레한 얼굴, 그리고 살짝 풀린 눈, 비틀거리는 몸짓.

"선기로 취기를 날릴 수는 없습니까?"

한숨 어린 얼굴로 운풍자가 중얼거렸다. 하지만 청명은 해롱해롱거리는 눈으로 운풍자를 바라볼 뿐이었다.

"취, 취기가 뭔가요?"

"…아무것도 아닙니다."

운풍자는 말을 잃었다. 취기가 뭔지, 자신이 지금 느끼는 것이 무엇인지 아무것도 모르시는 모양이다. 어떻게 백오십여 년의 생을 살아오면서 한 번도 술을 마시지 않을 수가 있단 말인가!

그의 얼굴이 점점 더 당혹스러워졌다.

"나는 고기가 먹고 싶어요오."

말꼬리를 늘이며 청명이 중얼거렸다. 그리고는 눈을 게슴츠레 뜨고 젓가락을 엉뚱한 데다 내리꽂는다.

괜히 그 모습이 부끄러워 운혜의 얼굴이 벌게졌다.

"사, 사조님! 좀 조심하세요."

"아. 운혜 사손!"

청명의 얼굴에 웃음이 피어올랐다. 몽롱한 가운데서도 운혜 사손의 얼굴을 보니 기분이 좋다.

"헤헷!"

"…우, 웃지 마시고 얼른 정신 차리세요!"

"운혜 사손―"

청명은 자리에서 일어나 비틀비틀 걸음을 옮겼다. 운혜에게 가려는 것이다. 운혜 사손의 얼굴이 다른 때보다 훨씬 예뻐 보인다.

그래서 청명과 안면을 트려던 권재후는 당황했다.

"서, 선인……."

"네에?"

졸린 듯한 나른함이 느껴지는 목소리였다. 권재후의 얼굴에서 땀이 솟아올랐다. 왠지 건드리면 안 될 것 같다.

"이, 인사를 올리려고……."

"안녕하세요, 권 도우우."

딸꾹질 안 하는 게 용하다. 술 취한 청명은 인사는 이쯤이면 됐다고 생각했는지, 비틀거리며 운혜에게로 걸음을 옮겼다.

"오, 오지 마세요!"

"네?"

"옆에 화산파의 장문인께서 계시잖아요! 도담(道談)이라도 나누시란 말예요!"

멍해진 청명의 질문에 운혜가 대답했다. 화산 장문인이 말을 걸고 계신데 자신한테 와버리면 사조님은 물론이고 자신까지 민망해진다.

하지만 청명의 반응은 색달랐다. 살포시 미간을 찌푸리는가 싶더니 이내 울먹거린다.

"우, 운혜 사손……."

울먹거리는 눈망울을 보니, '내가 싫은 거예요?' 라고 말하는 듯하다. 운혜의 마음이 다급해졌다. 이 자리에서 사조님께서 울먹거리시면 무당파의 명예는 박살난다.

"오, 오셔도 돼요!"

"헤헷!"

단숨에 표정이 바뀌었다. 울먹이던 청명은 금세 해죽해죽 웃으며 운혜의 옆 자리로 걸음을 옮겼다. 무슨 이유에서인지 운혜의 주위는 모두 비어 있었다.

"운혜 사손, 저는 고기를 먹을 거예요."

"하아—"

"그런데 그릇이 자꾸 움직여요."

"그건 그릇이 아니라 사조님의 젓가락이 흔들리는 거예요."

"아닌데… 그릇이 움직이는데……."

청명은 볼을 부풀리며 반박했다. 하지만 누가 봐도 흔들리는 것은 청명의 젓가락이었다. 청명은 다시 눈을 게슴츠레 뜨고 그릇을 똑바로 노려본 다음, 젓가락을 들어 전혀 엉뚱한 데다 내리꽂았다.

그리고 대단히 억울한 눈으로 운혜를 바라보았다.

"거 봐요, 그릇이 움직이잖아요."

"아니에요."

운혜가 반박했다. 청명은 볼을 부풀렸다.

권재후는 한숨을 내쉬며 주위를 둘러보았다.

"하아……."

장내는 조용했다. 알게 모르게 선인의 일거수일투족에 신경을 쏟고 있던 정파 무림인들의 얼굴에는 못마땅한 기색이 역력했다.

마교의 교주가 파천화련공을 대성했다는 첩보는 거의 확실한 듯하다. 그 말은 순음지체의 음기를 흡수했다는 뜻. 세상에 알려진 순음지체는 하나밖에 없다.

음화신녀 운혜 도고.

"천박한 것……."

누군가의 입에서인지도 모르게 자그마한 목소리가 터져 나왔다. 안 그래도 조용했던 장내가 더욱 싸늘해졌다.

"……."

운풍지는 조용히 목소리가 들려온 쪽을 바라보았다. 후기지수들이 모여 있는 곳이었다. 영준한 청년들이 운혜를 바라보고 있었다.

그 얼굴에서 느껴지는 것은 비웃음이었다.

"하아—"

운풍자 옆에 서 있던 추걸개는 한숨을 내쉬었다. 운혜 도고에게 다가오는 시선이 어떠한지 잘 알고 있었던 것이다.

"아… 왜……."

그러나 운혜의 얼굴은 당황으로 굳어갔다. 아직 완전히 이유를 추측해내지 못했던 것이다. 하지만 이제 확실히 알 수 있다. 누군가가 자신을 미워한다. 아니, 많은 사람들이 자신을 미워한다.

청명은 아무것도 몰랐다.

"운혜 사손, 운혜 사손. 나 대신 고기를 집어줘요."

운혜는 무언가 떨떠름한 기분을 느끼며 고기를 집어 들었다. 일단 지엄하신 사조님의 명을 따라야 하는 것이다.

그런데 집어 들자마자 입이 다가온다.

"그릇에 올려 드릴 게… 어머!"

"헤헷!"

우물우물.

행복한 얼굴의 청명이 입가를 오물거렸다. 살포시 운혜를 바라보는 모습이 고맙다고 인사를 하는 듯했다.

"저것도 집어줘요."

청명은 다른 접시를 가리켰다. 동파육이 담긴 접시였다. 당황한 운혜는 고개를 도리도리 저었다.

"사조님이 직접 드세요."

"하지만 내가 할 때는 그릇이 움직이는 걸요오."

불만스러운 청명의 목소리에 운혜의 얼굴이 살짝 경직되었다. 그래도 운혜 사손이 움직이지 않자, 청명은 울먹거리며 운혜를 바라보았다.

"집어주지 않을 거예요?"

운혜는 식은땀이 나는 것 같다고 생각했다.

"아, 알았어요."

운혜는 동파육으로 젓가락을 가져갔다.

그 모습을 보는 정도무림인들의 눈에는 마치 다정한 연인이 서로에게 음식을 집어주는 것으로만 보이고 있었다.

"허어, 어찌 선인이……."

정도무림인들의 얼굴에 수심이 더해져 갔다. 선인의 능력은 방금 확인했지만, 음화신녀는 무림의 공적이나 다름없다. 그런데도 둘이 찰싹 붙어 있는 꼴을 보자니 불쾌하기 짝이 없다.

"무량수불……."

누군가의 입에서 진언이 새어 나왔다. 음화신녀가 요사스럽게 선인을 유혹하는 데 성공한 것인가 싶다.

*　　　　*　　　　*

청명이 운혜가 집어주는 음식을 넙죽넙죽 받아먹고 있을 시간이었다. 마교의 염화대전에서는 교주가 서서 미륵불을 바라보고 있었다.

"원융사토삼관선불(圓融四土三觀選佛)."

교주는 백련교의 경전의 한 귀절을 읊조렸다.

마교의 염화대전(炎火大殿)은 비지 중의 비지(秘地)다. 일반 교인은 물론이거니와 호교법사까지 들어올 수 없는 곳, 대교주 모자원이 세운 미륵본당이 있는 곳이 바로 염화대전이었다.

누가 염화대전에 들어오게 된다면 신분 고하를 막론하고 그의 목숨은 사라진다고 봐도 좋을 것이다.

희미하게 미소를 짓고 있는 미륵불상이 대전을 내려다보는 가운데, 흑마 서중희는 허리를 곧게 세운 채 앞을 주시하고 있었다.

'아직 도착하지 않았나!'

그의 눈은 활활 타오르고 있었다. 과거의 일이 문득 떠오른 것이다. 생각해 보면, 그의 원수이자 그의 스승을 기다리는 시간에는 언제나 상념이 깃든다. 그것은 살기에 가까운 마음이었다.

언제인지 모를 대면을 기다리며 교주는 눈을 감았다.

그때였다.

"눈길이 매섭구나!"

자그마한 목소리가 들려왔다. 교주는 재빨리 마음을 추슬렀다. 마선은 부지불식간에 자신의 마음을 읽어낼 수 있으니, 자칫하면 일을 벌이기도 전에 모든 것이 끝난다.

"오셨습니까."

"허헛, 눈길에서 살의가 느껴지는구나!"

"살의라 하심은……."

짐짓 모른 체하며 교주가 입을 열었다.

"나에 대한 것이더냐?"

"……."

교주의 말문이 막혔다. 마음의 끈을 단단히 묶었다고 생각했건만, 그를 기다리는 동안 저도 모르게 긴장을 풀었나 보다.

여기서 들킬 수는 없다.

"아니옵니다."

"하면?"

마선은 기묘한 웃음을 지었다. 마치 모든 것을 알고 있다는 미소였다. 교주의 얼굴에서 식은땀이 솟아올랐다.

"…소림을 생각하고 있었습니다."

"허헛, 그렇구나. 전대 교주를 소림이 잡아먹었지."

마선은 짧게 중얼거리고는 입을 다물었다. 고요한 그 모습에 교주의 손이 살짝 꿈틀거렸다. 잠시 그대로 침묵이 흘렀다.

"뭐, 네가 그렇다면 그러한 것이겠지. 믿겠다."

부드러운 미소를 지으며 마선이 다시 입을 열었다. 그는 계속 말을 이어나갔다.

"그나저나 제법 교의 세가 불었더구나. 기운이 승하는 것이 보여."

"……."

작은 파문이 교주의 얼굴로 번져갔다. 마선의 뜻을 알아차리지 못하겠다.

"세가 찼으니 이제 천하를 논해야지."

천하를 논한다? 애써 부여잡았던 교주의 긴장이 풀어졌다. 그리고 그 자리에 충격이 떠올랐다.

"하오면……?"

마선은 고개를 끄덕였다.

"그러하다. 이제 백련천하를 열어야 할 때가 아니냐."

정사대전(正邪大戰)! 마선은 백련교를 들어 정도천하를 멸할 생각인 것이다. 교주의 눈썹이 꿈틀거릴 무렵, 마선이 무엇인가를 툭 던졌다.

"이걸 받거라!"

"…무엇인지요?"

마선이 툭 던진 것은 두 편의 죽간이었다. 교주는 그중 하나를 집어

들어 펴 보았다. 죽간에는 백련 교도 몇 사람의 서열과 번호가 적혀 있었다.

"백련교에 잠입한 정도의 간세니라."

"……!"

여기 적힌 백련 교도들이 모두 정도의 간세란 말인가? 제법 많은 이름이 적혀 있는 죽간을 바라보며 교주는 눈을 밝혔다. 잠시가 지나자, 한동안 이름을 숙지하던 교주는 조용히 두 번째 죽간을 집어 들었다.

그 속에는 이해할 수 없는 명령들이 적혀 있었다. 정도무림을 공격하는 방법들이었다.

"이것은……."

"그대로 행하도록."

마선이 짧게 말했다. 질문은 받지 않겠다는 의도였다. 그러나 교주는 질문하지 않을 수 없었다. 이 명령대로 따르는 것은 좋으나, 신선이 개입하면 말짱 도루묵이 된다.

"하오나 신선이 있다면……."

"그는 내가 제거할 것이야."

교주의 말문이 막혔다. 그런 교주를 흘끗 바라 본 마선이 계속 말을 이어나갔다.

"시간이 많지 않군. 곧 넘칠 만큼 시간이 생기겠으나 그때가 되면 또 하릴없다 하소연하겠지. 허헛……!"

마선은 알 수 없는 소리를 지껄이며 교주를 바라보았다. 그리고 부드러운 미소를 지었다.

"이제 모두 네게 맡기마."

"……!"

교주의 안면 근육이 꿈틀거렸다. 차가운 반발심이 피어오른 것이다.

정도의 간세를 미리 알려주지 않고 지금에야 알려주는 것은 자신을 그저 장기판의 졸로만 생각한단 뜻이다. 아니었다면 진작에 말했을 것이다.

복수를 위해 접근하여 신임을 얻었다 생각했건만, 아직은 많이 모자랐나보다.

"뜻대로 하오리다."

마선은 언제고 제거해야 될 대상이지만, 방금 확인했듯 아직은 때가 아니다. 조금 더 시간이 필요하다. 작게는 정도무림을 상대할 준비가 되지 않았고, 크게는……

잠시 생각에 빠져들었던 교주는 조용히 머리를 숙였다. 입에서는 생각과 정반대의 말이 나오고 있었다.

"속하를 믿으소서."

"허허헛……!"

마선이 너털웃음을 터뜨렸다. 그 웃음소리 뒤로 교주는 눈을 빛냈다. 아직은 마선의 뜻에 따라야 한다, 아직은.

크게는 아직 마선을 상대할 준비가 완전치 않으므로.

5장

제4화 마음에 거리낄 것이 없으면 흔들리지 않는다

연회가 끝난 것은 며칠 전 이야기였다. 무림맹에 신선이 있다는 사실은 이제 온 천하에 알려졌다. 소문을 들은 각종 방파의 무인들은 신선의 존안을 배알코자 자리를 비우고 무림맹으로 향했다.

무림의 전설이라고 해도 될 만한 사건이 벌어지고 있으니, 그 자리에 자신의 문파가 있다면 그것은 그것 나름대로 영예로운 일인 것이다.

동시에 무림맹 내부에서도 혼란이 일어났다.

연회에 참석한 후기지수들의 이야기가 일파만파 퍼져 나가고 있기 때문이었다. 신선이 술잔을 띄웠다는 이야기부터 시작해서, 연회장의 모든 음식을 띄웠다느니, 아예 전각을 우주 밖으로 날려 버렸다는 허무맹랑한 이야기들도 들려왔다.

소문의 한가운데에서 운혜는 조용히 걸음을 옮기고 있었다.

무당파의 선인에 대한 모든 이야기들은 운혜와 아무런 연관도 없는 듯

보였다. 무당제일검이 되어 태극혜검을 이을 거라는 운풍자에 대한 부풀
려진 소문이나 일찌감치 신선을 알아보고 새로운 무공은 전수받았을 거
라는 추걸개의 소문과 다르게, 운혜의 소문은 악독했다.

마교의 교주에게 몸을 판 창녀.

순음지기를 마교의 교주에게 건네 준 정파의 배신자.

그리고, 일찌감치 죽었어야 했을 악녀.

"…아니야."

운혜의 얼굴은 어두웠다. 그 누구라도 일찍 죽었어야 했을 목숨은 없
다. 그 누구라도 한 생명을 죽일 수는 없다.

"아니야."

다시 한 번 운혜가 중얼거렸다. 자신을 살리기 위해 사부가 어떤 희생
을 치렀던가! 자신 하나를 살리기 위해 사부는 대신 죽었다고 해도 과언
이 아니다.

무인의 생명이라고 해도 좋을 진기와 그를 넘어서 진원지기와 양팔을
자신의 목숨을 살리기 위해 바쳤다.

자신이 죽었어야 했다면, 만약 그렇다면 사부는 무엇을 위해 그 모든
것을 잃었어야 했단 말인가!

운혜의 마음이 점점 더 먹구름으로 싸여갔다. 그것은 마선의 계획 그
대로였다.

얼마나 걸었을까?

운혜는 어느새 신선을 위해 마련된 무림맹의 죽림에 다다랐다.

*　　　*　　　*

죽림 안에서 쪼그려 앉아 땅을 헤집던 청명은 모처럼 밝은 모습이었다.

"헤헷."

가만히 앉아 낙서를 하고 있을 뿐이지만, 그 얼굴에는 미소가 가득했고 눈에서는 기쁨이 흘러나왔다. 드디어 몸을 회복했다.

청명은 사실 연회가 끝난 후부터 어제까지 숙취로 인한 괴로움을 맛보고 있었다.

"머리가… 아파요…….."

지끈지끈거리는 머리를 수습하며 청명이 중얼거렸다. 속도 뒤집어지는 듯했다. 베개에 머리를 묻으면 지하로 푹 꺼져 버리는 기분이 들어 제대로 누워 있지도 못하겠다.

"으하핫! 자고로 영웅은 두주불사라 했거늘, 선인께서도 영웅이 될 팔자는 아닌 모양이오."

옆에서 추걸개가 농을 지껄였다. 청명은 안 그래도 머리가 아픈데 소란스럽게 구는 추걸개가 얄미워 눈을 살짝 가늘게 떴다.

"저는 도인이에요."

"으하핫! 그거야 그렇… 지… 요."

청명의 시선이 오묘하다는 것을 알아챈 추걸개가 얼른 꼬리를 말았다. 옆에 서 있던 귀곡자가 헛웃음을 흘렸다.

"허헛, 역시 구차하구나. 만두 하나 사달라고 할 때와 다름이 없어."

"시끄럽다!"

추걸개가 대단히 흥분해 얼굴을 붉혔지만, 귀곡자는 먼 산을 바라보며 피식피식 웃고만 있었다.

청명은 귀곡자에게도 중얼거렸다.

"도우도 조용히 해요."

"예?"

귀곡자는 능글맞게 웃으며 청명의 얼굴을 확인했다. 선인께서 화를 내실 리가 없다. 선인은 언제나 웃는 모습… 이… 니까…….

곧 그의 얼굴이 파리하게 질렸다.

"그, 그렇게 하지요……."

청명의 얼굴은 흉신악살의 얼굴을 조금 귀엽게 바꾸어놓은 듯한 얼굴이었다. 숙취의 영향이었다. 한때 선인과 맞붙어 보았던 귀곡자에게 본능적인 두려움이 되살아났다.

"운혜 사손은 어디에 있나요?"

숙취로 인해 흉포한 얼굴이 된 청명은 시선을 돌려 운혜 사손을 찾았다. 하지만 운혜 사손은 보이지 않았다.

그 후로도 며칠 동안이나 그랬다.

며칠 동안 운혜 사손은 방에 콕 틀어박혀 나오지 않았다. 가끔 해야 할 일이 있을 때에나 몸을 움직였는데, 때문에 청명은 운혜를 몇 번 볼 수 없었다.

홀로 앉아 땅을 헤집던 청명은 문득 느껴지는 인기척에 고개를 들었다. 운혜 사손이 걸어오고 있었다.

안 그래도 홀로 쭈그려 앉아 있는 것이 지루했던 청명의 얼굴에 화색이 돋았다.

"운혜 사손! 운혜 사손!"

"…예."

운혜는 걸음을 멈추고 청명을 바라보았다.

"'어디까지 왔나' 해요, 운혜 사손!"

청명은 싱글벙글 웃었다. 며칠 동안의 여유는 마음의 평화를 가져왔다. 마선의 움직임도 아직은 없고 인연의 흐름도 곧다. 어쩌면 이대로 마선이 마음을 돌려줄지도 모르는 일이다.

"…안 해요."

운혜는 우울한 얼굴로 고개를 저었다. 며칠 전 연회 때에 짐작했던 사실이지만 이제 확실하게 알고 있다. 자신은 미움받고 있다.

'아니, 더 생각하지 말자.'

운혜는 복잡한 심사를 가누려 머리를 도리도리 저었다.

하지만 청명은 그런 운혜의 마음을 조금도 짐작하지 못했다. 그저 운혜 사손이 어디까지 왔나 놀이를 싫어하는가 싶어, 얼른 다른 놀이를 제안할 뿐이다.

"운혜 사손, 운혜 사손. 그럼, 우리 충권을 해요!"

"…안 해요."

운혜는 이번에도 고개를 도리도리 저었다. 이제야 왠지 이상한 낌새가 느껴진다. 무슨 일인가 싶어 청명은 고개를 갸웃했다.

"운혜 사손, 그럼……."

"안 한다니까요!"

생각에 빠져 있는데 귀찮게 자꾸 말을 걸자 운혜는 저도 모르게 짜증이 났다. 남자가 눈치 하나 없어선. 여자가 혼자 외로워 할 때는 고민거리도 좀 들어주고 그래야지!

운혜는 괜히 화가 치솟는 것을 느꼈다.

"저 지금 생각하는 거 안 보이세요? 이럴 때는 가만히 놔두는 거라고요!"

"…아."

청명의 눈이 크게 떠어졌다. 갑자기 소리를 지른 운혜 사손 때문에 놀란 것이다. 잠시 크게 떠어졌던 또랑또랑한 눈망울은 금세 우울하게 변해갔다.

곧 청명은 울상이 되었다.

"우, 운혜 사손, 화, 화났어요?"

"네! 화났어요!"

운혜가 딱 잘라 말했다. 안 그래도 울적한데 사조님까지 모실 여유가 있을 리 없다. 아니, 본래 이럴 때는 남자가 여자 심정을 알아채 줘야 한다.

"……."

청명에게 남성으로서의 역할을 강요하며, 운혜는 고개를 돌렸다. 그 차가운 모습에, 청명은 완전히 당황해 버렸다. 운혜 사손은 왜 화가 난 걸까?

"도대체 사조님은 왜 그래요? 세수가 백오십이 넘으셨잖아요! 그런데 그와 맞는 체통은 하나도 없으시고! 매일 먹을 것 타령에, 애처럼 놀기나 하고! 그리고… 그리고……."

"그… 그리고요?"

겁에 질린 청명이 멍하니 뒷말을 따라했다.

"그리고… 나도 몰라요!"

이어질 말은 터무니없는 생각이었다. '내 마음도 모르고!' 라고 할 뻔했던 것이다. 운혜는 뒤에 이어질 말을 어찌어찌 삼키고는 몸을 홱 돌렸다.

"우, 운혜 사손……."

"흥!"

운혜는 콧바람을 거세게 일으켰다. 그리고는 어딘가로 뚜벅뚜벅 걸어가 버렸다.

"우, 운혜 사손!"

애타게 불러봐도 뒤 한 번 돌아보지 않는다. 운혜는 마침내 죽림 뒤에 위치한 후원으로 걸어가 버렸다.

뒤에 남겨져 있던 청명은 의기소침해졌다. 한동안 운혜의 뒷모습을 바라보던 그는 어쩌면 운혜 사손이 다시 돌아올지도 모른다는 생각을 했다.

청명은 조금 기다려 보기로 했다. 다시 바닥에 쪼그려 앉은 청명은 우울한 얼굴로 운혜 사손이 화가 난 이유를 생각해 보았다.

"……."

운혜 사손이 화가 났다. 왜 화가 났을까? 혹시 내가 뭘 실수한 것이 아닐까? 어쩌면 이제 운혜 사손은 자기가 싫어졌을지도 모른다.

청명은 입술을 비죽거렸다. 운혜 사손의 마음에는 답답함이 숨어 있었다. 왜 답답한 걸까? 운혜 사손에게서 흘러나온 마음을 다시 되뇌며, 한동안 서 있던 청명은 자리에 쪼그려 앉았다.

왠지 모르게 가슴 한켠이 욱신욱신 아려왔다.

"…운혜 사손……."

청명은 울상을 지으며 한동안 생각에 잠겼다.

얼마나 지났을까?

아무리 기다려도 운혜 사손은 오지 않았다. 그리고 운혜 사손의 마음 속도 짐작할 수 없었다.

청명은 조용히 몸을 일으켰다. 다시 운혜 사손을 만나러 가봐야지.

*　　　　*　　　　*

"그게 아니야!"

허진무가 큼직하게 외쳤다. 그의 얼굴에는 숨길 수 없는 분노가 떠올

라 있었다. 다른 때는 유들유들한 친구 같은 사부지만, 무공을 가르칠 때
만은 그렇게 엄격한 사부가 또 없을 지경이다.

"죄송합니다, 사부님."

호은이 어색하게 말했다. 오늘, 드디어 자신도 건곤구공에 입문했다.
평소에 이런저런 핑계를 대가며 무공이라고는 조금도 가르쳐 주지 않던
사부가 오늘은 무슨 바람이 불었는지 쇠공을 만지게 해주셨다.

"그렇게 할 거면 무공 같은 건 배울 필요도 없다! 이 못난 녀석! 네 녀
석은 무공을 배울 자질이 아냐!"

"……."

폭언도 이런 폭언이 없다. 강호의 젊은 영웅을 꿈꾼 바가 없는 것은
아니나, 지금은 그런 삿된 마음이 없다. 그저 무공을 배워 협을 행하고
싶을 뿐이다.

자신의 형제들처럼 고난을 받았던 사람들을 도와주고 싶다. 하지만 사
부는 그런 자신의 마음을 전혀 모르는가 보다.

"가서 마보나 취하거라!"

"……."

호은은 아무런 대답도 없었다. 억울하다. 어딘가 억울하다. 건곤구공
에 입문한 것도 오늘일 뿐이고, 그리고 처음 배우고 행해보는 것에 불과
하다. 그런데 완벽함을 바라는 것은 무리한 일이 아닌가!

"대답이 없구나, 이놈! 가서 마보나 취하래도!"

"뜻을……."

호은은 억지로 마음을 눌러 담았다. 하늘 같은 사부님이 시키는 것이
니 어긋날 리가 없다. 아직은 사부님을 믿어야 할 때다.

"받드옵니다."

"얼른 저쪽으로 가거라!"

“예.”

“그리고 호진이 너!”

겁을 잔뜩 집어먹고 눈동자를 굴리던 호진이 헉 하고 숨을 들이켰다. 호랑이 같은 사부가 호랑이처럼 외치고 있다.

“네, 네, 네?”

목소리가 살포시 떨려나온다. 그 모습이 우스워 허진무는 너털웃음을 터뜨렸다.

“으하핫! 뭐하러 대답을 세 번씩이나 하누.”

“아, 아, 아닌데요…….”

“아니긴 무얼. 그나저나 네 실력이 이제 제법 높구나. 건곤구공을 제법 익혔어. 이제 다른 걸 배울 때가 되었는데?”

“네?”

겁을 먹었던 마음이 어느새 풀어지고 그 자리에 기쁨이 차오른다.

희희낙락 웃는 호진을 보는 호은의 얼굴에 기쁨의 기색이 어렸다. 자신은 아무래도 둔한 모양이지만, 동생은 아닌가보다. 동생은 어쩌면 천하제일고수가 될지도 모른다.

호은은 호진을 보고는 얼굴 가득 미소를 짓고 고개를 열심히 끄덕였다. 잘했다는 뜻이었다.

사부의 칭찬보다 형아의 칭찬이 더 좋았던 호진이 호탕하게 웃어 젖혔다.

“하핫, 형아, 사부, 나 잘했지?”

“…반말만 아니면 아주 잘한 건데. 네 녀석은 예의가 부족해.”

호진의 얼굴이 단숨에 당황으로 얼룩졌다.

“미, 미안… 아니, 죄송해요.”

“그나저나, 잘하긴 잘했다. 어디, 다시 한 번 해볼까?”

호진은 헤죽 웃으며 고개를 끄덕였다. 그리고는 쇠공을 들고 굴리기 시작했다. 끈끈한 아교라도 발라져 있는 양, 쇠공이 땅에 떨어지지 않는다. 끊어질 듯, 끊어질 듯 면면부절히 이어져 가는 모습에 허진무는 다시 한 번 탄성을 내뱉었다.

"좋구나! 그게 바로 건곤구공이지!"

"……."

호은은 아무런 말 없이 동생을 바라보고 있었다. 얼굴에는 웃음이 가득했다.

'어머니, 제가 동생을 잘못 기르지는 않았나 봐요.'

아버지는 동생이 태어나기 전에 병으로 돌아가셨다. 제법 잘 살던 집안이었으나, 한순간에 하남성을 쓸어버린 전염병은 아버지뿐만 아니라 재산까지 삼켜 버리고 말았다.

어머니는 눈물을 삼키며 아버지의 죽음을 바라보아야만 했다. 태중에 아기가 있기에, 그녀는 낭군의 뒤를 따라갈 생각도 하지 못했다.

'어머니…….'

그러나 두 부부의 연심이 그리도 깊었던 것일까? 어머니는 머지않아 아버지의 뒤를 따르고 말았다. 아니, 어쩌면 동생을 위해 희생하신 걸지도 몰랐다. 어머니의 목숨은 동생의 것과 바뀌었다.

갓 태어난 아이를 데리고 얼마나 쩔쩔맸는지 모른다. 기저귀를 빼는 법도 몰랐고, 언제 배가 고픈지도 몰랐다.

동네 아낙들에게 동냥젖을 얻어 먹여야 했고, 젖을 다 먹인 뒤에는 트림을 시켜야 했다. 사실 아기가 젖을 다 먹고 난 다음엔 트림을 시켜야 한다는 것도 그때 처음 알았다.

먹기도 많이 먹는 데다가 졸릴 때는 품에 안고 얼러줘야만 잠에 빠져들던 동생이었다.

그때 자신은 고작 다섯이었다.

상념에 빠져들었던 호은은 사부의 흥분된 목소리에 현실로 돌아왔다.

"허헛, 그래, 우리 둘째 제자 잘한다!"

호진을 칭찬하면서도 허진무는 호은을 흘끗흘끗 바라보고 있었다. 흐뭇해하는 기색이 여기까지 느껴졌다.

'허헛, 녀석. 내가 못되게 하는 것을 알 터인데도 불만이 없구나. 오히려 동생을 보고 기뻐하는 걸 보니 그릇이 됐어.'

허진무는 흐뭇한 웃음을 지었다. 얼굴 표정에는 드러나지 않았지만, 속마음에는 흡족함이 느껴졌다.

하지만 그는 도리어 엄하게 호은을 돌아보았다. 호은은 짐짓 고개를 숙였다.

"이 녀석! 누가 꾀를 피우라더냐!"

호은 대신 누군가가 비명을 질렀다. 고함에 놀란 비명이었다.

"으앗!"

"…음?"

호은을 생각하느라 느끼지 못했는데, 어느 순간에선가 인기척이 느껴진다. 누군가 싶어 뒤를 돌아본 허진무의 얼굴이 조금씩 바뀌어갔다. 뒤에 서 있던 것은 사조님이셨다.

"아, 사, 사조님."

청명의 얼굴은 거의 울먹울먹거리고 있었다. 고함 소리에 놀란 것이다. 아주 어릴 적부터 고함 소리 한 번 듣지 않고 커왔으니, 그 모습을 보고 어떻다, 저렇다 말할 수는 없다.

"저, 저는 화를 낸 것이 아니니, 마음을 푸시지요."

"아……."

청명은 놀란 가슴을 추슬렀다. 운혜 사손을 보러 가다가 갑자기 들려온 고함 소리에 놀라 걸음을 멈춘 것이다.

"네, 알았어요."

"제자들은 훈육하는 중이었습니다, 사조님. 경계의 의미로 고함을 지른 것에 불과하니, 부디 마음을 놓으시지요."

걱정이 되었던지 허진무가 재차 머리를 조아렸다. 청명은 완전히 마음을 풀었다.

"네."

"네 녀석들도 인사를 올리지 못하겠느냐!"

호은을 바라보며 허진무가 다시 엄하게 외쳤다. 마보세를 취하고 있던 호은이 먼저 자세를 풀고 머리를 숙였다.

"제자 호은이 태사조를 뵈옵니다."

"네, 반가워요."

청명은 마주 고개를 숙였다. 그 뒤로 호진의 인사가 따랐다.

"와, 큰 사부 할아버지다!"

"헤헷, 반가워요, 호진 태사손."

잠시 운혜를 잊은 청명이 웃음을 지었다. 어느 정도 인사가 끝나자, 허진무가 다시 엄포를 놓았다.

"하던 일로 돌아가거라, 이놈들! 호진이 너는 다시 건곤구공을 펼치고, 호은이 너는 마보세를 취해야 할 것이야!"

"뜻을 받드옵니다."

"그럴게, 사부."

점잖은 호은의 목소리와 맹랑한 호진의 목소리가 연이어 들려왔다. 허진무는 제자들이 자리를 다시 채우는 것을 보고는 청명을 돌아보았다.

"사조님께서는 무슨 가르침이 있어 제자를 찾으셨는지요?"

청명은 멍하니 말했다. 다시 운혜 사손의 얼굴이 떠올랐다.

"가르칠 건 없는데요."

"…무슨 일로 오셨는지요?"

허진무는 난감한 표정을 지으며 말을 바꾸었다. 강호의 어법은 사조님께 맞지가 않는다.

운혜를 떠올린 청명의 얼굴이 어두워졌다. 생각해 보면 지금은 운혜 사손에게로 가는 중이다. 왜 화가 났는지는 모르지만 운혜 사손이 자신에게 화를 냈다는 사실이 마음이 괴로웠다.

"사실은요, 운혜 사손이 제게 화를 냈어요."

"예?"

"같이 놀려고 했는데, 운혜 사손이 소리를 버럭 지르곤 가버렸어요."

청명은 시무룩하게 대답했다. 운혜 사손이 화를 낸 적은 몇 번 없었는데 오늘은 화가 나도 크게 화가 난 것 같다.

"음, 혹여 무슨 일이라도 있었던 건지요?"

허진무가 걱정스럽게 말했다. 물론 걱정스러운 기색은 목소리에서만 느껴진다. 얼굴에서는 웃음을 참는 기색이 역력했다.

"아니요, 운혜 사손과 저는 싸우지 않았어요."

청명이 시무룩한 어조로 대답하며 뒷짐을 지고 발로 땅 끝을 슬슬 긁었다. 우울한 얼굴로 고개를 숙인 모습이 마치 아이와 같아 허진무는 저도 모르게 웃음을 지었다.

"허헛, 그럼 운혜 사매가 왜 화를 냈을까요?"

사실 백오십여 생을 누린 신선이 이처럼 아이와 같다는 것은 잘 믿겨지지 않는다.

산속에서 혼자 살아 외부의 정보를 얻지 못했다면, 야생의 생활을 했어야 옳다. 산나물을 캐어먹거나 사냥을 하여 짐승을 먹는 야만인과 같은 모습이었다면 차라리 이해가 가리라.

한데 사조님은 야만인이 아닌 문명인의 모습으로 여기 서 계신다. 그렇다면 어느 정도 자아가 확립되어 있다는 소린데, 그렇다면 성장하지 않을 리가 없다.

지금처럼 아이와 같을 리가 없는 것이다. 허진무는 도저히 사조님을 이해할 수 없다고 생각했다. 하지만 이해할 수 없는 것을 바라보는 기분은 기묘하면서도 유쾌했다.

"저도 몰라요."

우울한 목소리로 청명이 중얼거렸다. 허진무는 마음이 따듯해지는 걸 느꼈다. 사조님의 마음속에서는 운혜에 대한 아무런 미움도, 원망도 없다. 오직 걱정과 배려뿐이었다.

이런 인간이 존재할까? 어떻게 상대에 대한 원망이 조금도 없을까?

"으음… 그럼 한번 같이 생각해 보지요."

허진무는 다른 생각은 멀찌감치 날려 버렸다. 지금은 사조님의 마음에 대한 생각을 먼저 해볼 때가 되었다.

"운혜 사매와 다투신 적도 없는데 왜 화가 났을까……."

"아……."

청명의 눈에 희망이 떠올랐다. 운향 사질은 머리가 똑똑해 보이니까 어떻게든 해결해 줄지도 모른다.

"혹여 운혜에 대해 도는 나쁜 소문 때문은 아닐까요?"

"네?"

눈이 동그래진 청명이 허진무를 올려다보았다. 그 눈을 보자 허진무는 자신이 말실수를 했다는 것을 깨달았다. 사조님께서 정도 문파와 마교 사이에 얽힌 복잡한 이야기를 아셔서 좋을 게 없다.

"아… 그러니까……."

"뭔데요?"

“그것이······.”

청명이 눈을 동그랗게 뜨고 질문했다. 허진무는 난감함을 느끼고는 멋쩍게 웃었다.

“뭔데요?”

“음… 요즘 운혜 사매를 욕하는 사람들이 많습니다.”

결국 입을 열어버린 허진무였다. 그러나 그는 대충 얼버무리기로 마음 먹었다.

“왜요?”

“그것은 저도 모르지요.”

사실은 알고 있다. 그저 모른 척하는 것일 뿐이다. 허진무의 말이 끝나자 무엇인가를 생각하는 듯 청명의 이마가 살짝 접혔다.

“음······.”

“사조님.”

“네?”

은근한 목소리였다. 마치 아이를 돌봐주는 어른과 같은 목소리. 자신의 목소리에서 느껴지는 기색에 스스로 놀라며 허진무는 계속 말을 이어 나갔다.

“산에서만 계셨으니, 인간사에 대해서는 제가 조언을 드릴 수 있을 겝니다. 본래 인간사에는······.”

“인간사에는요?”

“대화가 가장 중요하답니다. 말로 모든 것이 맺혀지고, 말로 모든 것이 해결되지요. 사람의 마음과 마음을 바로 연결할 수 없으니, 사람들은 말을 통하여 대신 마음을 연결한답니다.”

“대화… 요······.”

다시 청명의 얼굴이 생각하는 듯 바뀌었다. 허진무는 느긋하게 웃음을 지으며 제자들을 돌아보았다. 청명 사조님께 생각할 시간을 주는 것이다.

이야기를 들었는지, 혹은 듣지 못했는지 제자들은 여전히 마보세와 건곤구공을 펼치고 있었다.

한동안 생각에 잠겨 있던 청명이 고개를 들었다.

"그럼, 저는 운혜 사손에게 가서 대화를 할래요."

"그러시지요."

허진무는 깊숙이 고개를 숙였다. 청명은 희희낙락 웃으며 앞으로 달려 나갔다. 선인의 기분이 자신에게도 전해졌다. 마치, 소년처럼…….

'소년처럼?

생각의 끝에서 허진무는 화들짝 놀라 눈을 치켜떴다. 사조님은 신선이시다. 전신에서 현기와 선기가 느껴지는 것이다. 그 선기는 자신뿐 아니라 다른 사람들도 느낀다. 하물며 천월을 읽혔으니, 초탈한 기운이 아예 눈에 보이는 허진무였다.

'지금은 그런 게 없어…….'

신선에 대한 기운이 사라지고 있었다. 허진무는 다시 천월을 열었다.

"제기랄!"

새로이 기척을 잡았던 다른 신선에 대한 기운 역시 사라졌다는 것이 느껴진다. 즉, 이제 천월로도 기척을 읽을 수 없는 것이다.

'누군가가 막아두었단 말인가?

그럴 수도 있다. 어쩌면 사조님께서 천월을 막아두셨을는지도 모른다. 아니면 그 반대일수도 있겠지.

"무림맹을 떠나야겠군……."

허진무가 멍하니 중얼거렸다.

"응? 뭐라고 했어, 사부?"

"가서 공이나 어루만지거라, 이 녀석아!"

제자가 다가오자 자신의 마음이 들킬까 싶었던 허진무는 얼른 인상을
찌푸렸다.

*　　　*　　　*

신선에 대한 기척이 사라지고 심지어 인연의 흐름조차 구름 속으로 꼬
리를 감출 때, 또 다른 인연이 만들어지고 있었다.

불길한 핏빛 인연이, 그 인연이 시작되는 곳은 다름 아닌 호북성이었
다.

호북성 중앙에는 호광 평야, 장한 평야라고 불리는 대평원이 있다. 중
원의 창고라고 불리는 이 비옥한 곡창 지대에는 예로부터 농사를 짓는
양민들이 모여 살곤 했었는데, 평촌 역시 그런 마을 가운데 하나였다.

그리고 평촌은 무당의 눈을 피해 호북성에 잠입한 마교의 눈[目]이 위
치한 곳 중에 하나다.

비화대주는 무거운 표정으로 평촌을 바라보았다. 해가 져 가는 마을의
풍경은 고즈넉하고 따듯했지만, 그의 눈에는 그렇게 보이지 않았다.

자신의 품속에 들어 있는 밀서의 무게가 얼마나 무거운지 잘 알고 있
는 탓이었다.

"……."

비화대주는 무표정한 얼굴로 주위를 돌아보았다. 보부상, 촌부, 대장
장이 등 시장에서 흔히 볼 만한 사람들이 서 있었다. 옷차림부터 기세까
지 평범한 사람들이었지만, 그들의 눈은 결코 평범하지 않았다. 이들이

야말로 바로 마교의 비화 대원이었다.

비화대주가 입을 열었다.

"이곳에 있는 마교도는?"

"…한때는 염화당과 비화당만 있었지만, 지금은 석마당과 검마당의 무인들도 잠복해 있습니다."

"인원은?"

"백팔십."

"…서열은?"

"사백위 이상 이백삼십 이하."

"……."

비화대주는 고개를 끄덕이고는 다시 시선을 돌려 평촌을 바라보았다. 마교의 석마당과 검마당이라면 절정의 무인들만 속할 수 있다는 무서운 집단. 그리고 마교 서열 사백위 이상이라면 그들만으로도 어지간한 중소 문파는 하루 만에 멸문시킬 수 있을 만한 무력이다.

"……."

비화대주는 다시 품속의 밀서를 어루만졌다. 교주의 명이 무엇인지는 모르겠으나 천하의 백련 교도들에게 모두 전하라는 중요한 밀서다.

혹시 모를 정파의 첩자를 방비하기 위해 다른 내용의 밀서가 미리 배포되었고, 밀마 역시 이중으로 작성되어 이전의 밀어만으로는 해석이 불가능한 극비 밀서였다.

잠시 상념에 빠져 있던 비화대주는 조용히 시선을 돌려 비화 대원들을 바라보았다.

"지금부터 암행로에 들어간다. 암행로에 접근한 자는 신분 고하를 막론하고 척살하라!"

"존명!"

휘하의 비화 대원들이 짧지만 단호하게 외쳤다. 그리고 말이 끝나기가 무섭게, 비화 대원들은 뿔뿔이 흩어지기 시작했다.

비화대주는 무거운 눈으로 그 모습을 주시했다.

"……."

얼마 지나지 않아, 망부석처럼 서 있던 비화대주의 그림자마저도 바람에 흩어졌다.

반 각 후.

비화대주는 경공을 멈추었다. 촌각을 다투는 일이니 서둘러야 하련만 오랜 경험이 그의 걸음을 멈추게 만들었다.

'목격자…….'

시골의 촌로들이 아픈 허리를 두드려 가며 밭을 갈고 있었다. 저만치서 노파 하나가 바구니 하나를 들고 오는 모습도 보인다.

'…….'

비화대주는 잠시나마 망설였다. 혹여 정파의 간세가 이 계획을 알게 된다면 바로 지금을 노릴 것이다. 만나는 모두를 참살하라는 명이 내려올 정도로 중요한 작전에서 혹시 모를 위험성을 지닐 필요는 없다.

하지만 양민을 죽이려니, 만민평등 제세구민이라는 백련교의 교리가 마음에 걸렸다.

비화대주는 눈을 감았다.

'미륵 현세, 광명 천하. 미륵이여, 용서하소서!'

만나는 모두를 참살하라는 명을 내린 것은 다름 아닌 자신. 어쩔 수 없는 일이다.

'미안하오!'

비화대주는 묵묵히 모습을 드러내었다.

"헐헐헐, 이렇게 사는 것도 제법 괜찮구려!"

선풍도골이 이러할까? 신선과도 같은 흰머리에 흰 눈썹, 흰 수염을 가진 점잖은 노인이 인자한 웃음을 지으며 중얼거렸다.

촌로의 목소리가 그러하듯, 노인의 목소리에는 따듯함이 깃들어 있었다.

하지만 점잖은 노인의 앞에 서 있던 뚱뚱한 노인은 그렇게 생각하지 않는가보다.

"괜찮기는. 늙은 몸이 얼마나 삐거덕거리는데 농사까지 하는 겐지……."

뚱뚱한 노인이 퉁명스럽게 말했다. 옆에서 둘의 말다툼을 지켜보던 조그맣고 쭈글쭈글한 노인이 부드럽게 웃었다.

"클클, 그래도 이곳만 한 곳이 없잖소."

"없긴 무얼……."

뚱뚱한 노인은 손을 휘저으며 고개를 저었다. 하지만 조금 전처럼 목소리에 힘이 실리지 않은 것을 보면 노인 역시 그렇게 생각하는가 싶다.

"허허허, 제일 기운 좋게 생긴 친구가 그렇듯 투정이 심할 줄은 몰랐구려!"

"곽 장로, 아니, 이제 장로가 아니지. 곽 형도 일만 끝나면 허리 두드리느라 정신이 없으면서 아닌 척을 하는 게요?"

"…으흠, 험!"

곽 형이라고 불린 선풍도골의 노인이 멋쩍은 미소를 지으며 헛기침을 했다. 그 모습에 양 형이라 불린 뚱뚱한 노인이 빙글빙글 미소를 지었다.

"클클, 부정은 못 하시는구려?"

"…으흠."

선풍도골의 노인, 곽여휘는 괜히 헛기침을 내뱉으며 수염을 쓰다듬었다. 그리고는 흙이 잔뜩 묻어 더러워진 옷을 토닥여 흙을 떨어낸 다음, 구부정히 굽혀져 있던 허리를 폈다.

"허어— 허리가 제법 당기긴 하는구려. 그나저나, 참이 올 때가 되었는데……."

"내자야 누구보다 부지런하니 때 되면 어련히 알아 올 게요. 그보다 생강을 다 거두고 나면 뭘 해야 하는지 혹시 아시는 게 있소?"

작고 쪼글쪼글한 노인, 경추추가 입을 열었다. 뚱뚱한 노인은 턱을 벅벅 긁으며 투덜거렸다.

"생강을 거두기까지 적지 않은 시간이 남았거늘, 뭘 그리 서두르시오. 쉬엄쉬엄 하는 게지."

"흐음… 미리 생각해 둬야 제대로 농사를 지을 수 있다는구려. 한데 막상 생각하려니 복잡한 일이 한두 가지가 아니라오."

몇 개월이 지나는 사이 완벽한 촌로가 되어 있었지만 사실 노인들은 농사를 지어본 적이 한 번도 없었다. 아니, 농사를 짓는 양민들을 우습게 볼 만큼 한때는 강력한 힘을 가지고 있었다.

그들은 다름 아닌 마교의 장로들이었으니까.

하지만 이제는 정말로 평범한 노인네들이 되어버렸다. 작게 보면 교주의 실수를 피해서 도주한 것이지만 크게 보면 선인의 행동에 감화받은 바가 컸다.

한때는 무공의 끝을 보기 위해 노력했으나 지금은 그 모든 것이 마음에 달려 있다는 것을 잘 알고 있었다.

"아, 저기 새참이 오는구려!"

생각에 빠져들었던 천기신사 경추추가 해맑게 웃었다. 이제는 늙어 예전처럼 아름답지도 않고 목소리 하나 낼 줄 모르는 아내였지만, 그에게는 서시를 데려와도 바꿀 수 없는 아내가 걸어오고 있었다.

경추추는 부드러운 미소를 지으며 손짓했다.

"여기요, 여기!"

"……."

노파, 설수진은 쑥스럽다는 듯 살포시 웃어 보이고는 삶아 간한 소채나 당근 따위의 간단한 찬과 밥을 들고 노인들에게로 걸음을 옮기기 시작했다.

쉬익─!

노파에게 손을 흔드는 세 노인의 앞으로 비화대주의 신형이 모습을 드러내었다. 차마 하기 어려운 일을 하려는 듯 안타까움이 눈에 어려 있었다.

비화대주는 작은 소도를 꺼내 들었다.

"미안하오. 고통없이 보내 드리리다."

"…뭘 고통 없이 보내줘?"

한때는 마교의 장로였던 세 노인은 멍한 표정으로 앞에 떨어진 비화대주를 바라보았다.

*　　　*　　　*

무당산.

도가의 성지 중의 성지라는 무당산의 당허봉에는 늙은 도인이 살고 있었다. 절대의 무공을 지니고도 작은 텃밭을 길러 거기서 나는 음식들을 가지고 자급자족을 즐기는 멋스러운 노인이었다.

오늘도 텃밭을 수습하던 노인은 밭에서 무 하나를 뽑아 들었다.

"……."

노인의 주름진 손이 무에 묻은 흙들을 툭툭 떨어내기 시작했다. 흙색 옷을 곱게 감싸 입었던 무는, 이내 옷을 벗어던지고 새하얀 속살을 드러내었다.

툭─

이것이 무엇일까?

하늘이 맑으니 비가 내리는 것도 아닐 터인데, 어디선가 물방울 하나가 툭 떨어져 무에 묻은 흙을 씻어 내렸다.

그것도 모르는 듯 노인은 별다른 기색 없이 흙을 툭툭 떨어내는 일을 계속하고 있었다.

투툭─

이번에는 두 방울의 물방울이 떨어졌다. 그리고 무의 위를 오가던 노인의 손이 조금씩 떨려가는 것이 보였다.

떨리는 손을 수습하지 못했는지, 노인은 힘없이 팔을 늘어뜨렸다. 무를 쥘 힘도 없는지 무가 땅에 떨어지고 만다.

그 늙은 눈에 무슨 서러움이 있었을까. 노인은 축축해진 노안을 몇 번 끔뻑여 눈물을 떨어냈다.

"무량수불. 원시천존이여……."

노인은 눈을 꾹 감았다. 눈앞에 서로를 죽이기 위해 검을 날리는 어리석은 자들의 형상이 떠올랐다.

'저들의 검을, 저들의 피를 어찌 하오리까…….'

무당파의 장문인 현평 진인의 사부이자 도에 이르러 무욕의 상태에 이른 반선, 청허자는 눈물을 흘리고 있었다.

그리고 그것을 마지막으로, 청허자는 더 이상 인연의 흐름을 살필 수 없었다.

＊　　　＊　　　＊

섬서성.

섬서성의 좌측부에 위치한 연화산 중턱에서는 석마당주 조성욱이 호탕하게 웃고 있었다.

"으하하핫! 바로 오늘이구만!"

얼마 전, 사천 당가의 소가주에 의해 중독된 상처는 이미 다 나은 지 오래다. 석마당주는 다시 예전의 자존심을 찾은 듯 호탕하게 웃고 있었다.

"드디어 오늘, 봉인을 풀 수 있겠구나!"

석마당주는 크게 웃으며 품속에 들어 있던 밀서를 꺼내었다. 그 모습에 옆에 서 있던 수염 하나 없는 승려가 씁쓸하게 웃음 지었다.

"거참, 바보 같으니. 읽을 줄도 모르는 밀서를 지니고 굉장히 좋아하네그려?"

"…시끄럽다, 이 영감탱이! 비록 나를 치료해 줬지만 나를 바보라고 부르면 용서없어!"

"…허허헛!"

귀곡자 노 선배는 이 황소 같은 녀석을 도대체 어찌 다뤘을꼬. 마교의 귀약당의 당주, 채선은 고개를 설레설레 젓고는 시선을 옮겼다. 시선의 끝에는 지화당주 영진이 서 있었다.

"사시가 되었으니 이제 밀서를 뜯게."

"…그러지요."

지화당주 영진은 고개를 살짝 끄덕여 보이고는 밀서를 부드럽게 어루만졌다. 밀서를 여는 기일은 바로 오늘, 사시다. 그리고 자신뿐만이 아니라 천하의 모든 마교도가 같은 시각에 밀서를 개봉하게 되어 있다.

보통 명령이 전달되는 데 짧게는 사흘부터 길게는 보름이 걸리는데 반해, 같은 시각에 밀서를 열게 되면 천하 마교도가 동시에 움직일 수 있어 절대적으로 유리한 위치를 차지할 수 있다.

다만 첩자에게 알려지지 않고 밀서가 유포되어야 한다는 점과 밀서가 미리 완성되어져 있어야 한다는 점이 문제가 될 따름이다.

밀서가 미리 완성되어져야 한다는 것은 천하를 꿰뚫어 보아야 한다는 것. 혜안이 없으면 해낼 수 없는 계책이 바로 이것이다.

탁—

낡은 밀랍으로 만든 봉인이 부서지듯 깨어졌다. 그리고 그 안에서 깨알 같은 글자들이 가득한 밀지가 모습을 드러내었다.

"……."

지화당주 영진은 무거운 표정으로 그 밀서를 읽기 시작했다. 이중으로 된 암호를 해독해야 한다.

"뭐라고 적혀 있는 거요?!"

성미 급한 조성욱이 재촉했다.

"…잠시."

영진은 밀서를 세세히 훑어보았다. 하나의 밀마로 해석하면 해석할 수 없다. 그 밀마로 해석된 문장에 새로운 밀마를 더해야 한다. 오랜 시간이 걸리지는 않겠지만, 서신 읽듯 읽는 것은 그야말로 불가능에 가깝다.

잠시의 시간이 흘렀다.

"느리기가 마치 거북이 같구나! 본좌는 더 이상 참지 못하겠으니, 어서 내용을 말하시오!"

"……."

영진은 시선을 들어 채선을 바라보았다. 채선 역시 자신에게 할당된 밀서를 모두 해독한 듯 영진을 바라보고 있었다.

채선의 눈에서 빛이 뿜어져 나왔다.

"다 읽었으면 말하시오!"

"…밀서를 개봉한 사시 이후로 지정된 장소를 공격하라. 하남 두륜사, 섬서 유화문, 호북 철권문 사천의……."

"많기도 많네! 내 몸은 하나뿐인데 어찌 그 문파들을 모두 공격할 수 있단 말이오!"

"……."

채선은 다시 한 번 고개를 설레설레 저었다. 멍청하다, 멍청하다 해도 이 정도일 줄은 몰랐다.

지화당주는 씁쓸하게 웃으며 중얼거렸다.

"이 밀서는 천하의 백련 교도들이 동시에 개봉하게 되어 있소. 즉, 구주에 깔려 있는 백만 마교도들이 같은 시간에 밀서를 읽게 된단 말이오. 그리고 그로부터 두 시진 안에, 우리는 무림맹에 속한 수십 개의 문파를 공격하게 될 게요."

"…응?"

석마당주는 큰 눈을 끔뻑끔뻑거렸다. 아직도 알아듣지 못한 것이다. 지화당주는 별다른 말 없이 채선을 돌아보았다.

"시작이군요."

"…그렇구먼."

지화당주는 다시 밀서를 바라보았다. 하남의 두륜사, 섬서의 유화문, 호북의 철권문… 모두 구파일방의 속가 문파다. 그리고 구파라는 거대한 힘을 유지하게 해주는 재원이기도 하다.

이 문파들이 멸문하면 구파는 수족을 끊기게 되는 셈.

"정사대전의 개막이로군."

바로 오늘, 중원 천하는 피로 피를 씻게 될 것이다.

＊　　　　＊　　　　＊

같은 시각.

운혜는 죽림 뒤에 위치한 연못가를 서성이고 있었다. 죽 자체가 인위적으로 조성된 것이니 연못도 자연못일 리가 없거늘, 산에 있는 연못보다도 더 자연스럽게 생긴 연못을 바라보며 운혜는 한숨을 내쉬었다.

"하아―"

이번에는 고민이 두 개로 늘었다. 맞은 놈은 발 뻗고 자도 때린 놈은 발 뻗고 못 잔다더니, 사조님께 못되게 했더니 속이 다 시리다. 안 그래도 세상의 이목 때문에 고민인데…….

운혜는 우울한 표정으로 후원에 있는 작은 연못을 바라보았다. 맑은 물빛이 눈에 아롱거렸다.

"예쁜 연못이네……."

문득 옛 기억들이 떠올랐다. 무당산에서 사부랑 살던 시절의 추억이었다.

무당산에서 어떻게 연못을 찾아냈는지, 현무 사부는 수영을 가르친답시고 무릎까지밖에 오지 않는 연못에다가 자기를 풍덩 던져 놓고는 같이 물장구를 쳤었다.

"하핫."

그 생각을 하니 왠지 웃음이 나온다. 아직 어린 나이였지만 옷이 물에 젖어 몸에 달라붙는 것이 부끄럽다고 생각한 운혜는 연못에서 도망쳐 나오느라 정신이 없었다.

그리고 몇 년 지나지 않아 하늘에서 학을 타고 내려오신 사조님을 만났고, 몸에서 음기가 치솟아 자신을 구하려던 사부의 팔을 앗아갔다.

사조님과 함께 세상에 나와 농사를 지었고, 사조님이 마교로 떠나신 동안 천하제일가에서 목숨을 위협받았다. 돌아오신 사조님과 객잔에서 점소이 일을 했었고, 이제는 무림맹에까지 와 있다.

이야기 속에 나오는 무림인들의 화려한 일상과는 조금 다르지만, 이 정도면 내 강호행도 제법 기행에 가깝지 않은가!

"……."

잠시 미소를 짓던 운혜의 얼굴에서 미소가 사라졌다. 기억이 현재로 돌아오자, 무림맹에서 얻게 된 오명과 청명 사조님께 화를 내버린 일이 떠오른 것이다.

운혜는 쪼그려 앉아 무릎을 감싸 쥐었다.

'내 마음은 뭘까?'

운혜는 고요한 물가를 바라보며 생각했다. 바람이 불어왔다. 작은 바람은 곧 물결을 불러일으켰다.

햇살이 은빛으로 부서지는 아름다운 연못을 보며, 운혜는 피식 웃었다.

'마음이라… 사조님이 늘 하시던 이야기네.'

생각해 보면 사조님께서 늘 마음이 어쩌구저쩌구 하신다. 그 모습은 선계에 올랐던 것이 거짓말은 아니구나 하는 생각을 불러일으켰다. 신선은 신선이니까.

"아무래도 죄송하다고 해야겠다."

조그맣게 중얼거린 운혜는 급작스레 몸을 일으켰다. 그래서 뒤에 몰래 접근하고 있던 청명은 대단히 놀랐다.

"으앗!"

“어머!”

운혜 역시 마찬가지였다. 어떻게 했는지는 몰라도 사조님께서는 인기 척 하나 없이 접근하셨다.

“여, 여기서 뭐 하세요, 사조님?”

“아… 나는… 운혜 사손을 보러…….”

“…….”

운혜는 고운 미소를 입에 걸고는 샐쭉이 청명을 바라보았다. 그래도 찾아와 준 것이 고마웠지만, 쑥스러워 쉽게 내색할 수 없었던 탓이었다. 기쁨 때문에 미소가 걸렸다는 것도 모른 체 운혜는 청명을 노려보았다.

그것을 모르는 청명의 얼굴이 괜히 민망해졌다.

“우, 운혜 사손이 화가 났으니, 왜 화가 났는가 물어보려고 왔어요.”

“아아…….”

운혜의 얼굴이 붉어졌다. 생각할수록 민망해지는 것 같아 고개를 숙였다. 안 그래도 찾아가 사죄를 올릴까, 말까 생각 중이었다.

“…죄송해요, 사조님.”

“아, 아니에요, 아니에요.”

청명은 화들짝 놀라 손사래를 쳤다. 정말 괜찮다. 자신은 화가 난 게 아니라, 운혜 사손의 화를 풀어주기 위해 왔을 뿐이었다.

“…호홋.”

운혜는 작게 미소를 지었다. 역시나 순진하신 사조님이시다. 남자다 운 맛이 좀 부족하지만 그래도 신선이니까 어떻게든 되겠지.

자신의 생각이 어떤 것인지도 모른 체 운혜는 다시 물가를 바라보았다.

“…….”

청명은 아직도 운혜 사손이 화가 났을까 싶어 주저주저하고 있었다.

운혜 사손이 조용하니 먼저 말을 꺼내기도 어렵다.

발끝으로 땅을 제치기도 하고 앞으로 가지런히 모은 손가락을 뱅뱅 돌리기도 하며, 청명은 눈을 굴려 운혜의 눈치를 살폈다.

"우, 운혜 사손."

"⋯네?"

물가를 물끄럼 바라보던 운혜가 고개를 들고 청명을 바라보았다. 얼굴이 발그레해진 청명이 드디어 입을 열었다. 왜 화가 났는지 물어보려는 것이다.

"그, 그러니까⋯⋯."

"네. 그러니까요?"

청명은 주저주저 하다가 마침내 입을 열었다. 혹시 운혜 사손이 또 화를 낼까 두렵다.

"우, 운향 사손이 운혜 사손한테 나쁜 소문이 나서 화가 났대요."

"⋯⋯."

운혜의 얼굴이 어두워졌다. 사조님께서도 아시는구나. 저도 모르게 입술이 비죽 삐져 나온다.

"아시는군요."

"⋯무, 무슨 소문인지는 몰라요, 운혜 사손."

다행히 운혜가 화를 내지 않자 청명은 운혜의 옆 자리로 조심스럽게 걸어가 같이 쪼그려 앉았다.

"나쁜 소문이에요."

"뭔데요?"

청명은 조심스럽게 질문했다. 하지만 그 질문은 운혜의 마음속에서 불편함을 불러왔다. 갑자기 짜증이 난다. 사조님도 알면서 왜 묻는단 말인가!

“아시잖…….”

짜증을 부리려던 운혜는 청명의 눈을 보고는 말을 멈추었다.

곧은 눈. 티 하나 없이 맑은 눈망울이 자신을 향하고 있었다. 마치 그 속으로 빨려 들어가는 기분이 들어 운혜는 말을 더듬었다.

“자, 잖아요…….”

“저는 몰라요, 운혜 사손.”

“…….”

운혜는 청명의 얼굴을 더 살펴보았다. 뭐라고 말해야 할지 알 수가 없다. 잠시 머뭇거리던 운혜는 한숨을 살포시 내쉬며 연못을 바라보았다.

“하아—”

“…….”

조용히 청명도 연못을 바라보았다. 운혜 사손이 말해줄 때까지 기다리려는 것이다. 청명은 미동도 없이 운혜가 바라보는 곳에 시선을 가져갔다.

의외로 남자다운 모습에 운혜의 긴장이 조금 풀어졌다.

“제가 순음지기를 마교주에게 주었대요.”

“네?”

“제가 마교주에게 몸을 팔았대요.”

“몸을 팔아요?”

이럴 때만큼은 갑갑하다. 한번 말해서 알아듣지 못하니. 운혜는 흘깃 청명을 노려봐 주고는 다시 입을 열었다.

“마교주가 무공을 익힌 건 아시죠?”

“네, 저는 마교주가 무공을 익혔다는 것을 알아요.”

“그 무공은 양기만을 기르는 무공이에요. 부조화를 불러오죠.”

“…그렇지요.”

청명은 조용히 입을 다물었다. 마교주와 한때 비무를 해본 적이 있다. 그때 마교주의 몸에는 양기만이 가득했었다.

"그래서 마교주는 순음지기가 필요했어요. 조화를 이루지 못하면 몸이 망가지니까요. 하지만 순음지기를 스스로 만들어낼 수는 없기 때문에 마교주는 한 명의 여자를 가지고 실험을 했어요. 그 여자는 음기만이 존재하는 아이를 낳았죠."

어머니. 자신 때문에 온갖 고초를 겪었을, 얼굴도 기억나지 않는 어머니. 운혜의 얼굴이 우울해졌다.

"…그게… 저예요."

"그렇군요."

너무나 평화로운 어조로 청명이 고개를 끄덕였다. 마교주에게 양기만이 있었다면 운혜 사매에게는 음기만이 있었다. 그것은 지금도 마찬가지다.

그사이에 무슨 고통이 있었는지, 운혜 사손의 마음속은 어둠으로 가득차 있었다.

"무림맹의 사람들은 제가 마교주에게 음기를 주었다고 생각해요. 그래서 그가 힘을 키울 수 있게 되었다며 저를 원망하는 거예요."

청명이 다급히 고개를 들었다. 교주에게 음기를 준 것은 운혜 사손이 아니다.

"하지만, 음기를 준 것은 주인 어른, 아니, 관 도우예요."

"…그렇죠. 하지만 순음지기를 가진 여인은 그렇게 많지 않아요. 아니, 한 명 이상 있다고 생각하기 어렵죠."

"하지만… 음기를 준 것은 관 도우예요. 그것이 진실인데 왜 사람들은 운혜 사매가 순음지기를 주었다고 생각하나요?"

"아……."

운혜는 아무런 대답도 하지 못했다. 그저 조용히 청명을 바라볼 뿐이었다. 사람들이 모두 진실만을 안다면 얼마나 좋겠는가! 하지만 사람들은 자기가 보고 싶은 것만 볼 뿐이었다.

그래서 새로운 음화신녀가 있다는 것도 이해하지 못하고, 자신이 그러했다고만 믿는다. 그걸 어떻게 사조님께 설명해 드려야 할까?

잠시 이맛살을 찌푸리고 고민하던 운혜의 머릿속에 좋은 생각이 떠올랐다.

"사조님."

"네?"

"마음을 읽을 수 있으시죠?"

"네……."

겁먹은 얼굴이 된 청명이 조심스럽게 운혜의 얼굴을 살폈다. 운혜 사손은 마음을 읽지 말라고 했는데.

"읽으세요. 이번만 허락해 드릴게요."

"아… 지, 진짜요?"

"네."

운혜가 미소를 지으며 청명을 바라보았다. 자신이 꾸중한 이후로 자신의 마음을 한 번도 읽지 않았다는 것을 알 수 있었다. 새삼 사조님에 대한 믿음이 솟아올랐다.

고개를 주억거린 청명은 곧 운혜의 마음으로 파고들었다.

하나, 둘 기억이 전해져 온다.

아주 어릴 적 사부와 있었던 이야기, 자신에 관한 이야기, 그리고…….

모욕을 당하는 운혜 사손의 모습.

사람들은 뒤에서 적개심을 내뿜는다. 선에서 멀고 덕에서 멀며 도에서 먼 마음들이 운혜 사손을 괴롭힌다.

운혜 사손에 대한 악의에 찬 한마디 한마디가 귀가 아닌 마음으로 들려온다.

"아……."

미워한다. 때려주고 싶어한다. 괴롭히고 싶어한다. 주, 죽이고 싶어한다…….

청명의 눈에서 눈물이 새어 나왔다.

"이, 이건 도가 아니에요. 이건 악이에요."

"……."

운혜는 멍하니 청명을 바라보았다. 사조님의 눈시울이 왜 붉어지시는 걸까? 동정일까? 그렇다면 받고 싶지 않다.

"운혜 사손은 음기를 주지 않았어요. 운혜 사손은……."

아니, 동정이 아니다. 마음이 마음을 읽었다. 오해란 존재할 수 없다. 완벽한 이해만 가능할 뿐이다.

하늘 아래 자신을 완벽히 이해해 주는 사람을 만날 수 있는 확률이 얼마나 될까?

새삼 사조님에 대한 마음이 솟아올랐다.

울먹이던 청명의 눈동자가 동그래졌다. 다시 운혜 사손의 마음이 전해져 오는 것이다.

사조님이 웃는 모습, 사조님이 울먹이는 모습, 사조님이 토라진 모습, 사조님이 입 맞추려 한 모습, 사조님이 꼭 안아주는 모습.

"아, 우, 운혜 사손……."

"어머."

운혜의 얼굴도 빨개졌다. 사조님에 대해 생각하는 중이었는데, 마음을 읽기라도 했는지 사조님이 당황…….

'아니, 마음을 읽으실 수 있잖아!'

재빨리 자리에서 일어나며 운혜가 비명을 질렀다.

"꺄악! 이, 읽지 말아요!"

"아… 네."

멍한 눈. 충격을 받아도 크게 받은 청명의 눈이 운혜를 바라보았다. 빨개진 얼굴로 운혜가 시선을 돌렸다. 가슴이 쿵쾅쿵쾅 뛴다.

드디어 자신의 마음에 대해 아무것도 모르고 있던 운혜에게 자각의 순간이 찾아왔다.

'나는… 혹시 사조님을…….'

좋아하는 걸까?

운혜는 아무런 말도 없이 상념에 빠져들었다. 운혜 사손의 엄명으로 마음을 읽을 수 없게 된 청명도 조용히 연못을 바라보았다.

한동안 시간이 정지한 듯한 순간이 흘렀다. 충만한 생의 기운이 담긴 침묵이었다. 그것은 고요한 영원과도 같은 것이었다.

둘의 마음이 조금씩 데워질 무렵, 연못을 바라보던 청명이 운혜를 돌아보았다.

"운혜 사손!"

짧지만 단호한 목소리였다. 청명은 든든한 눈동자로 운혜를 바라보았다. 믿음이 가는 눈동자였다.

"운혜 사손이 교주에게 음기를 주었나요?"

"아, 아니요."

홀린 듯 운혜가 대답했다.

"그것이 진짜라면 사람들의 말에 흔들릴 필요 없어요. 본래 말이 인위를 만들고 마음이 무위를 만드는 법이랍니다. 인위는 무위를 침범할 수 없으니 사람들의 말 또한 운혜 사손의 마음을 흔들 수 없어요."

"아……."

"제가 그들의 인위를 벗겨줄게요. 걱정하지 말아요."

이처럼 든든한 말이 또 있으랴! 도에 이른 사조님의 말은 현기가 있으면서도 따듯해 큰 위안이 되었다.

하지만 동시에 부끄럽기도 했다. 자신의 마음이 속속들이 읽혔던 일을 생각하면 아직도 얼굴이 벌게진다.

"사조님도 참! 저는 운혜라고요! 소문난 말괄량이 운혜요! 저는 걱정하지 않았어요!"

운혜는 짐짓 호기로운 체하며 몸을 일으켰다. 그리고 과장된 몸짓으로 연못을 바라보며 외쳤다.

"호홋! 우리 사부는 나더러 천년 묵은 여우라고 했다고요. 천년 묵은 여우는 그런 것에 연연하지 않아요!"

연못을 바라보며 부끄러움을 숨긴 운혜는 호탕하게 웃었다. 하지만 뒤에서는 아무런 반응이 없다.

부끄러워진 운혜의 얼굴이 발개졌다. 창피한 기분이 절로 든다. 멀쩡한 척, 그녀는 몸을 돌렸다.

"그러니까 저는… 응?"

뒤를 돌아보니 가관이다. 청명의 얼굴에는 깜짝 놀란 기색이 역력했다. 그리고 그와 동시에 겁먹은 듯한 기색도 있다.

청명은 침을 꿀꺽 삼키더니 아주 자그맣게 중얼거렸다.

"저, 정말 천년 묵은 여우 요괴인가요?"

"네! 그럼요!"

사조님이 농담을 받아주시는구나. 마음이 편해진 운혜가 깔깔 웃었다. 그리고 청명을 보며 엉덩이를 살랑살랑 흔들었다.

"여기에는 꼬리도 있어요!"

"아……."

듣고 보니 진짜 있는 것 같다. 운혜의 농담을 받은 것이 아니라 진실로 믿어버린 청명은 겁을 잔뜩 집어먹었다.

"우, 운혜 사손은 요, 요괴였군요……."

"그러니까……."

운혜는 몸을 살짝 웅크렸다. 도약을 하기 위한 몸짓인 것이다. 그리고 곧 몸을 활짝 피며 말했다.

"잡아먹어 버릴 테다!"

"으아아앗!"

청명은 급기야 울먹이며 비명을 질렀다. 천년 묵은 여우 요괴인 운혜 사손한테 잡아먹히게 됐다!

깜짝 놀란 청명의 눈동자를 발견한 운혜의 움직임이 둔해졌다.

"응?"

"나, 나는 맛없는데……."

운혜는 이해할 수 없다는 듯 청명을 바라보았다. 무슨 소린지 알 수가 없다.

"네?"

"그, 그래도 먹을 거면 조금만 먹으세요."

청명은 겁먹은 듯 울먹울먹거리더니, 이내 체념했는지 눈을 살짝 내리깔았다. 손톱이나 머리카락쯤은 운혜 사손 줘야지. 하고 생각하는 듯한 모습이었다.

그 모습이 참을 수 없이 우스웠다.

"풉!"

뭐야, 설마 진짜로 믿었던 거야? 운혜는 거침없이 웃어 젖혔다. 밝고 명랑한 웃음소리가 맴돌았다.

"호호홋! 저, 정말 믿다니… 호홋, 저, 정말……."

“거, 거짓말이에요?”

당황스러운 마음을 추스르며 청명이 멍하니 운혜를 바라보았다. 운혜 사손의 마음이 전해진다. 즐거워하고 있다.

청명은 저도 모르게 헤헤 웃었다.

“헤헷. 다행이다.”

“이제 가요, 사조님.”

경직되었던 분위기가 풀렸음일까, 운혜는 청명에게 한 손을 내밀었다.

“네. 이제 가요.”

청명은 그 손을 마주 잡고 몸을 일으켰다. 마주 잡은 손에 힘이 들어가고 마침내 청명이 몸을 일으켰다. 하지만 두 손을 마주 잡고 일어선 덕택에 청명과 운혜의 거리가 몹시 짧게 변해 버리고 말았다.

난데없이 사조님과 마주하게 된 운혜의 얼굴이 빨개졌다.

“아…….”

청명 역시 마찬가지였다. 그러나 같이 당황했다 해도 운혜와 청명의 마음은 조금 달랐다. 청명의 머릿속에는 예전 당유성 도우가 관 도우에게 했던 모습이 떠올라 있었다는 점이 달랐던 것이다.

가연 도우와 당 도우의 생각을 떠올린 청명은 부끄러운 가운데서도 미소를 지어 보였다.

“사, 사조님, 이제 그만…….”

“…….”

뒤로 몸을 빼려는 운혜를 붙잡은 청명은 다시 한 번 웃어 보였다. 부드러운 미소에 운혜의 얼굴이 붉어졌다. 부끄러움과 기대감이 섞인 얼굴이었다.

마침내 둘의 얼굴이 가까워졌다. 이번만큼은 운혜도 피하지 않았다.

아직 스스로의 감정이 무엇인지 모르는 청명과 자신의 마음을 확인하게 된 운혜의 입술 사이로 따뜻한 바람이 불었다.

*　　　*　　　*

따뜻한 바람은 하남성을 넘지 못했다.

운혜와 청명이 서로를 마주보고 있을 무렵, 섬서성에서는 피비린내 나는 풍경이 벌어지고 있었으니까. 둘의 상황은 너무나 달랐다.

섬서의 유화문.

너른 장원에는 눈뜨고는 보지 못할 광경이 펼쳐져 있었다.

본당은 잘 마른 장작처럼 불에 타오르고 있었고, 그 아래에는 수십 구가 넘는 시체들이 널브러져 있었다.

검을 든 무인들은 물론이거니와, 소반을 들고 가던 시녀, 한때는 즐겁게 웃으며 뛰어놀았을 어린아이들의 시체까지.

장내는 피로 물들어 있었다.

"으아아앙!"

"…제발, 제발 살려주세요. 저, 저는 죽이셔도 괜찮아요. 이 아이만, 이 아이만……."

"……."

지화당주 영진은 씁쓸한 눈으로 시비 하나를 바라보았다. 현숙한 얼굴이다. 아니, 현숙하다기보다 순수한 얼굴이다.

갓난쟁이 하나를 품에 안고 있는 절박한 얼굴.

무림과는 연관이 조금도 없을 아무것도 모르는 순진한 얼굴.

그 얼굴을 베어 넘겨야 한다는 데서 영진은 괴로움을 느꼈다.

"미안하오!"

"제발! 이 아이만! 더는 바라지 않겠습니다! 이 아이만!"

“흑영!”

여인의 말을 무시하며 짧게 중얼거린 영진이 고개를 끄덕거리자, 옆에 부복하여 서 있던 복면인이 몸을 일으켰다.

죽음의 위협을 알아챘음일까. 여인의 얼굴이 다급해졌다.

“으아아앙!”

“무사님, 무사님! 이 아이만! 이 아이만 살려주신다면 천녀의 목숨은 얼마든지……!”

쐐악—

투박한 박도 하나가 바람을 갈랐다. 박도가 향한 곳은 여인의 얼굴이 아니었다.

박도는 그 품에 안겨 칭얼거리며 울어대고 있는 아이의 가슴팍으로 향했다. 쾌도는 아이의 울음을 단숨에 멎게 만들었다.

“꺄아아악! 아기씨! 도련님!”

“…….”

역시 아기는 시비의 아기가 아니라 유화문의 후계자였군. 영진은 재차 고개를 끄덕였다. 그러자 다시 박도가 하늘로 들려졌다.

“안 돼, 안 돼, 안 돼…….”

쐐악—

멍한 눈으로 무어라 중얼거리는 여인의 목으로 박도가 날아가 박혔다. 아이의 죽음을 믿지 못하던 눈이 부릅떠진 채 땅에 떨어졌다.

영진은 표정을 굳혔다.

‘미륵이여, 미륵이여…….’

이것은 아무것도 아니다. 이것은 아무것도 아니다.

스스로를 세뇌하며 걸음을 옮긴 영진은 흑영을 대동한 채 주위를 둘러보았다.

살아 있는 사람은 하나도 없으리라.

유화문의 문주 유운협 금형인은 물론이요, 그 아들 금영재까지 모조리 참살했다.

시비 한 명, 노비 한 명 남기지 않고 모두 추적해 참살하라는 명이 내려졌으니 아마 그렇게 되었으리라.

마교의 추살령 하에서는 갓난아이 하나도 살아남을 수 없다.

고개를 절레절레 저은 영진은 씁쓸한 미소를 지으며 상념에서 깨어났다. 명령이다. 내가 원한 것이 아니라 명령일 뿐이다.

그때, 영진의 상념을 뚫고 우울한 목소리가 들려왔다.

"…유화문이 박살이 났구나!"

"석마당주!"

씁쓸한 얼굴을 한 채 걸어오는 석마당주를 바라보며 영진이 피식 웃었다. 저 곰탱이 같은 녀석도 양심이 있었나.

우울한 얼굴의 석마당주는 그답지 않게 진중한 얼굴로 고개를 끄덕거렸다.

"우리 교주도 너무하는구만! 이렇게 다 죽이지 말고 백련교로 교화하면 될 텐데……."

"명이니 어쩔 수 없잖소."

"그렇긴 하지만……."

"……."

석마당주는 주저주저하다 입을 다물었다. 교주의 명이라는데 더 할 말이 있으랴! 그저 조용히 명을 따르는 수밖에는 없다.

영진은 물끄러미 그 모습을 바라보다가 무덤덤한 어조로 입을 열었다.

"그나저나, 두 번째 봉인을 뜯을 때가 다 되었지 않소?"

"그, 그렇지! 일이 끝나면 봉인을 뜯으라 했으니, 지금쯤이면 틀림이 없을 거야!”

영진의 말에 석마당주는 주섬주섬 가슴팍을 뒤졌다. 가슴팍 안에는 교주가 남겨준 밀서가 숨어 있었다.

“여기 있구만.”

밀서를 꺼내든 석마당주가 피식피식 웃었다. 씁쓸한 죽음들을 많이 만나긴 했지만, 숨어 있던 본 교가 당당하게 나서서 정파를 쓸어버리는 것을 보니 기분은 좋다.

“자, 받으시오!”

“…으흠.”

기묘한 콧소리가 흘러나왔다. 영진이 코로 한숨을 내어 쉰 것이다. 콧바람에 흔들린 수염 때문에 입술 어림이 간지럽자 영진은 수염을 긁적거렸다.

‘교주의 지략 덕분에 기습의 묘가 섞인 각개격파로 천하의 중소 방파 중에 팔 할이 박살났을 터…….’

하나 이 일은 머지않아 정도무림맹에 알려지게 될 것. 그렇다면 다음 명은 집결 명령이 아닐까 싶다.

영진은 아무런 말 없이 밀서의 암호를 해독했다.

아니나 다를까.

“집결 명령이구려…….”

집결 명령이라는 예상은 틀리지 않았다. 하지만 집결 장소가 조금 이상했다. 그리고 내려진 명도 조금 이상했다.

암호가 해독된 밀서에는 이렇게 적혀 있었다.

하남성 장세협에서 칠 일을 대기. 암령은 해제한다.

“으음…….”

정도무림이 비록 기습을 당했다지만 그 전통과 역사를 무시할 수는 없다. 곧 기습을 알아챌 것은 분명하고, 방비를 할 것도 분명하다. 그런데 하남성이라니? 소림이 있고 정도무림맹이 있는 그 하남성?

영진의 머릿속이 복잡해졌다.

게다가 장세협이라면 장강의 지류 중에 하나를 이르는 말. 장강에 무슨 볼일이 있어 마교도가 그리 간단 말인가!

“빨리 말하시오! 어디로 모이라는 거요?!”

“장강… 이로구려. 그것도 암령을 해제한다는 명이요.”

암령을 해제하라는 말은 모습을 드러내라는 뜻. 이해할 수 없었다. 하지만 석마당주는 그것보다는 목적지가 더 궁금했다.

“장강? 거긴 왜?”

석마당주의 눈이 동그래졌다. 장강에 경계해야 할 만한 문파가 있던가? 그런 건 없는 것으로 안다.

“나도 모르겠소.”

“그래? 지화당주도 모르는 일이 다 있구나! 으하하핫!”

이 밀서 속에 교주의 어떤 음모가 숨어 있을지 모르는데, 석마당주는 신이 나서는 웃기만 한다.

하지만 화를 낼 기분이 아니다. 영진은 마주 웃으며 농을 날렸다.

“허헛, 본인이 신선이 아닌 바에야 어찌 모든 일을 다 알겠소이까.”

“그, 그렇지. 신선이 아니니까…….”

농이라고 지껄인 말에 석마당주의 얼굴이 소심하게 구겨졌다. 신선이 이 일에 개입한다면 어찌 되겠는가! 마교는 되돌아가 평생 문을 닫아야 할지도 모른다.

영진이 중얼거렸다.

"그럼, 일단 출발합시다. 장강에 천하가 다 모이겠군."
의미심장한 투덜거림이 섞인 말이었다.

*　　　*　　　*

유화문이 멸문한 때로부터 삼 일의 시간이 더 흘렀다. 무림맹은 아직도 고요했다. 아직은 첩보가 전달되지 않았기 때문이었을까.

아무것도 모르는 듯 평화로운 무림맹의 공기 속에서 허진무가 호은과 호진을 지도하는 광경을 구경하러 나왔던 청명은 싱글벙글 웃음을 지었다.

변함없이 마보를 취한 채 죽을 고생을 하고 있던 호은과 큰 사부 할아버지와 놀고 싶은 마음이 가득한 호진이 청명을 어색하게 살펴보고 있었지만 청명은 여전히 웃고 있을 뿐이었다. 얼마 전 있었던 일이 머릿속에 떠오르면 부끄러운 마음과 동시에 기쁨이 차올랐다.

아직 자신의 마음이 무엇인지도 모른 체 행한 행동이었지만 그런 모순은 하나도 느껴지지 않았다.

그저 유쾌하다.

"허헛."

그런 청명을 보고 허진무가 웃음을 지었다. 무사히 사매와 화해를 했나 보다. 순수한 사조님의 모습을 보아하니 적잖이 마음에 안심이 든다.

"사매와 화해를 했나 봅니다."

"네. 저는 운혜 사손이랑 화해도 하고요, 그리고……."

"그리고요?"

그리고 입도 맞추었다.

급작스레 도화지에 빨간 염료가 번지듯 청명의 얼굴이 붉어졌다. 허진무는 이해할 수 없다는 듯 청명을 바라보았다.

청명은 부끄러운 기색이 역력한 얼굴로 시선을 돌렸다.

"아, 그러니까……."

"그러니까요?"

"그게요……."

청명은 붉어진 얼굴을 숙인 채 손가락을 꼼지락거렸다. 서로 마주 부딪치기도 하고, 뱅글뱅글 돌리기도 한다.

왠지 사조님을 가만해 내버려 둬야 할 듯해, 허진무는 너털웃음을 한 번 지어 보이고는 시선을 돌려 제자들을 바라보았다.

"똑바로 하지 못하겠느냐, 이 녀석들!"

바른 자세로 마보세를 취하고 있는 호은을 바라보며 허진무는 슬쩍 웃었다. 한 놈은 성실히 하고 있고, 두 번째 놈은…….

"네 이 녀석, 공은 어디다 내팽개치고 나를 바라보는 게야!"

불만 가득한 얼굴로 자신을 바라보는 호진을 바라보며, 허진무가 짐짓 엄한 체를 했다.

호진은 시무룩한 얼굴로 청명을 가리켰다.

"나는 큰 사부 할아버지랑 노는 게 좋아, 사부."

"무어라? 지금 네가 연공을 하지 않고 놀겠단 말이렷다!"

"조, 조금만 놀 거야, 사부. 난 놀고 싶어."

허진무의 얼굴이 붉으락푸르락해졌다. 하지만 사조님이 계시니 화를 내기도 마땅찮다. 허진무는 조심스레 뒤를 바라보고는 한숨을 내쉬었다.

'뭐, 한 번쯤은 놀게 해줄까.'

쓸쓸한 얼굴로 허진무는 호진을 바라보았다.

"그래, 이 녀석아. 내가 졌다. 오늘 한 번은 내 봐주지. 사조님께 가보거라.”

“와! 고마워, 사부!”

어딘가 모자란 듯한 웃음을 지으며 호진이 싱글벙글 웃었다. 허진무 역시 마음이 편안해짐을 느꼈다.

손가락을 마주한 채 앉아 있는 청명을 보며 호진이 신이 나 청명에게로 달려가 어깨를 툭 쳤다. 그러나 청명은 그런 기척을 느끼지 못한 듯 멍하니 앉아 있을 뿐이었다.

“큰 사부 할아버지야?”

호진이 재차 청명의 어깨를 툭 쳤다. 그제야 정신이 든 듯 청명이 고개를 들었다.

“아… 이, 이건…….”

청명은 더 이상 부끄러워하고 있지 않았다. 멍한 눈으로 알 수 없는 어딘가를 주시하고 있었던 것이다. 그러다가 호진을 발견했는지 멍한 시선을 돌렸다.

“아… 호, 호진 태사손…….”

“뭐해, 큰 사부 할아버지?”

“바람이…….”

왜 인연의 흐름을 몰랐던 것일까? 운혜 사손과의 인연에 취해서? 그럴 리가 없다. 인연은 눈을 뜨면 보이는 것처럼 자연스러운 것, 보지 않으려 해도 보이는 것이다.

그렇다면, 원시천존님이 선기를 막아두었던 것처럼 누군가가 선기를 막아두었던 것일까?

“그 술잔!”

술잔에 담긴 선기가 기괴로웠던 것을 기억한 청명이 벌떡 몸을 일으켰다. 자신은 분명히 인연을 바꿀 수 있다. 하지만 인연의 흐름 자체를 모른다면, 바꿀 인연도 없는 셈이다.

악연이 눈에 보이면 선연으로 바꾸고, 선연이 눈에 보이면 복연으로 바꿀 수는 있지만, 그것을 모르는 바에야 그간의 깨달음도 모두 무용지물인 것이다.

'원시천존님……?'

하늘에는 구름 한 점 없었다. 맑디맑은 하늘 아래에서 서늘한 바람이 불었다. 만에 하나 원시천존님일까 싶어 하늘을 바라본 청명은 곧 답을 얻을 수 있었다.

'아니, 원시 천존님이 아니야.'

확실하다. 인연의 흐름을 막아놓은 것은 원시천존님이 아니었다. 인연의 흐름을 막아놓은 것은 하계에 강림한 신선.

'마선.'

"운풍 사손을 찾아야 돼요."

청명이 고집스럽게 중얼거렸다. 운풍 사손을 불러 서둘러 무림맹을 나서야 한다.

지금 피바람이 불고 있다.

*　　　*　　　*

청명이 천하에 환란이 일어났다는 것을 눈치 챘을 때와 비슷한 시기에 무림맹의 수뇌부들도 중소 문파들이 멸문했다는 정보를 얻을 수 있었다.

맹주는 당장 회의를 소집했으며, 곧 구파일방의 무인들이 몰려들었다. 대회의가 열리는 곳은 무림맹의 본관이었다.

커다란 태사의 앞에는 긴 회랑이 위치해 있었다. 회랑의 좌, 우로 정도

무림의 하늘이라는 소림과 무당을 제외한 구파의 장문인들과 일방의 방주, 그리고 당가를 제외한 강호세가들의 세가주들이 앉아 있었다.

그들의 얼굴은 모두 침통했다.

"이것이 뭘 뜻하는지 아시외까, 맹주!"

"물론 알고 있소이다."

침통한 얼굴 사이로 언뜻 여유로운 얼굴이 비친다. 여유로운 얼굴로 찻잔을 들어 입가로 가져가는 그 얼굴은 다름 아닌 맹주의 것이었다.

그는 차분히 중얼거렸다.

"손과 발을 잘라 버리겠다는 뜻이겠지요."

"그렇소. 그리고 성공했지. 허어… 패도적인 줄로만 알았는데, 예상보다 지장(智將)이로구려."

"마교주의 뛰어남을 말해서 무엇하겠소. 일단은 방비책을 찾는 것이 먼저가 아니외까!"

"……."

개방주의 외침이었다.

천하에 협을 논하자면 빠질 수 없는 방파가 있다. 거지들의 문파 개방. 아무것도 가지지 않았기에 자유로운 그들은 권력의 가장 아래층에 존재하며, 서민들에게 밥을 빌어먹고 그들의 웃음에 녹아 살아간다.

개방의 기본 이념이 협이거니와, 역대 어떤 개방주보다도 거지같다는 현 개방주 표주신개의 치하에서는 더 더욱 협이 강조되고 있었다.

그리고 그에 걸맞게, 섬서의 거지들이 전해온 마교의 정보를 듣고 가장 흥분한 사람이 바로 그였다. 마교의 빠른 행보, 과감한 결단력보다도 갓난아이의 목숨까지 앗아간 잔인한 손속이 그를 움직였다.

"분명히, 우리는 손과 발을 잘렸소."

무림맹을 운영하는데 얼마만큼의 노력과 자금이 투자되는지는 아무도 모른다. 아마도 황궁과 비견할 정도의 자금이 투자될 것이다. 사실 무림인들이야말로 무의도식하는 무리, 주변의 상권이 그들의 자금력이 될 수밖에 없는 것이다.

때문에 명망있는 문파일수록 속가 문파나 분타를 많이 개설하곤 하는데, 바로 자금력 때문이었다. 그들이 본문을 유지할 자금을 내어주는 것이다.

그 분파들과 속가 문파가 한순간에 사라졌다, 마교의 기습에 의해.

"손과 발이 잘렸다니! 그동안 무림맹은 무얼 했단 말이오!"

"무림맹의 비조(秘鳥)는 도대체 어디에 있는 게요! 이러한 큰 사태를 파악하지 못하다니!"

"모두 조용히 하시오! 현 맹주를 모르시지는 않을 터, 이것이 불의의 사고라는 것은 모두들 아시지 않소이까!"

권재후가 맹주를 옹호했다. 다른 문파의 장문인들은 그제야 입을 다물고 침묵했다.

"……."

소란을 바라보며, 맹주는 찻잔을 다시 들어올렸다. 분명히 그러했다. 무림맹의 정보조인 비조는 결코 놀고 있지 않았다.

땅따먹기로 무림맹에 입성한 것은 아닐 터이니 그들은 살수보다도 은밀하고 무인들보다도 강력한 무력을 가지고 있었다.

하지만, 그 눈을 막아놓은 것은 바로 자신. 그리고 그들의 목숨을 마교주의 손에 붙인 것도 자기 자신이다.

"그만들 하시구려."

"…매, 맹주!"

흥분해 외치던 권재후가 입을 다물었다. 맹주가 입을 열었으니, 틀림없이 복안이 있으리라. 그리고 늘 그랬듯 그 복안은 이 위기를 탈피해 줄 것이 분명하다.

"마교의 움직임은 은밀했소. 어찌 했는지는 모르나 천하 곳곳에 깔려 있던 마교도들은 동시에 거사를 일으켰소이다. 또한, 무리를 짓지 않고 잠입했으니 마교도의 움직임이 사사로워 보이는 것은 당연했소. 맹의 눈이 제대로 움직이지 않았으니 이는 분명히 비조의 책임이나 본 맹주는 비조를 너무 탓하고 싶지는 않구려."

"……."

"그리고 그들이 가져다준 정보가 마교의 다음 행보를 추측하는데 도움을 주었기에 더욱 탓할 수 없소."

"다음 행보?"

권재후가 중얼거렸다. 마교가 다음 움직임을 벌이리라는 것은 당연하다. 필시 정사대전이 벌어지게 될 터.

개방의 특성상 무림맹에 필적하는 정보를 쥐고 있던 개방주가 신음처럼 중얼거렸다.

"장강… 이로구려."

"그렇소. 장강에 모두들 모이고 있소이다. 장강 이북에 무엇 볼 게 있다고 모이는지……."

"소승이 한 말씀 올리오리다. 혹여, 이것은 맹으로 바로 진격하려는 속셈이 아닌지요?"

아미파의 파진 사태가 입을 열었다. 기습으로 손발을 끊어놓고 곧바로 심장부로 침투한다. 무림맹에는 최소 병력만이 있을 뿐이고 대다수의 병력은 자신들의 문파에 가 있으니, 한 번쯤은 생각해 볼 만한 전술이었다.

맹주가 피식 웃음을 지었다.

"그럴 가능성도 배제할 수는 없지요. 그들은 하남성으로 모이고 있으니. 천하 한가운데에 마교가 움직일 수 있다는 것은 정파의 수치올시다만."

맹주의 말에 모두가 침음성을 흘렸다. 마교가 천하무림의 한가운데에서 집결하고 있다니! 그동안 아무것도 하지 못했다는 것은 정파 모두의 수치나 다름없었다.

"하나 바로 무림맹을 칠 것 같지는 않소. 그들도 많은 손실을 보고 싶지는 않을 게요. 아마도 소림이 아닐까 싶소만."

무림의 태산북두는 다름 아닌 바로 소림이다. 소림은 무림의 정신이자 기둥이니까. 하나, 소림과 무림맹은 모두 하남성 내에 있어 지리적으로는 몹시 가까운 편이다.

"소림을 치리라 생각하시오?"

"혹은 무림맹으로 회군할지도 모르지요. 하나 무림맹의 힘이 워낙에 크니 그 부담을 지리라고 생각되지는 않는군요. 아마도 무림맹에 무승을 보내어 공백이 생긴 소림을 공격하려는 것이 아닌지 모르겠소이다."

"하나, 소림과 무림맹은 결코 멀지 않소이다! 무림맹이 소림을 보호하리라는 생각을 하지 못할 리가 없는데?"

"허허헛……."

맹주가 피식 웃었다. 비록 둘의 위치가 가깝다 하나, 소림에게는 소림의 명예가, 무림맹에게는 무림맹의 명예가 있다. 마교도들이 어느 쪽을 공격할지 모르는 이상, 어느 쪽도 비울 수 없는 것이다. 비우는 쪽은 큰 명예 훼손을 입게 된다.

"우리가 쉬이 움직일 수 있겠소?"

마교의 기동력이 예사롭지 않으니 소림을 비우면 소림을, 무림맹을 비우면 무림맹을 칠지도 모른다. 근거리이니 머지않아 막아낼 수 있을 것이나, 비어 있는 곳은 역시 막심한 타격과 명예훼손을 입게 되리라.

즉, 둘 모두를 노림으로써 마교도들은 정도무림맹의 자충수를 유도했다.

"소림이나 맹이 아닐지도 모르지요. 격장지계일 경우도 해보아야 하지 않겠소. 하나 무림맹을 비울 수는 없는 노릇이고, 또한 소림을 비울 수도 없는 노릇이니……."

"병력을 들어 미리 치는 것은 어떻겠소? 소림과 무림맹으로 오는 길을 동시에 차단하면?"

"그들의 기동력을 무시하고 계시군. 그들은 천하에 흩어져 있어도 동시에 일어설 수 있는 능력이 있소이다. 마치 만리청음이라도 가지고 있는 것처럼……."

만리청음이라면 만리를 떨어져도 대화를 나눌 수 있다는 전설의 전음술이다. 천하를 동시에 움직이려면 그 수밖엔 없다.

"으으음……."

회랑에 침묵이 감돌았다.

"그럼, 어찌 해야 하오?"

"하나 기동력이 뛰어나다는 것도 확실한 정보는 아니잖소!"

장내가 다시 소란스러워졌다.

"그만들 하시오!"

다시 소란 속으로 빠져드는 장내를 바라보며 맹주가 일갈했다.

"일단 파진 사태의 의견을 존중할 필요는 있겠소. 소림도, 무림맹도 모두 무림의 축이라는 것은 확실하외다."

"……."

"혹은 무림맹의 힘을 분산시키려는 음모일지도 모르지요."

"그, 그럼……!"

맹주는 천천히 자리에서 일어났다. 그리고 형형한 눈빛으로 좌중을 둘러보았다.

"본 맹주와 무림맹이 세월을 잘못 보냈나 보구려. 이는 본 맹주의 잘

못이외다. 하나 지금은 일을 수습해야 할 시기. 본 맹주들에 대한 책임은 추후에 물어주었으면 좋겠소."

"…이게 어찌 맹주의 책임이겠소."

맹주의 겸양의 말에 개방주가 대꾸했다. 감사의 인사로 짧게 목례한 맹주가 말을 이어나갔다.

"하나, 지금은 시간과 정보가 더 필요하오. 쉽사리 경거망동할 수는 없는 노릇이오. 개방주의 도움을 요청하고 싶소만."

"노구라도 필요하다면 던져야지."

"또한 선봉대를 조직하겠소. 선봉대는 마교의 예기를 꺾는 역할뿐만 아니라 정보를 얻을 시간을 벌어주게 될 것이오. 그리고 그 자체로도 마교의 속셈을 파악하는 역할을 할 게요."

"……."

그리고 피를 보게 되겠지. 섣불리 맹의 무력을 분산할 수 없으니 선봉대는 정예로 조직될 것이 분명했다. 그들은 마교의 음모를 파악하는 것은 물론 크고 작은 혈투를 겪게 될 것이다.

"누가 선봉을 인솔한단 말이오?"

권재후가 맹주를 바라보았다. 맹주는 부드럽게 웃었다. 아니, 사이한 미소였다.

"선인께서 본 맹에 계시지 않소?"

5장

제5화 아무도 나를 거역하지 못하리라

무림맹의 선봉대는 사악한 마교의 음모를 알아내고, 그들의 예봉을 꺾는 것을 목적으로 조직되었다.

마교의 음모가 무언지 알기도 전에 병력을 분산시킬 수 없기에 그들은 정예 중의 정예로 이루어졌다.

화산파의 일대제자, 아미파의 명망 높은 여승들, 천하제일 검파라는 무당파의 일대제자들 몇이 그 구성원이었다.

그러나 평소라면 하늘 높은 줄 모르고 치솟았을 그들의 명성은 그다지 빛을 보지 못했다. 그들 사이로 신선이 있기 때문이었다.

세류소선 청명 진인!

바로 그가 선봉대에 속해 사마척결의 기치를 앞세우고 천하를 구하러 나선다 했다. 그리고 신선을 모시기에 모자람이 없게, 화산파의 장문인과 아미파의 장문인이 직접 그를 봉행키로 했다. 선계에 오른 절정의 무인이라고 알려진 청명 진인만 해도 차고 넘치는데 구파의 장문인이 둘이

나 합세했으니, 선봉대의 앞날은 참으로 밝아 보였다.

그러나 사실 선봉대는 시작부터 삐거덕거리고 있었다.

세인들의 존경을 한 몸에 받는 신선이 입술을 비죽거리고 있기 때문이었다.

"운풍 시손, 운풍 시손, 나는 배가 고파요."

"…아직은 끼니 때가 아니니 잠시만 기다리시지요."

신선이 칭얼거리는 장면을 마주했는데도 운풍자의 얼굴은 변하지 않았다. 그동안 단련이 되었기 때문일까? 선봉대의 당혹스러워하는 얼굴들 사이에서 운풍자의 무표정한 얼굴은 단연 돋보이고 있었다.

하지만 내심 운풍자도 당황하고 있는 중이었다.

"……."

도에 이르러 무욕, 무심의 경지에 닿았으니 사조님의 행동을 탓할 생각은 없다. 하지만 조금쯤은 무당파의 명예를 생각해 주어도 괜찮지 않겠는가!

사조님께서는 마치 아이처럼 투덜대시고 계신다.

"하지만요, 나는 허리도 아프고요, 고기도 먹고 싶어요."

'육포를 주세요' 라는 뜻이다. 운풍자는 고개를 끄덕였다.

"허기를 때우실 요량이라면 소손이 육포라도 올리겠습니다."

"헤헷, 네."

청명은 헤죽헤죽 웃으며 고개를 끄덕였다. 사실, 쫄깃한 데다가 매콤한 맛도 나는 육포가 먹고 싶었다. 허기가 진다고 스스로 생각하고 있었지만 사실 허기보다 약간 출출한 것에 불과했다.

운풍자는 조용히 말을 뒤로 몰아갔다.

뒤에서는 무인이라기보다 짐꾼에 가까운 사람들이 잡다한 짐을 관리하며 따라오고 있었다. 다행히 그들에게도 말이 배속되었지만 고작해야 백화대 소속이니 그들에 대해 큰 관심을 갖는 사람은 아무도 없었다.

하지만 운풍자로서는 관심을 가질 이유가 충분했다.

"운향 사형."

"아, 운풍이냐?"

짐마차에 올라 여유롭게 바람을 쐬고 있던 허진무가 피식 웃었다.

"사조님께서 허기가 지시는 모양이니, 육포를 조금 구하고 싶습니다."

"아, 그러시냐? 그럼 얼른 가져다 드려야지. 호은아, 식량 짐 좀 풀어야겠구나."

"예, 사부."

호은이 말 위에서 가볍게 허리를 틀었다. 유연한 몸동작 뒤로 능숙하게 짐을 푸는 손놀림이 보였다. 잠시 뭔가를 뒤적뒤적거리는가 싶더니, 호은은 부드럽게 웃으며 육포 주머니를 꺼내 들었다.

하나 너무 조그맣다.

"더 많이 드릴 수 있으나 혹여 미각이 상하실까 저어되어 작은 주머니를 꺼냈습니다. 운풍… 사숙."

육포는 사실 비상 식량인데다 제법 많이 있다. 선봉대의 규모가 작지 않으니 아마도 노숙 시에는 제대로 요리를 하게 될 것이었다. 아까운 물건은 아니니 아마 물욕 때문에 숨기는 것은 아니지 싶다.

운풍자는 무표정히 고개를 끄덕였다. 처음으로 사숙을 불러본 호은의 얼굴에 만족감이 떠올랐다.

"형아! 나도 먹고 싶어!"

갑자기 끼어드는 동생을 바라보며 호은이 웃음 지었다.

"너는 안 돼."

"왜?"

호진이 불만스러운 얼굴로 항의했다. 호은은 그저 고개를 저을 뿐이었다.

"그건 비상 식량이니까. 대신 나중에 형이 조금 챙겨주마."

"으응."

호진은 고개를 끄덕였다. 형아의 말이라면 겨울에 수박이 열린다는 말도 믿을 호진이다. 형이 비상 식량이라면 정말 그런 것이다.

반 각 뒤.

청명은 행복한 얼굴로 운풍자가 건네준 육포를 오물오물 씹고 있었다. 열심히 꼭꼭 씹어 꿀꺽 삼키고는 곧 새로운 육포를 집어 들어 오물오물 씹는다.

"하아―"

운풍자는 무표정한 얼굴로 청명 사조를 바라보고는 한숨을 내쉬었다. 사조님께서는 선봉대가 무슨 일을 해야 하는지 짐작도 하시지 못한 듯 보인다. 자칫하면 이때까지 겪어온 전투와는 비교도 할 수 없는 큰 전투를 치르게 될 터인데 너무나 긴장감이 없다.

"…먹지 마세요, 먹지 마세요, 먹지 마세요. 창피하단 말예요."

운혜는 빨개진 얼굴로 조그맣게 속삭였다. 들리지도 않을 목소리였다. 청명 사조님께 직접 말하고 싶지만, 며칠 전의 일 때문일까? 부끄러운 마음에 괜히 청명 사조를 피하는 운혜였다.

그렇다고 해서 난감함이 사라지는 것은 아니다. 처음 무림맹을 출발할 때만 해도 신선과 함께 무림을 구하러 떠나는 멋진 여협의 모습이었는데, 이제는 애 보는 보모나 다름없다.

이러한 편견을 해소하려면 일단 사조님께서 근엄한 모습을 갖추어야 한다.

청명은 그런 운혜의 마음도 모르는 듯 아직도 육포를 오물오물거리고 있었다.

"에휴……."

사실 청명은 운혜의 목소리를 듣고도 뒤를 돌아보지 못하고 있었다. 전음도 절로 들려오는데 속삭임이라고 안 들릴까! 그저 며칠 전의 일만 생각하면 얼굴이 갑자기 붉어져 억지로 모른 척할 뿐이었다.

'운혜 사손이 먹지 말랬으니까 먹지 말아야지.'

청명은 입에 씹고 있는 육포를 삼키고나면 그만 먹어야겠다고 생각했다. 그리고는 손을 꼬물꼬물 움직여 육포 주머니를 갈무리했다.

"선인, 육포 쪼가리 남는 것 없소이까? 본 거지도 허기가 지는데."

운혜의 한숨 소리를 뚫고 추걸개의 목소리가 들려왔다. 군침을 꿀꺽 삼키는 것을 보니 확실히 거지는 거지인가 보다.

그리고 추걸개의 목소리 뒤로 다른 목소리 하나가 더 따라붙었다.

"나도 배가 고프구나, 만두야."

"누가 만두냐! 누가! 이 버르장머리 없는 놈이!"

"같이 늙어가는 처지에 버르장머리는 무슨. 친구처럼 지내는 게지."

"뭐라! 이 쪼글쪼글한 영감탱이가!"

"제 모습은 신경도 쓰질 않는군. 쪼글쪼글하기는 자네도 마찬가질세."

추걸개의 말을 받은 것은 마교 염화당의 당주이자 청명 일행의 포로, 귀곡자였다. 그는 무덤덤한 얼굴로 능글능글 중얼거리고 있었다. 물론, 주위의 무인들은 그가 귀곡자라는 사실은 아무도 모르고 있었다.

어쨌든, 이 기묘한 조합에 화산파의 일대제자이자 허원 진인의 대제자 금정룡(金正龍)은 당황했다.

아직도 신선은 육포를 오물오물거리고 있다. 저 모습의 어디가 진정한 선인의 모습이란 말인가! 아니, 신선이 아니라 마치 아이와도 같다.

금정룡은 이해할 수 없다는 듯 신선을 바라보다가, 고삐를 움직여 말을 장문 진인의 옆으로 몰아갔다.

"장문 진인."

"왜 그러느냐?"

"저분이 참으로 선인이 맞으신 건지 알 수가 없습니다."

"……."

허원 진인 권재후는 조용히 시선을 옮겨 금정룡을 바라보았다. 영기 넘치고 협기 넘치지만 한편으로는 옹졸한 녀석의 얼굴이 보인다. 가끔 속이 좁고 폭급하여 걱정인 녀석이었다.

무공의 수위가 제 또래 가운데서는 제일을 다투는 녀석이니 그것이 다행일 따름이다. 때로 잔인한 성품이 보이긴 하지만, 무당을 누르려면 어느 정도 패도적인 기운이 필요할 것이다.

"허헛, 너 역시 도를 공부하는 도사가 아니더냐. 어찌 선인이 선인됨을 알아보지 못하겠는고?"

"하나, 도를 공부하는 사람은 행동에 가벼움이 없고, 무욕의 경지에 이르러 마음이 흐르는 대로 행하여도 욕됨이 없다고 알고 있습니다."

"허허허!"

권재후는 웃어 보였다. 그 말이 틀린 것은 아니다. 하나, 도를 이룬 사람은 사물의 일면만을 보는 것이 아니라 그 뒤에 감춰진 이면을 바라보게 마련이다.

세속의 모든 것이 무용함을 알고 있으니 육포가 먹고 싶으면 먹는 것이고, 먹기 싫으면 아니하는 것일 뿐이다.

떠도는 전설 속에도 한잔 술에 취하고 하룻밤 열락에 취했던 대덕고승들이 얼마나 많던가!

그에 비하면 육포를 오물거리는 것쯤이야 별것도 아니다.

"아직은 네 수양이 얕구나. 조금은 더 수양해야 할 것이야."

"하오나……."

제자가 불만스러운 얼굴로 자신을 바라보았지만, 더 설명해 줄 수가 없다. 말로 설명될 수 있는 것이라면 벌써 설명하고도 남았다.

금정룡은 불만 가득한 얼굴로 장문인과 신선을 번갈아 바라보았다.

"헤헷."

다시 한 번 선인의 웃음소리가 들려왔다.

선봉대는 희희낙락 웃으며 육포를 씹는 청명을 기묘한 눈으로 바라볼 수밖에 없었다.

"그나저나……."

선인의 웃음 때문일까, 권재후는 여유로운 웃음을 지으며 파진 사태를 바라보았다.

"서두른 보람이 있구려. 며칠 안에 장강에 도착하겠소."

"홀홀, 그렇군요. 그런데, 장강으로 바로 들어가실 예정이오?"

"으음… 그럴 수야 없겠지요. 장강은 마도천하가 되어 있으니 굳이 가서 피를 흘릴 필요가 없지 않겠소. 먼저 가까운 곳에 유하며 그들을 관찰함이 옳을 게요."

파진 사태는 고개를 끄덕였다. 옳은 말이다.

"봐둔 데라도 있으신 게요?"

"근처에 작은 마을이 있다고 하외다. 장강에서 어업을 하는 주민들이 모여 있는 곳인데, 사위가 막혀 있으니 마도의 눈에는 쉽사리 들키지 않을 것이오. 또한 인심도 좋다 하니, 일석이조가 아니겠소."

"홀홀, 화산 장문인의 혜안이 깊고도 깊구려. 선재로다, 선재로다."

"허헛, 내가 아니외다. 개방의 눈이 미리 앞길을 살핀 덕이라오."

권재후가 겸양의 기세를 차리며 웃어 보였다. 개방의 정보를 가지고 생색을 내긴 싫었다. 파진 사태는 고개를 끄덕거렸다.

"그럼 이제 머지않아 도착하게 되겠군요. 제자들에게 조심하라 일러야겠습니다."

"그리하시지요."

곧 마도의 세력권 안에 들게 될 것이다. 그렇다면 크든 작든 충돌이 있게 될 것. 지금부터 조심해야 할 필요가 있다.

권재후는 시선을 돌려 제자들을 바라보았다. 그리고 목청을 돋웠다.

"며칠 내에 장강에 도착하게 될 것이니라!"

"……."

좌중이 침묵으로 가라앉았다. 드디어 마교도들과 혈전을 치르는 것인가! 아직 큰 전투를 겪어본 적 없는 젊은 제자들의 얼굴이 흥분으로 달아올랐다.

"하나, 바로 마두들을 처단할 수는 없는 노릇. 근처의 작은 마을이 하나 있다고 하니 먼저 그곳에 들게 될 것이야."

"제자들이 뜻을 받드옵니다."

"기세를 엄중히 하도록."

"뜻을 받드옵니다."

권재후는 다시 앞을 돌아보았다. 천하대란은 이미 열린 것이나 마찬가지다. 아마도 무림맹의 본진은 병력을 모으고 추이를 살피자마자 일대 결전을 벌일 것이다.

그동안 선봉대는 선봉대의 임무를 다해야 한다.

장문인의 눈이 형형하게 빛났다.

*   *   *

선봉대가 장강으로 시시각각 나아가고 있을 무렵, 석마당주 조성욱은 호탕하게 술병을 들이키고 있었다. 자고로 영웅호걸이란, 두주불사에 호색인 법! 장강으로 합쳐지는 도도한 물줄기를 바라보며 술을 들이키니 절로 호연지기가 솟아오른다.

"으하하핫! 이제 백련천하가 열릴 일만 남았구나! 교주께서 파천화련공을 대성하시고, 또한 이렇듯 미래를 내다볼 줄 아시니 두려울 것이 무엇이랴!"

조성욱은 제 말이 맞다는 듯 고개를 끄덕였다. 그렇다. 교주는 천하를 굽어볼 줄 아는 혜안을 가지셨다. 이처럼 무림맹 녀석들의 수족을 끊어놓고, 무림맹의 본진을 공격하는 차례만 남겨두고 있으니 무엇을 더 의심하겠는가!

하물며 파천화련공이 극에 달했으니 두려울 것은 아무것도 없다.

조성욱은 히죽 웃으며 옆 자리에 앉아 있는 지화당주 영진을 바라보았다. 영진은 한심스럽다는 듯 조성욱을 쏘아보고 있었다.

"표정이 비루먹은 개와 같구려! 어찌 지화당주는 웃지 않으시는 게요! 이처럼 모든 일이 잘 풀리는데!"

"…자네는 신선에 대한 생각은 조금도 하지 않는군."

영진이 중얼거렸다.

본래대로라면 석마당주의 생각에는 조금도 틀린 바가 없으리라. 하지만 당금 무림에는 전설과도 같은 사건이 벌어진 상태. 그 사건의 주인공인 신선이 어찌 행동하느냐에 따라 마교천하는 뒤집어진다.

"교주 말씀도 못 들으셨소? 만약의 경우에는 신선을 막을 비책이 준비되어 있다고도 하셨잖소!"

"오히려 그게 더 문제일 게요."

지화당주는 씁쓸한 눈으로 도도하게 흐르는 물줄기를 바라보았다. 지화당주의 염려를 모르는 석마당주는 이해할 수 없다는 듯 그를 살펴보다 이내 상관없다고 생각했는지 다시 술병을 들이켰다.

귀약당주 채선이 입을 열었다.

"의문점이 한두 가지가 아니지? 클클!"

"그렇구려."

영진 역시 술잔을 들어 입가로 가져갔다. 오늘따라 술맛이 씁쓸하게 느껴진다.

"흐음……."

"자, 한잔 받게."

귀약당주 채선이 술병을 들어 영진의 잔을 채웠다. 왠지 모를 적막감이 술자리를 감쌌다.

"너무 걱정하지 말게나. 교주가 생각이 없는 위인은 아니야."

"하나……."

"알고 있네."

채선이 말을 끊었다. 그 역시 걱정스러운 듯한 눈길이었다. 일단 백련교가 우위를 점한 것은 확실하다. 구주에 밀서를 보내어 동시에 개봉한다는 기상천외한 전술로 중소 문파들을 공격했으니, 무림맹은 기습 공격의 묘에 각개격파당한 것과 마찬가지다.

거기까지는 교주의 치밀한 심계에 감탄할 수밖에 없다. 밀서를 보낸 영민함과 밀서가 새어나갈 우려를 염두에 두지 않은 대범함, 그리고 각각의 장소에 배치한 전력까지 나무랄 데 없는 전략이었다.

그러나 그 후의 행보는 알 수가 없다.

산개하여 있는 병력을 모으는 것은 좋으나, 모은 다음 칠 일을 대기하라? 이것은 적에게 시간을, 병력을 모을 기회를 주는 것이나 다름없는 짓이다.

또한, 모인 병력은 구파를 각개격파하는 것이 아니라, 마치 심장을 찌르듯 곧게 무림맹을 향하고 있었다.

전멸 아니면 전승. 극단적인 전술이었다.

"교주가 건곤일척의 승부를 노린다고 보오?"

"그렇진 않겠지. 피를 너무 많이 흘리게 돼."

"그렇다면?"

영진의 질문에 채선은 피식, 실소를 터뜨렸다.

"난 신선을 염두에 두지 않았나 싶네."

"으음, 신선이라……."

신선이 어찌 행보하느냐에 따라 무림의 판도가 뒤바뀐다. 그가 만약 백만 마교를 막으려 든다면, 아마도 가능할 터.

만약 교주가 신선에 대해 걱정하고 있다면, 칠 일을 장강에서 머무르는 것도 이해가 된다. 그동안 세속에 무관한 신선이 손을 털고 물러나기를 바란다면.

아니면 칠 일의 시간 동안 신선에 대한 방비책을 준비하는 걸지도 모른다.

"아무것도 모르겠구려."

"홀홀, 만약 교주가 허튼짓을 한다면 또 달리 움직여야겠지. 아직까지는 아무것도 알 수 없으니 교주의 뜻대로 움직이세."

"허헛!"

석마당주 조성욱은 멀뚱멀뚱 둘의 대화를 구경하기만 했다. 아무 말도 알아듣지 못했던 것이다.

쭈글쭈글한 늙은이라 그런지 신선이 어떻고, 건곤일척이 저렇고 참 말도 많다.

하지만 마지막 말은 잘 알아들었다. 교주 뜻대로 움직이면 된다.

"교주가 어련히 알아서 잘했겠지! 기우도 그만하면 병이야!"

채선이 낄낄 웃음을 터뜨렸다.

"클클클. 그래, 그것이 정답이구만. 그런데… 자네가 오늘 경계를 담당하기로 하지 않았나?"

"응?"

그러고 보니, 오늘 석마당이 경계를 서는 날이다. 각 당이 서로 공을 세우고자 혈안이 되어 있으니, 천라지망에 가깝게 펼쳐져 있는 마교의 그물을 수호하는 일을 양보할 리 없다. 운이 좋다면 정파 놈들의 모가지를 떼어낼 수 있으니까.

서로 경계를 서겠다고 아우성을 치는 통에 결국 하루씩 번갈아 경계를 서기로 했다, 석마당주는 까먹고 있었지만.

"아, 석마당이 할 차례지? 잠시만 기다리시오! 내 곧 가서 명을……."

석마당주의 명을 끊으며, 지화당주가 말했다.

"내가 대신 내려두었네. 느낌이 불길한 터라 먼저 움직였지. 미안하네, 석마당주."

"응? 그, 그쯤이야 뭐… 하하핫!"

석마당주는 호쾌하게 웃어 보였다. 척후조가 조직되었다니까 다 잘된 일이다. 석마당주는 술을 들어 입가로 가져갔다.

*　　　*　　　*

"그나저나, 선인. 왜 운혜 도고에겐 가까이 가질 않소이까?"

귀곡자가 은근슬쩍 청명에게 다가가 질문을 던졌다. 목소리가 살짝 떨리는 것이 몹시 궁금한가 보다. 그는 운혜와 청명이 친할수록 좋다고 생각하고 있었다.

"네? 아……."

청명의 얼굴이 단숨에 붉어졌다. 사실, 운혜 사손의 얼굴을 볼 때마다 부끄러워서 자꾸 도망만 쳤었다.

"으흠, 싸우기라도 하신 게요?"

"아니에요. 저는 운혜 사손이랑 싸우지 않았어요."

청명은 조그마한 목소리로 귀곡자의 추측을 부정했다. 볼을 붉힌 채로 중얼거리느라 설득력이 좀 떨어지긴 했지만 귀곡자는 알았다는 듯 고개를 끄덕였다.

"으흠, 운혜 도고도 요즘 선인을 피하는 듯싶소이다."

"네?"

단숨에 눈이 놀란 듯 크게 떠진다. 운혜 사손이 자기를 피하다니? 이게 무슨 소린가!

"으흠, 그래서 둘이 싸우지 않았나 싶은 게요. 아무래도 뭔 일이 있었나 본데……."

뭔 일이라면 확실히 있었다. 청명은 아무런 말도 못한 채 다시 얼굴을 붉혔다.

'호오. 선인께서 심기가 편치 않으신가 보군.'

선인에게서 이상한 낌새가 느껴지자, 추걸개는 이때가 선인께 잘 보일 기회라고 생각했다. 그래서 아낌없이 귀곡자를 타박했다.

"늙은이가 꼬치꼬치 물어보기는. 잊지 마, 이 영감아."

이어질 말은 다른 이들 앞에서 말할 수는 없는 말이다. 추걸개는 내공을 끌어올리고는 입술을 달싹여 전음을 보냈다.

"자네는 포로야."

"알고 있다, 만두!"

"만두가 아니야!"

"뭘. 추하게 만두 하나만, 두 개만 졸라대 놓고서."

"네놈이!"

추걸개는 곧 수염을 곤추 세우며 강력하게 항의하기 시작했다. 귀곡자 역시 느물느물하게 말을 받았다. 제법 잘 어울리는 한 쌍이었다.

하지만 청명은 생각에 빠져 있느라 아무런 소리도 듣지 못했다.

'왜 마음이 흔들리는 걸까?

운혜 사손을 생각하면 가슴이 설레기도 하고, 어떨 때에는 아프기도 했다. 어떨 때에는 보고 있는데도 보고 싶기도 했고, 어떨 때에는 괜히 심술이 나기도 했다.

'마음이 가는 대로 하는 것뿐인데.'

청명은 입술을 비죽였다. 마음 가는 대로 하다 보니 운혜 사손의 얼굴을 똑바로 볼 수가 없다.

이런저런 생각 중에 문득 시선을 돌리니 운혜 사손이 보인다. 청명의 얼굴이 다시 새빨개졌다.

"아……."

"……."

운혜 역시 마찬가지였다. 운혜는 붉어진 얼굴로 고개를 돌렸다. 단순히 부끄러워서 그런 것뿐이지만, 청명은 운혜 사손이 시선을 피한다는 것 하나만으로도 시무룩해져 버렸다.

아니, 어쩌면 운혜 사손 옆에 운풍자가 말을 몰고 있다는 것 때문이리라.

"흥!"

청명은 볼을 부풀리며 시선을 획 돌렸다.

“으흠, 선인께서 어딘가 불편하신가 보오.”

“그렇구려, 장문인.”

어딘가 불쾌한 얼굴을 한 청명을 바라보며 권재후가 중얼거리자 파진 사태 역시 걱정스러운 얼굴로 동의했다.

선봉대는 선인의 눈치를 보느라 정신이 없는데 신선은 그것도 모르는지 선봉대의 분위기를 가라앉히고 있다.

혹시 제자들이 심기라도 거스른 걸까? 만약 그랬다면 큰일이다. 어느새 얼굴이 굳어진 권재후가 말했다.

“제가 가서 말이라도 걸어보아야겠소.”

“으흠, 그것도 좋겠지요. 어차피 도착이 가까웠다는 것을 알려 드려야 하니.”

“허헛. 그럼, 잠시 실례하오리다.”

파진 사태에게 짧게 미소를 지어준 권재후는 천천히 청명에게로 말을 몰았다. 입술을 비죽거리고 있는 선인의 얼굴을 자세히 살피는 동안 어느새 두 마리의 말이 가까워졌다.

“으흠, 선인.”

“아, 장문인.”

청명은 권재후를 발견하고는 살짝 미소를 지었다. 아직 도에는 이르지 못했지만, 칠십 평생 마음 수양을 게을리 하지 않았던 권재후다. 몸에 쌓여 있는 도력이 청명의 마음을 편하게 했다.

“혹여 좋지 않은 일이라도 있으신 겁니까? 마음이 편치 않아 보입니다만.”

청명은 고개를 도리도리 저었다.

“좋지 않은 일은 없었어요.”

“으흠, 혹여 문제 되는 것이 있다면 제게 바로 알려주십시오, 선인. 제가 바로 조치를 취하오리다.”

물론 그 조치가 취해지면 화산파 제자들이 대단히 고생하게 될 것이다. 청명은 아무것도 모른 체 헤죽헤죽 웃으며 고개를 끄덕였다.

“헤헷, 네.”

청명의 미소에 혹여 자파의 제자들이 선인의 심기를 불편하게 했을까 걱정했던 권재후의 마음이 편안해졌다.

“허헛, 이제 곧 도착입니다. 용화촌이 머지않았으니 편히 쉬도록 하시지요.”

“네.”

“그럼…….”

권재후는 끄덕 목례를 해 보였다. 마음이 불편하시지 않다는 것을 알았으니 이제 다시 선봉대의 앞을 자처해 서야 한다.

피 한 번 흘리지 않은 편안한 여행이었다. 그것이 하늘의 도우심이라고 생각한 권재후는 만면 가득히 미소를 흘렸다.

하지만, 하늘의 도우심은 곧 끝을 맞이했다.

＊　　　＊　　　＊

선봉대의 편안한 여행을 방해할 인물들은 관도를 가로막은 채 서 있었다. 척후조로부터 정파 무인들로 보이는 무리가 접근하고 있다는 연락을 받은 지 이미 오래다.

고수로 보이는 이가 여덟 명, 나머지는 일대제자들이나 다름없는 것 같다는 정보도 얻었다.

그래서 백련교의 척후조들은 흐뭇한 마음으로 곧 다가올 먹잇감을 기다릴 수 있었다.

"흐흐흣, 이제야 공을 세울 수 있겠군."

마궁 나영균이 흡족하게 웃음을 지었다. 마기가 느껴지는 웃음이었다. 그런 그를 보며 비쩍 말랐지만 어깨는 넓은 기괴한 몸을 한 황금충 금명석이 불쾌한 얼굴로 중얼거렸다.

"…저쪽에는 고수로 보이는 인물이 여덟이라 했으니 우선 상대의 화후를 알아본다."

"겁이 많구나, 우리 뒤에 백여 명의 교도들이 있는데도."

마궁 나영균의 자신감은 이것이었다. 자신의 뒤에서 늠름하게 버티고 있는 팔십여 명의 교도. 그중에서는 자신과 같거나 혹은 더 높은 서열의 마인들도 있었지만 척후조의 지휘는 자신이 맡았다.

"우리들은 움직이지 않아."

나영균과 함께 지휘권을 받은 금명석이 짧게 중얼거렸다. 사실 나영균보다 자신의 서열이 조금 더 높으니 지휘권을 가진 것은 그라고 봐야 옳다. 성공하면 인정을 받게 되는 것도 그고, 실패하면 목숨을 잃게 되는 것도 그다.

"뭐야? 공을 세울 수 있는 기회인데 어째서!"

"상대의 화후를 알아본다. 먼저 평교도들을 보내."

"화후 같은 건 알아봤자 뻔하다! 서열 삼백위 안의 교도들 중 백여 명이 와 있는데 무엇을 더 꺼리느냐!"

"…말 들어. 일단은 더 지켜보도록 하겠다."

마궁 나영균은 조용히 입을 다물었다. 그의 눈가가 파르르 떨렸다. 서열이 높다고 해봐야 고작 두 계단 높은 놈이 말이 많기는 오라지게 많다.

나영균이 분노에 찬 시선으로 금명석을 바라볼 때였다. 백련교도 하나가 달려와 부복하며 외쳤다.

"이제 곧 도착합니다!"

"…전투 태세를 갖추도록!"

굳건한 얼굴로 금명석이 명을 내렸다. 나영균이 구겨진 얼굴로 그 모습을 바라보았지만 금명석은 신경도 쓰지 않았다. 왠지 모를 불안감 때문이었다.

'왠지 모르게 불길하단 말이야……'

*　　　*　　　*

"장문인!"

"음?"

의아한 표정을 지으며 권재후가 시선을 돌렸다. 갑작스레 달려오는 화산파의 매화검수의 얼굴에 다급한 기색이 완연하다.

하나, 선인의 앞에서 경거망동할 수는 없는 노릇. 권재후는 근엄하게 말했다.

"왜 이리 경망되이 구느냐!"

"매화검수 금정룡이 장문인을 배알하외다!"

"척후에 무슨 일이라도 있는 게냐?"

금정룡이 속한 곳은 척후조였다. 권재후와 파진 사태의 얼굴에서 긴장이 새어 나왔다.

"전면에… 전면에 마두들이 포진하여 있습니다."

"무어라?"

권재후의 얼굴이 다급해졌다. 파진 사태 역시 당황한 어조였다. 미처 눈치 채지 못하고 있었지만 그들은 마교의 세력권 안에 있었던 것이다.

"적도의 수가 얼마나 되더이까?"

"족히 백은 될 듯하여이다, 사태!"

“으음…….”

선봉대의 수는 고작해야 사십. 처음 선봉대가 조직되었을 때부터 사람이 적다 말했거늘, 맹주는 절정고수들이 포함되어 있으니, 사십도 족하다 하였다.

말도 되지 않는 소리였지만 왠지 모르게 믿음이 갔었다. 마선의 선기에 잠식당한 것이다.

그러나 맹주의 목소리에 담겨 있던 설득력이 사라지고 이성적인 생각이 떠오르니 후회막급이다.

권재후가 입을 열었다.

“그들의 무공 수위는?”

“제자는 짐작하지 못하겠습니다. 그리 높아 보이진 않더이다만…….”

“이런…….”

권재후는 다급히 뒤를 돌아보았다. 뒤의 무인들은 선봉의 수상한 기척을 알아차렸는지 긴장된 모습을 유지하고 있었다. 권재후가 큼지막하게 외쳤다.

“모두들 마음을 단단히 하라! 앞에 적도가 있다!”

내공을 섞은 우렁찬 외침이었다. 적도에게 알리기 위함도 있지만, 아군의 사기를 높이려는 의도도 있었다. 여기에는 신선이 있으니 마음먹기 따라 사기가 좌우될 것이다.

권재후는 청명을 바라보았다.

“선인.”

“예?”

청명은 긴장된 얼굴로 권재후를 올려다보았다.

“곧 전투가 시작될 듯합니다.”

“아…….”

당황스러운 표정으로 주위를 둘러보며 청명이 기묘한 신음 소리를 내뱉었다. 살기가 느껴진다. 어쩌면 이제 자신도 사람들과 다투게 될지도 모른다. 운혜 사손도 지켜야 하고 마선의 음모도 막아야 한다.

'어찌 해야 하지……?'

청명의 얼굴에 수심이 어렸다. 사람을 죽이고 다치게 하는 것은 도(道)가 아니다. 하지만 자신이 나서서 한 사람이라도 구할 수 있다면 나서는 것이 옳다.

권재후는 생각에 빠진 선인을 한 번 더 흘끗 바라보고는 파진 사태에게로 돌아갔다.

"사태! 항마불진을 세우셔야 할 듯하오. 매화검진과 연수가 가능하겠소이까?"

"본 파가 우측을 맡지요."

"좋소. 그렇다면 본 파가 좌측을 맡지요."

아미파가 우측을, 화산파가 좌측을 맞게 되면 중앙이 빈다. 두 장문인은 모두 중앙을 채울 인물로 선인을 생각하고 있었다.

파진 사태가 청명을 바라보았다.

"선인께서 중앙을 맡아주시지요."

청명은 고개를 끄덕였다. 그 얼굴은 차분했지만, 각오가 어려 있었다. 그래, 한 사람이라도 구할 수 있다면 싸우겠다. 하지만 아무도 죽게 하지 않으리라.

"싸우되……."

바야흐로 청명이 강호의 일에 적극적으로 개입하기로 결심한 것이다. 무용하게 흘릴 피를 막을 것이다.

"싸우되 생명을 함부로 하는 일은 없을 거예요."

"예?"

권재후의 당황한 음성이 새어 나왔다.

"하나, 적도들은······."

"저는 아무도 죽게 하지 않겠어요."

"하오나, 이것은 비무가 아니라 생사결에 가깝습니다, 선인. 비록 도가의 불살계(不殺戒)를 알고 있으나······."

"그래도 상대가 죽지 않게 할 거예요."

청명의 목소리에 권재후의 얼굴이 당혹으로 물들어갔다. 터무니없는 소리다. 상대를 죽지 않게 한다는 것은 아예 싸우지 않겠다는 뜻이나 다름없다.

도인의 불살계는 잘 알고 있지만, 천하가 무너지는 와중에도 그것을 지키고 있을 수는 없다. 내가 아니면 누가 지옥에 가랴!

아니, 생각해 보면 아무도 죽게 하지 않는 것이 가능하긴 하던가? 선인이니까, 바로 신선이니까 가능할지도 모른다.

"가능합니까?"

조그마한 목소리였다. 떨리는 음성이기도 했다. 경악이 섞인 희열을 느끼며 권재후는 다시 입을 열었다.

"지, 진정··· 아무도 다치게 하지 않고 제압이 가능하단······."

권재후는 끝까지 말을 맺지 못했다. 난데없이 검은 공 하나가 날아든 것이다.

검고 둥근 구체는 빙글빙글 돌아 선봉대의 정중앙에 떨어지고 있었다. 그것은 마치···

"벽력탄!"

정체를 알아본 파진 사태가 비명처럼 소리를 질렀다. 그 비명은 선봉대를 혼란 속으로 몰아넣었다. 벽력탄이라면 내공이 절정에 닿은 무인이 아닌 이상, 반탄강기로도 막지 못한다.

"모두들 엎드려!"

"어떻게 화탄을……!"

마침내 벽력탄이 중앙에 떨어졌다. 다행히 중앙에는 파진 사태가 위치해 있었다. 파진 사태는 눈을 빛내며 앞으로 쏘아져 나갔다.

"흡!"

휘리릭—

파진 사태가 입고 있던 법포의 소맷자락이 바람에 펄럭였다. 파진 사태는 크게 숨을 들이키며 팔을 크게 휘저었다.

항룡복호권(降龍伏虎拳)의 초식을 응용한 것이다. 곧 넓게 펼쳐진 법포 사이로 벽력탄이 날아와 떨어졌다.

출렁—

부드럽게 벽력탄을 받아낸 법포가 흔들거리는가 싶더니, 이내 높게 떠오른다.

"……."

파진 사태는 침중히 그 모습을 바라보았다. 높게 떠오른 벽력탄은 다시 땅에 떨어질 채비를 갖추고 있었다.

화탄에 연결된 심지가 조금씩 짧아지는 것이 보였다.

"아미타불!"

파진 사태는 다시 소매를 넓게 휘저었다. 소매는 크게 회전하되 기묘한 바람의 막을 형성했다.

선풍(仙風)!

내공이 섞인 파진 사태의 옷자락은 짧게 바람을 일으켰다. 격공섭물과도 같은 이치에 바람을 섞어 벽력탄을 멀리 내보낸 것이다.

"나, 날아간다!"

멍하니 그 모습을 구경하던 화산파의 매화검수 하나가 외쳤다. 다른 이들의 시선이 벽력탄을 주시했다.

꽈쾅!

기슭에 떨어진 벽력탄이 큰 울음을 터뜨리며 폭발했다. 당황한 마음속에서 안도감이 피어올랐다.

"사, 살았다……."

화탄의 파괴력은 반탄지기로 막아낼 수 없다. 피하거나, 아니면 폭발하지 않게만 할 뿐. 폭발하고 나면 무공이 약한 일대제자들의 목숨은 끝난다.

"제자들은 모두 후방으로!"

권재후가 다급히 외쳤다. 일대제자들은 혼몽 중에서도 명령을 듣고 뒤로 물러섰다.

"모두 피해!"

위기를 확인한 금정룡이 바람처럼 외쳤다. 벽력탄 네 개가 더 날아오고 있었다. 그것을 확인한 권재후가 다급히 외쳤다.

"사태! 몇 개나 막아낼 수 있겠소!"

"하나!"

파진 사태는 날아오는 벽력탄의 궤적을 주시하며 흘끗 권재후를 바라보았다. 권재후가 입을 열었다.

"그렇다면 본도가 두 개를 맡지!"

"나머지 하나는?"

"일단 수습할 수 있는 것부터!"

이미 벽력탄은 가까이 날아와 있었다. 권재후가 재빨리 몸을 날려 검을 뽑아 이화접목의 묘로 하나의 벽력탄을 받았다.

매화검의 이초식 향류천리(香流千里)!

"흐읍!"

벽력탄에 닿은 검은 충격을 해소하려는 듯 부드럽게 뒤로 젖히는가 싶더니, 이내 힘을 반전시켜 위로 던져 버린다.

날아가는 벽력탄은 공중에서 또 다른 벽력탄과 부딪쳤다.

"폭발한다!"

콰쾅!

공중에 불꽃이 수놓아졌다. 공중에서 터진 터라 피해는 없었지만 파편들이 땅에 떨어졌다. 일대제자들은 재빨리 검을 놀려 파편들을 쳐내야 했다.

"사태!"

파편들 사이로 파진 사태가 움직이고 있었다. 그녀는 다시 한 번 소맷자락을 휘둘러 한 개의 벽력탄을 받아냈다.

"아미타불……."

그리고는 슬쩍 미소를 지었다. 소맷자락을 어찌 움직여야 할지 이미 마음을 정해놓은 탓이었다.

'날아온 곳을 알고 있지.'

사태의 소맷자락은 조금 전과 다르게 부드럽게 휘어져 한곳으로 집중되었다.

벽력탄도 그곳으로 날아갔다. 제법 멀리 날아간 벽력탄은 자그마한 폭발 소리만이 들릴 뿐, 곧 흔적도 보이지 않았다. 아마 그 자리에 잠복해 있던 마교도들은 상당히 곤란한 지경에 처했으리라.

"나머지 하나!"

세 개를 제거했다고 좋아할 때가 아니다. 나머지 하나가 땅에 떨어지고 있었다. 권재후는 이를 악물었다.

"멀어!"

"아, 아미타불……."

나머지 하나는 짐꾼들 사이로 떨어지고 있었다.

허진무는 조용히 벽력탄을 바라보았다.

자신밖에 나설 사람이 없다. 나머지 짐꾼들은 무공은 있으나 벽력탄을 받아낼 정도의 화후는 아니었다. 일대제자들도 자칫 실수했다가는 폭사할 위험이 있는 벽력탄이니, 하물며 일반 짐꾼들이야 말할 바가 있으랴!

"아니지, 꼭 내가 할 필요는 없겠지?"

더 생각해 보니 더 나은 인재가 있다. 어차피 무림맹을 벗어났으니 더 이상 정체를 숨길 필요는 없다. 시도한다는 것만으로도 그 녀석에게는 큰 훈련이 되리라.

"호진아."

"응? 사, 사부?"

"저 공 잡아라. 자칫하면 쾅! 하고 터지니까 조심해라?"

호진이 겁먹은 시선으로 사부를 바라보았다. 사부는 진심인지, 아닌지 모를 얼굴이었다. 장난기 어린 미소를 지으며 허진무가 호진을 바라보았다.

"걱정 마라, 너는 할 수 있으니까. 어어, 떨어진다!"

벽력탄은 어느새 가까이 떨어지고 있었다.

허진무는 무서운 듯 너스레를 떨었다. 어차피 자신이 나설 테지만, 호은이 녀석과는 다르게 호진은 무인이 될 팔자다. 무인이란 담력이 작아서는 할 수 없는 일이다. 지금 하는 일은 겁을 주려는 목적이 더 강했다.

"얼른 안 나서? 그럼 터진다!"

"아니 됩니다, 사부!"

호은이 재빨리 사부를 말렸다. 동생이 위험에 빠지는 꼴을 보고 있을 수가 없었던 것이다.

“서둘러야……!”

마침내 벽력탄이 땅에 떨어지려 하고 있었다. 상황이 급박해지자 허진무는 못마땅한 표정을 지었다. 그리고는 자신이 나서려 걸음을 떼었다. 호진을 조금 더 연단시켜야겠다. 진짜로 시킬 생각이 없었다손 쳐도 담력이 저렇게 작아서야.

호은도 안심한 듯 사부를 바라보았다.

“헛!”

앞으로 나서던 허진무의 눈이 동그랗게 떠졌다. 누군가의 발이 먼저 위치를 선점했다.

“호진아! 그러면 안 돼!”

발의 주인을 확인한 호은이 다급히 외쳤다. 하나뿐인 동생, 동생이 죽을 뻔했다.

“흐읍!”

허진무의 앞을 가로막은 호진이 왼손을 들어 부드럽게 벽력탄을 받쳐 들었다. 그 상태로 허리를 틀어 부드럽게 한 바퀴 회전한 다음, 공을 오른손으로 넘긴다.

그리고 다시 원을 그려 두 번째로 충격을 해소한다. 훌륭한 건곤구공이었다.

벽력탄은 제자리에서 빙글빙글 회전하고 있었다, 심지가 조금씩 타오르는 채로.

“으와! 사부! 내가 해냈어!”

하지만 사부는 기뻐하지 않았다. 공을 잡아챈 호진을 보며 허진무가 다급히 외쳤다.

“그거 얼른 다른 데로 던져!”

“응? 으앗!”

폭발하는 쇠공을 단단히 쥐고 있다는 것을 알아차린 호진이 깜짝 놀라 벽력탄을 아무렇게나 던졌다. 그래도 천생 거력 탓에 제법 멀리 날아갔다.

콰쾅—!

벽력탄이 폭발했다. 허진무는 폭발한 벽력탄과 호진을 번갈아 바라보았다. 경악 어린 얼굴이었다.

'이, 이 녀석……!'

하지만 그 얼굴은 어느새 미소 어린 얼굴로 바뀌어갔다. 제자는 생각했던 것보다, 아니, 상상도 하지 못한 수위의 무공을 보여주었다.

'…정말 제법이잖아?'

당황스러움은 그 주위에 있던 일대제자들이 더 강했다. 특히, 벽력탄을 피해 몸을 날렸던 금정룡이 제일 심했다.

몸을 피하는 것이야 모두들 마찬가지였지만, 벽력탄이 날아오자마자 가장 빨리 몸을 피했던 것이다.

사실 선봉에 있다가 후방으로 빠져나온 것도 장문인의 명 때문이라기보다 그들이 벽력탄을 막아내지 못하면 어떻게 하나 하는 걱정 때문이었다.

"……."

호진을 바라보던 아미파와 화산파의 일대제자들은 멍하니 금정룡을 바라보았다. 별 의미 없는 시선이었지만, 금정룡은 수치심을 느꼈다.

"제길……."

금정룡은 짧게 속삭이고는 몸을 홱 돌렸다. 그런 금정룡을 보지 못한 듯 흘끗 시선을 돌려 호진을 바라본 매화검수 하나가 중얼거렸다.

"저 무공은 뭐지?"

"무당파의 무공이로군. 태극권인가."

"아니, 건곤구공일 게야."

다른 매화검수가 대꾸했다. 모두의 놀란 시선 속에서, 호진만이 웃고 있었다.

벽력탄의 위기를 무사히 넘긴 파진 사태와 권재후는 재빨리 주위를 다독였다. 전투에서 전열이 흐트러짐은 곧 죽음을 의미한다. 다시 전열을 재정비해야 한다.

"화산파의 제자들은 모두 매화검진을 펼쳐라!"

"아미파의 제자들은 항마불진을 펼치도록!"

권재후와 파진 사태의 짧지만 단호한 외침이 이어졌다. 그사이, 청명의 뒤에 있던 운풍자가 다급히 청명에게 다가갔다.

"괜찮으십니까, 사조님?"

청명은 고개를 끄덕였다. 벽력탄이 무엇인지 몰라 눈을 멀뚱거리고 있었지만, 알고 보니 쾅! 하고 터져 버리는 쇠공인 모양이다. 굉음 소리에 놀라 가슴이 쿵덕대고 있었지만 이제 새로이 날아오면 막아설 수 있을 것 같았다.

청명은 조용히 앞을 바라보았다.

"아무도 죽지 않을 거예요."

"예?"

너무 작은 속삭임 때문이었을까. 알아듣지 못한 운풍자가 멍하니 청명을 바라보았다. 하지만 청명은 다시 이야기해 줄 마음은 없었다.

그저 앞을 주시할 뿐이었다.

벽력탄이 또 날아올까 무서운데다 전열을 재정비하는데 정신없던 무인들도 청명의 이상한 기척을 알아보지 못했다.

목숨을 건졌다는 데 안심한 아미파의 승려 하나가 멍하니 중얼거렸다.

어쨌든 살았다는 의미의 불호였다.

"아미타불……."

쌔액─! 불호와 동시에 새된 소리가 울려 퍼졌다.

"화살!"

챙─!

권재후가 재빨리 나아가 검을 휘둘러 화살을 튕겨냈다. 전방으로부터 화살이 쏟아지고 있었다. 빠르고 위협적이지만 묘하게 방향이 틀린 화살이었다. 일대제자들이 충분히 막아설 수 있으리라.

"모두들 검을 들라! 정파의 의기가 이것밖엔 되지 않더냐!"

쐐애액!

한 대의 화살이 신호였을까. 곧 화살이 줄지어 날아오기 시작했다. 권재후는 크게 외치고는 검을 휘저어 날아오는 화살들을 쳐내기 시작했다.

"무량수불!"

선봉대는 흔들리고 있었다. 파진 사태와 권재후만 해도 일파의 종주. 명령 체계가 하나일 수 없는데 그보다 배분과 무위가 뛰어난 신선까지 있으니, 수뇌가 복잡하게 꼬일 수밖에 없었다.

신선을 바라보며 희망을 품는 사람도 있고, 자문파의 장문인만을 바라보고 다른 문파의 장문인은 무시하는 사람도 있었다.

그리고 무엇보다 이십오 년간의 평화는 후기지수들의 마음을 해이하게 만들어 버렸다.

＊　　　　　＊　　　　　＊

"으하하핫! 정도의 위선자들이 목숨을 바치러 나왔구나!"

마궁 나영균이 커다란 웃음을 터뜨렸다. 난쟁이처럼 작은 키지만 울룩

불룩한 근육만은 대단한 사내였다. 그는 거의 자기 키만 한 강궁을 들고 손가락을 튕겨가며 화살을 날리고 있었다.

다만, 황금충 금명석의 주의에 따라, 그가 생각하기에는 그저 어린아이 수준으로만 활을 당길 뿐이었다.

"이제 저 녀석들을 좀 조져도 괜찮지 않겠는가!"

"조금만 더 보지."

황금충 금명석은 그 모습을 보며 슬쩍 웃었다. 생각보다 별거 아니다. 신선이라도 있는 줄 알고 캐내보려 했는데, 그럴 가망성을 보이지는 않는다.

정말 보고서대로 장로급 두세 명에 장문인 급의 고수가 두어 명 있는 것뿐인 듯하다.

이제 백병전이 펼쳐질 차례였다. 본진에는 벽력탄이 더 구비되어 있지만, 척후조는 몇 개 가질 수 없었다, 이럴 줄 알았으면 더 가지고 나왔을 것을. 구파일방의 장문인의 화후에 가까운 인물이 두 명 있고, 장로급 인물이 세 명이니 벽력탄만 더 있었다면 손도 대지 않고 코를 풀 뻔했다.

"이제 됐군. 일단 평교도를 보낸다."

그래도 신중하기로 따지자면 황금충만 한 사람이 없다. 그는 마지막의 마지막까지 경계하고 있었다.

금명석은 훌쩍 뒤를 보고는 중얼거렸다. 팔십여 명의 마인 뒤로, 서열 육백위 이하 평교도들이 백여 명 가까이 있었다.

"모두 추살하라!"

황금충의 명령이 떨어지자, 나영균은 분위기를 띄우려는 듯 크게 외쳤다.

"으하핫! 정파에 멍청이들을 잡는 것은 언제나 즐겁지!"

곧 그는 다시 활을 재웠다. 그리고 적의 선봉대가 있는 방향으로 활을 겨누었다.

"뭣들 하느냐, 나가지 않고!"

황금충이 다시 평교도들에게 외쳤다. 평교도들은 그제야 미친 듯이 고함을 지르기 시작했다.

"우와아아아!"

"정도의 쓰레기들을 죽여 버려!"

어설프나마 경공을 익힌 마두들이 앞 다투어 앞으로 쏘아져 나갔다.

"흡!"

가장 먼저 상대를 맞은 것은 금정룡이었다. 장문인의 앞에서 수족처럼 서 있던 금정룡은 매화검을 부드럽게 쥐고는 살랑, 흔들었다. 검끝이 흔들리며 매화꽃의 궤적을 그렸다.

매영난세(梅影亂世)의 초식이었다.

"크흐흐, 애송이의 매화검이군. 화산 같은 조무래기 문파와 검을 겨누게 되다니, 수치로구나."

"본 파의 검을 무시하다니, 눈이 있어도 보지 못하는 놈이로구나!"

강호초출이었지만, 상대의 격장지계에 쉽게 휘말려가서는 안 된다는 걸 안다. 하지만 속으로 화가 슬그머니 치솟는 것을 느끼며, 금정룡은 매화검을 펼쳤다.

"하핫, 애송이로군!"

금정룡의 검은 치솟기도 전에 멈추었다. 그의 얼굴이 사색이 되었다.

"어, 어떻게……."

마두는 서열 육백위 밖으로 밀린 평교도였지만, 그래도 낭인의 무공에 발달한 사람이었다.

즉, 지닌 바 무공은 금정룡보다 떨어지나, 순진하게 기수식을 취하는 금정룡의 검을 미리 막아버릴 만큼의 경험은 있다는 소리였다.

"화산 검술의 파훼법은 내 비록 모르지만 네 검술의 파훼법은 알 수 있지! 다 네가 애송이처럼 화후가 낮기 때문… 컥!"

"말이 많은 놈이군."

무덤덤한 얼굴로 장문인 권재후가 뒤에서 모습을 드러냈다. 전장 한가운데서 격장지계를 펼칠 시간이 있다면, 그사이에 검을 한 번 더 휘두르는 것이 낫다.

"측방, 좌! 매화검진을 펼친다!"

권재후는 우렁찬 목소리로 외쳤다. 그와 동시에, 누구인지 모를 도를 막아서고 있던 파진 사태도 크게 외쳤다.

"항마불진 역시 마찬가지! 측방에 우로!"

아미파와 화산파의 제자들이 일사불란하게 움직였다.

화살이 계속 날아오고 있었지만 슬슬 가라앉는 기세고, 이제는 손에 쥔 한 자루 검만이 목숨을 부지해 줄 것이었다.

"선인! 중앙을 맡아주시오!"

권재후가 큼지막하게 외쳤다. 선인께서 어떤 능력을 보여주실지 모르지만, 일단은 진을 구축해 놓아야 한다.

하지만 청명은 움직이지 않았다. 그저 조그맣게 속삭일 뿐이었다.

"아무도 죽지 않을 거야."

"뭐요?"

검을 세워들고 달려가던 권재후가 반문했다. 하지만 반문하자마자 무언가가 이상함을 깨달았다. 괴성이 이렇게나 많이 들리는 시끄러운 가운데서 속삭임이 들려왔다. 아주 자그마한 속삭임이었는데도 바로 옆에서 말하는 것처럼 들린 것이다.

"어, 어떻게……?"

그것은 청명의 중얼거림이었다. 손에는 운혜를 쥐어 든 채였다.

"……."

청명은 부드럽게 미소 지었다. 생명을 빼앗고, 또 빼앗기는 일을 볼 수는 없다. 게다가 이제 평범해져야 한다는 제약도 없다. 그렇다면, 못할 게 무엇인가!

이제 앞으로 나서 분란을 막아야 할 때가 되었다.

'마음이 먼저 행하면 몸도 행하는 법.'

속으로 짧게 되뇐 청명은 웃으며 하늘을 올려다보았다. 마치 허락을 구하는 듯한 모습이었다.

하늘에 학 한 마리가 공중을 맴돌았다. 부드러운 움직임이었다. 오래 살고 고고하며 남을 해하지 않는 새. 자신의 도호만큼이나 청명한 몸짓이었다.

"하핫!"

청명은 시선을 내리고는 검 운혜를 마교도들에게 겨눴다. 이제 때가 되었다. 마음을 정한 청명은 부드럽게 속삭였다.

"도는 만물에게 선하며[道有善使万物]……."

하지만 어찌 된 일일까? 속삭임은 천둥처럼 장내에 울려 퍼지고 있었다.

"도는 만물을 이롭게 하니[道有利使万物]."

청명은 검 운혜를 놓았다. 검 운혜는 둥실 공중에 떠올라 빠르게 쇄도했다. 마교도들의 한가운데로 날아가는 것이다.

한 자루 검이 쇄도하는 모습은 기기묘묘하되, 아름다웠다.

"허, 허어……."

권재후가 헛웃음을 내뱉으며 멍하니 중얼거렸다.

"이기어검……."

전설의 이기어검이다. 내공이 경지에 달해야만 나타날 수 있다는 검술, 그리고 마음이 검에 닿아 있지 못하다면 펼칠 수 없는 절정의 검술.

"반짝였다?"

경악에 찬 권재후의 눈에 검이 슬쩍 반짝이는 것을 보였다. 햇살에 비춰 반짝거리는 것일까? 하지만 검은 스스로 빛을 발하는 듯 보였다.

큰 빛은 아니었지만, 현기가 깃든 반짝임이었다.

"그대들은 만물을 해롭게 하는 살의를 거두어라."

"반말이다!"

추걸개가 깜짝 놀라 외쳤다. 언제나 존대말을 섞어 말씀하시던 선인이 처음으로 반말을 한 것이다. 그야말로 경악할 법한 변화였다.

하지만 이 상황에서 그게 중요할까. 뒤에 서 있던 귀곡자가 눈을 치켜뜨며 추걸개의 옆구리를 찔렀다. 머쓱해진 추걸개는 시선을 돌렸다.

"나는 도를 이루어 사사로움이 없고 욕심이 없으니."

청명이 다시 속삭였다. 여전히 장내의 모든 사람들이 그 말을 똑똑히 들을 수 있었다. 그 목소리를 들으며 권재후는 시선을 돌려 장내를 바라보았다.

"검이……!"

권재후의 짐작은 틀리지 않았다. 반짝거림은 검 자체에서 나온 것이 분명했다. 살짝 검날이 빛나는가 싶더니, 검은 서서히 분리되었다.

한 자루 검이 두 자루로, 두 자루 검이 네 자루로 증식했다. 끝도 없이 분열하던 검은 곧 천하를 뒤덮였다.

"나는 한 자루 검을 벗 삼아 세상을 떠돌리라."

검선으로서의 선포! 청명은 이제 스스로의 위치를 자각하고 있었다.

"나는 하늘의 뜻을 알아 천상의 언어로 말하는 이. 하늘보다 높고 땅보다 높으니."

마교도들은 경악했다. 수십 자루의 검이 자신들에게로 날아오고 있었다. 모두 똑같이 생긴 검이었다.

"신선이다!"

"튀어! 신선이라고!"

달려오던 마교도들은 당황한 채 걸음을 멈추는가 싶더니, 검이 증식하는 것을 보고 바로 몸을 돌렸다. 그리고 늦을세라 뒤로 뛰어가기 시작했다.

"으아아아아!"

"미륵이시여!"

"신서언! 신선이다아!"

마지막 외침이 청명의 귀에 똑똑히 들어왔다.

그렇다. 자신은 신선이다. 신선이므로 인간사에 관여할 수 없으나 이제는 관여하리라. 덕을 쌓아 만물을 이롭게 하는 신선, 적덕선(積德仙)이 되리라. 인간지도를 배우는 방법은 바로 그것이었다.

한가닥 자각 속에서 청명은 마지막으로 중얼거렸다.

"그대들은 내 명을 거스를 수 없으리라."

달려가던 마교도들은 마지막 한마디를 듣지 못했다. 그저 정신없이 달려가느라 혼이 빠져 버린 것이다.

앞장선 사람을 제쳐 가며 본진으로 도주하느라 혼신의 힘을 다하고 있었다.

"뛰어! 빨리 뛰란 말이야!"

"이런 미친놈아! 흙이 진창이지 않으냐!"

"흙이 왜 진창이야! 아까 달려올 때는 그렇지 않았… 어? 진짜다!"

땅이 일렁이고 있었다. 질척해진 땅은 발을 빨아들이고 있었다. 마치 늪과 같은 모습에 마교도들은 공포에 질린 표정을 지었다. 그리고 잘못

봤는지도 모르지만, 땅이 물결치기도 한 것 같다.

"이런 젠장! 너희들은 뛰지 않고 뭘 하는 게냐!"

뒤에서 다른 마교도가 나타나 외쳤다. 하지만 마교도들은 대답하지 못했다. 땅의 변화가 조금씩 심해지고 있었다.

"땅을 보십쇼!"

마교도는 시선을 내려 땅을 바라보았다. 땅은 부드럽게 일렁거려 걸음을 삼키고 있었다. 그는 멍하니 중얼거렸다.

"따, 땅이……."

질척거린 땅은 걸음을 방해할 뿐만이 아니라, 빨려들어 간 발을 꼭 부여잡기라도 하듯 한순간에 단단해지고 있었다.

"이건 말도 안 되는… 쿽!"

멍하니 중얼거리던 마두가 급작스러운 충격에 신음 소리를 내뱉었다. 내공이 갑자기 허공으로 흩어진다.

"내, 내공이……!"

경악으로 가득 찬 시선이 조금씩 아래로 내려갔다. 그리고 그 눈은, 자신의 단전에 박힌 한 자루 검을 발견해 냈다. 검은 곧 스르르 빠져나가 공중으로 흩어졌다.

"시, 신선의 검……."

"쿽!"

곧 또 다른 신음성이 터져 나왔다. 한 명, 두 명, 그리고 장내의 많은 마교도들이 순차적으로 신음성을 내뱉어야 했다.

천지에 가득한 검이 마교도들의 단전을 꿰뚫어 버린 것이다. 단전을 꿰뚫린 마교도들은 바닥에 쓰러졌다.

"이런 말도 안 되는……."

장내를 바라보는 황금충 금명석의 얼굴은 딱딱했다. 신선의 능력에 경악한 것이다. 땅이 뒤집히고 하늘이 흔들렸다. 만약 자신이 저 자리에 있었다면…

"더 생각하기 싫군."

조심에 조심을 거듭하지 않았다면 모두 몰살될 뻔했다. 다행히 막바지에 신선이 능력을 드러내었기에 망정이지, 마지막까지 발톱을 감추었으면 공격 명령을 내릴 뻔했다.

"똑똑하군… 황금충."

마궁 나영균은 더욱 당황스러운 얼굴이었다. 그는 진작부터 공격하자고 주장하고 있었던 것이다. 금명석이 아니었으면 큰일날 뻔했다.

"퇴각. 최대한 조심스럽게."

황금충 금명석은 날카로운 눈으로 앞을 쏘아봐 주고는 재빨리 몸을 돌렸다.

*   *   *

선봉대는 모두들 고요했다. 상상 이상이었다. 검선이라는 소리는 들었지만, 그들의 상식으로는 이런 것이 불가능했다.

"세류소선……"

세상을 떠도는 작은 신선이라 했던가. 누가 지었는지는 몰라도 기가 막힌 별호였다. 육포를 질겅질겅 씹는 모습과 도를 논하며 마교도들을 쓸어버리는 모습은 너무나도 달랐다.

세상 가운데서 노니나 그는 신선이었다.

넋이 나간 듯 주위만 둘러보고 있던 선봉대 중에 가장 먼저 정신을 차린 것은 금정룡이었다.

“가, 가서 죽여!”

이대로 달려나가 목을 따내면 그대로 공을 이루는 셈이다. 마교도 몇
의 수급을 베어낼 수 있을지 짐작도 가지 않는다. 정파의 구성(救星)이
될 수 있는 것이다.

금정룡은 ‘아무도 죽지 않으리라’ 는 청명의 말을 제멋대로 해석하고
있었다. 선봉대만이 아무도 죽지 않을 거라고 한 것으로 알아들었다.

그것을 알았음일까. 권재후가 금정룡에게 다가왔다.

“그만 두거라!”

“장문인!”

금정룡이 크게 외쳤다. 공을 세울 욕심에 잠시 이성을 잃은 것이다.
권재후 역시 혼이 나간 표정이었지만, 그는 사리분별을 놓칠 만큼 넋을
잃은 것은 아니었다.

“선인께서는 아무도 상케 하지 않으리라 했으니, 그 뜻을 따라야 할
것이다.”

“하오나 장문인, 저들은 마교도입니다! 마교도들이 정파의 중소 문파
들을 어찌 했는지 아시잖습니까!”

“…안다.”

금정룡은 이를 악물었다. 공명심 때문에 벌이는 일이었지만 핑계는 완
벽하다. 여기서 자신의 명예를 드높여야만 한다.

“원수와는 같은 하늘을 지고 살 수 없습니다, 장문인. 이미 같은 하늘
아래 마교와 무림맹은 함께할 수 없단 말입니다! 저들을 살려두었다가는
반드시 저희가 피해를 봅니다!”

“포로로 잡아 무림맹으로 압송할 것이니라.”

“하오나……!”

“그만! 더 이상 장문인의 말을 거역할 셈이더냐!”

마침내 참지 못하고 권재후가 크게 외쳤다. 권재후는 선인의 말을 따르고자 마음먹고 있었다.

"…뜨, 뜻대로."

금정룡은 이를 악물었다. 뒤늦게야 꼬리를 마는 모습에 권재후의 얼굴이 슬쩍 구겨졌다.

"뜻대로 하오리다."

"흠!"

짧게 콧소리를 내며 권재후가 몸을 돌렸다. 이해하지 못할 바는 아니다. 정도무림의 수족이 끊겼으니, 어찌 그 분노가 작을 것인가! 하지만 그렇다고 해서 엄한 생명을 끊어놓을 수도 없다.

잊고 있었는데, 선인뿐만이 아니라 자신도 도인이다.

권재후는 피식 잔웃음을 짓고는 크게 외쳤다.

"제자들은 쓰러진 마교도들을 포박하라!"

"뜻을 받자옵니다!"

제자들이 우렁차게 외치고는 앞에 쓰러진 백여 명의 마두를 포박하러 걸음을 옮겼다.

"일어나게."

매화검수 하나가 마교도 하나를 일으켰다. 표정은 냉랭했다. 비록 선인의 뜻에 따라 죽이지 않겠다 했으나, 그렇다고 웃으면서 바라봐 줄 정도는 아니다.

마교도는 혼이 나간 표정으로 몸을 일으켰다. 곧 그는 매화검수에게 혈도가 찍혔다.

"음?"

혈도를 찍던 매화검수의 입에서 신음성이 튀어나왔다. 내공이 하나도 없는 것이다. 기운이 없고 근력마저 상한 것이, 아마도 신선의 검 때문인 가 보다. 새삼 신선에 대한 두려움이 새어 올라왔다.

"…어, 어쨌든… 포박을… 할 것이니 몸을 바로 세우라."

마두의 신체를 검사한 매화검수의 떨리는 목소리를 들으며 마교도는 몸을 곧게 세웠다. 본래의 전투라면 내공이 없더라도 목숨을 걸고 싸웠 을 것이다. 그에게는 그 나름의 신념이 있고 미륵이 가져올 만민평등 세 상을 기대하는 마음이 있었으니까.

하지만 지금은 회한뿐이었다. 사람을 죽여서 이룩한 세상이 얼마나 아 름답겠는가! 살의는 신선의 말 그대로 만물을 해롭게 할 뿐이다.

비슷한 생각을 했던 것일까. 마교도들은 모두 순순히 포박을 당하고 있었다.

금정룡이 포박하고 있던 마교도 역시 마찬가지였다. 그는 순순히 금정 룡이 내미는 손에 몸을 맡겼다.

"큭!"

그러나 마두는 고통의 신음을 흘리며 쓰러져야 했다. 천주혈을 짚인 것이다. 게다가 금정룡의 점혈은 실수에 가까웠다. 그는 장문인에게 꾸 중을 받은 것이 모두 마두들의 탓이라 여기고 있었다.

"더러운 마교의 개."

금정룡은 피식 웃음을 지었다. 그때였다. 뒤에서 목소리가 들려왔다.

"잔인한 새끼……."

뒤에서 들려오는 목소리에 금정룡은 흘끗 뒤를 돌아보았다. 이번에 눈 에 들어온 것은 대머리 거한이었다. 청명의 검에 의해 내공이 폐해진, 거 부(巨斧)를 들고 있던 사내였다.

그는 조금 전, 금정룡이 천주혈을 찍은 것을 똑똑히 보고 있었다.

"차라리 죽여라. 희롱하지 말고."

"말이 많군. 안 그래도 죽음을 맞을 것을."

금정룡은 짧게 중얼거리고는 거한의 몸을 일으켜 세웠다. 거한은 이를 악물고는 자리에서 일어났다.

"큭!"

금정룡에게 혈을 짚인 거한이 비명을 터뜨렸다. 천주혈이었다. 신경이 밀포되어 있어 짚이면 극도의 괴로움을 느끼게 되는 혈이었다.

모든 것을 포기한 자에게 여유를 베풀기는커녕, 오히려 상해를 가하는 금정룡이었다. 마음속이 살의로 가득하니 하는 행동이 결코 고울 리가 없는 것이다.

그것은 청명의 눈에 똑똑히 들어왔다. 청명은 부지불식간에 금정룡에게로 걸음을 옮겼다. 슬픔이 느껴지는 몸짓이었다.

"…그러면 안 되는데."

청명은 우울한 눈으로 금정룡을 바라보았다. 마음에 악기(樂氣)가 가득한 사람은 한낱 새의 지저귐도 아름답게 들리는 법이고, 마음에 살기가 가득한 사람은 같은 소릴 들어도 자신을 죽이려는 위협으로 느낄 뿐이다.

'저 도우의 마음속에는…….'

생각의 끝에서 청명은 조용히 눈을 감았다.

"큭! 무력한 포로에게……!"

대머리 거한이 분노한 듯 외쳤다. 정파의 허울을 뒤집어쓴 자가 항복한 자에게 어찌 이렇듯 잔인하게 굴 수 있단 말인가!

"마두에게 그런 배려를 해줄 사람은 없어."

금정룡은 잔인하게 중얼거리며 두 번째로 천주혈을 짚었다. 혈을 두 번이나 짚으려는 것이었다.

그때였다. 아무런 소리 없이 검 하나가 모습을 드러냈다. 청명의 검 운혜였다.

"헉?!"

무인의 감이었을까. 검이 나타나자마자 금정룡은 재빨리 자신의 검을 들이밀었다. 아주 부드러운 몸짓으로, 청명의 검 운혜가 금정룡의 검에 마주쳐 갔다.

챙―!

경쾌한 소리가 울려 퍼졌다. 그리고 검 운혜는 자신의 소임을 다한 듯 어디론가 날아가기 시작했다. 검의 궤적을 따라가 보니 선인이 눈에 보였다.

금정룡은 그제야 자신의 몸 상태를 알아챘다.

"이, 이게 무슨……."

금정룡의 입이 멍하니 벌어졌다. 신선의 검과 맞닿자, 내공이 사라지고 있었다. 내공은 무인의 모든 것. 갑자기 내공이 아닌 진원지기까지 사라지는 기분이 든다.

그는 멍하니 걸음을 멈추었다. 어찌 하여 같은 정도에게 이런 악수를 펼친단 말인가! 그는 허탈한 눈으로 청명을 바라볼 수밖에 없었다.

금정룡의 시선을 받은 청명은 짧게 중얼거릴 뿐이었다.

"마음속에 칼을 품으면 그 칼은 자신을 먼저 해하기 마련이랍니다. 도우께서는 마음속의 칼을 버려야 할 거예요."

"……."

화산파의 제자들과 아미파의 제자들은 조용히 청명을 바라보았다. 금정룡은 원독 어린 시선으로 청명을 노려보았다.

청명의 옆으로 권재후가 걸어왔다. 권재후의 시선은 날카로웠다. 제자가 하는 짓을 뒤늦게나마 확인한 것이다.

잔인하고 속이 좁을뿐더러 폭급하다는 것을 알고는 있었으나 지닌 바

무위를 믿고 내버려 두었던 것이 실수였다.

"아, 자… 장문인……."

금정룡의 얼굴이 새파랗게 질렸다. 다른 누구도 아니고 장문인께서 자신이 하려던 일을 눈치 챈 게 틀림없다.

때마침 뒤에서 대머리 거한이 비웃었다.

"큭큭, 정파의 무리란 인면수심이라더니, 과연 그러하구나! 무력한 포로의 천주혈을 두 번이나 짚으려 하다니. 과연 죽일 셈이었더냐?"

"……."

권재후의 얼굴이 붉으락푸르락해졌다. 당장이라도 호통을 내어치고 싶은 얼굴이었다.

그러나 신선의 옆에서 자문파의 제자를 크게 탓하기는 민망했다. 화산의 명예가 있기 때문이었다. 그는 이를 악물고는 금정룡에게 말했다.

"제자는 가서……."

"자, 장문인……."

"…가서 짐을 들면서 자중하고 있으라. 네 죄는… 후일 다스릴 것이니."

권재후가 씹어뱉듯 말을 끝맺었다. 분노가 가득 느껴지는 것 같아 금정룡은 더듬더듬 고개를 조아렸다.

"뜨, 뜻을……."

"흥!"

끝까지 듣지도 않고 권재후가 몸을 돌렸다. 금정룡은 당혹스러움과 분노가 어울린 얼굴로 그 모습을 바라볼 수밖에 없었다.

청명은 우울한 얼굴로 고개를 돌렸다.

한 시진 후.

대충 포로를 수습한 선봉대는 천천히 말을 몰아 앞으로 나아가고 있었다. 짐꾼들의 뒤로는 포로들이 가득 뒤따르고 있었고, 그들을 감시하기 위해 아미파의 여승들이 신경을 곤두세우고 있었다.

흘끗 자신을 흘겨보는 아미파 여승의 얼굴에, 포로들의 상황을 바라보고 있던 금정룡은 참담한 시선으로 고개를 돌렸다.

"제기랄!"

조그맣게 속삭이며 금정룡이 말을 몰았다. 그의 마음은 독랄함으로 물들어가고 있었다. 평정을 찾지 못했으니, 마음이 한쪽으로 기우는 것이다.

"제기랄, 제기랄!"

처음에는 그저 선봉대에 들어가 공을 세우는 것이 목표였다. 신선에게 잘 보이면 기연의 한 자락이라도 얻을지 모르니, 필요하다면 선인에게도 아부도 해줄 생각이었다.

그러나 선인은 아이와 같았다. 아니, 어딘가 모자란 병신 같았다. 결국에는 앞뒤 분간도 못하고 자신의 내공마저 가져가 버리지 않았던가!

금정룡은 자신의 행동은 조금도 신경 쓰지 않고 신선의 탓을 하고 있었다. 생각을 한쪽으로 몰아가니 진정으로 모든 것이 신선 때문인 것 같다.

그런 그의 눈에 벽력탄을 막아내었던 바보 같은 사내가 보였다.

'저자도 무당파의 일원이라 했지?'

조금 전의 일로 인해 짐꾼에서 무당파의 동배 제자로 승격되어 버린 호은과 호진이 금정룡의 눈에 들어온 것이다.

이제 더 이상 짐꾼 역할을 하지 않아도 될 텐데, 왜 그들은 여기에 있는 것일까?

금정룡은 더 이상 깊게 생각하지 않았다. 이유도 없이 그들에 대한 악의가 타올랐다. 신선, 신선이 뭐길래 자신의 내공을 앗아간단 말인가! 자신의 잘못이라고는 눈꼽만치도 없었다.

아니, 있다면 신선, 그리고 무당파의 탓이다.

금정룡은 말을 몰아 앞으로 나아갔다.

"이봐."

"…예."

예의를 갖춘 정중한 대답이었다. 호은은 머리까지 조아렸다.

"이름이 뭔가?"

"호은이라 합니다."

"호은이라… 좋은 이름이로군."

호은은 고개를 끄덕였다. 그저 대꾸하려는 의도밖에 없었으나, 금정룡의 눈에는 거만한 모습으로만 보였다. 신선을 튼튼히 믿고 이렇듯 방자하게 구는 것이리라.

'두고 보자.'

금정룡은 이를 악물었다. 이번에는 호은의 옆에 서 있던 호진을 바라보았다. 호진은 왠지 모를 살벌한 분위기에 짓눌려 주위를 두리번거리고 있었다.

"네 이름은 뭔가?"

"아, 나는 호진이야."

사부에게도 맹랑히 대답하는 것이 호진이다. 어딘가 모자라는 그에게서 예의를 찾기란 어렵다. 스스로 말하고도 뭔가 잘못했다는 것을 알았는지 호진이 어깨를 움츠렸다.

금정룡이 자신에게 적대적이라는 것을 느끼고 있던 호은이 서둘러 호진의 앞에 섰다.

"제 동생입니다. 머리가 모자라니 부디 아량을 발휘해 주시지요."

"……."

아무런 대답이 없다. 호은은 조심스럽게 그를 올려다보았다. 날카로운 인상의 매화검수가 이를 악물고 있는 것이 보였다.

"내가… 참지."

"감사합니다."

호은은 조용히 머리를 조아렸다. 호진의 잘못이니, 뭐라 말할 것도 없다.

한 번 더 호진을 바라본 금정룡은 말을 몰아 앞으로 나아갔다.

"오늘은 이곳에서 노숙한다!"

선봉대를 이끌고 있던 권재후의 목소리가 울려 퍼졌다.

선봉대가 머무른 곳은 자그마한 숲이었다. 이름 모를 평지에 펼쳐진 숲은 넓게 펼쳐져 있지 않고, 나무들도 크지 않은 것이 조성된 지 얼마 안 된 숲인가 싶었다.

제자들의 몸짓이 부산해졌다. 우선 장문인들의 자리를 보살펴야 하고, 장로들의 자리 역시 마찬가지다. 그리고 밤이 되면 다가올 한기를 막아내기 위해 모닥불도 피워야 하고, 끼니도 때워야 한다.

일대제자 이하의 배분들은 모두들 정신없이 움직이기 시작했다.

"사부, 자리를 만들어 드리지요."

"응? 어이구, 난 됐다. 노숙이라면 너보다 내가 더 많이 했을걸."

야외로 나왔기 때문일까. 허진무는 어느새 자상한 사부로 돌아와 있었다. 허진무는 부드럽게 웃으며 말했다.

"네 자리도 내가 펴주랴?"

“아, 아닙니다, 사부.”

“하핫, 자식. 부끄러워하기는.”

허진무는 대수롭지 않게 웃어 보이고는 잔풀을 끌어 모으고 그 위에 모포를 덮었다. 푹신푹신한 잡풀들이 어긋나지 않게 나뭇가지로 주위를 매만진다.

호은은 사부님께서 자리를 만드시는 것을 도왔다.

“하핫. 역시 제자가 있으니 훨씬 편하구나.”

“…….”

호은은 아무런 말도 하지 않았다. 허진무가 자세히 살펴보니, 어딘가 얼굴이 어둡다. 허진무는 의뭉스럽게 입을 떼었다.

“할 말이라도 있는 게냐?”

“…….”

“있다면 해보거라.”

사부의 재촉이 있자 그제야 호은은 입을 열었다. 조금은 화가 난 어조였다.

“왜 제 동생을…….”

“음?”

“왜 제 동생에게 그런 일을 시키셨습니까?”

어째서 호진에게 벽력탄을 막아서게 했느냐는 질문인 것 같다. 허진무는 슬쩍 웃음을 지었다. 호은이 동생을 생각하는 마음이 깊은 것은 잘 알고 있었다.

“할 만하니까 시켰느니라.”

“하지만 사부, 호진이는 아직 어립니다!”

허진무의 얼굴에서 웃음이 걷혔다. 조금 더 진지해진 눈으로 그가 입을 떼었다.

"언제까지나 네 품 안에 있을 줄 알았더냐?"

"예?"

"언제나 네가 동생을 돌볼 셈이냐고 물었다."

호은의 얼굴이 살짝 당혹으로 물들어갔다. 언제까지 자신의 품에 있을 줄 알았냐니.

허진무는 그 모습을 보고는 부드럽게 미소를 지었다.

"그, 그거야……."

"네 동생에게는 그 아이 나름대로의 미래가 있는 법이야. 벌써 열두 살이잖느냐?"

"……!"

호은의 얼굴이 경악으로 물들었다.

세상 사람들은 모두 동생을 열일곱 살로 알고 있지만, 사실 동생은 열두 살밖에 되지 않았었다. 덩치가 크기 때문이기도 했거니와, 무림맹의 최소입맹 기준을 따르려면 열일곱 살이라고 속여야만 했었다.

"어, 어찌……."

"그럼 여태껏 날 속이려고 했더냐? 언젠가 말해줄 줄 알았더니만 말해 주지 않더구나."

"…죄송합니다."

사부님께 말해야 한다는 생각은 아주 오래전부터 있었다. 하지만 감히 말씀드리기가 어려웠다. 그동안 많이 꾸중을 받았기도 했지만, 결코 그 것 때문은 아니었다. 오히려 기회가 나지 않았기 때문에 아직 말씀을 드리지 못한 것이다.

그런 사정을 짐작한 허진무는 피식 웃음을 지었다. 그리고는 능숙하게 화제를 바꾸었다.

"어제 전투를 본 느낌이 어떻더냐."

"…예?"

"무얼 그리 놀라누. 어제 전투를 본 느낌이 어땠느냐고 물었지 않느냐."

호은은 당황했다. 허진무는 피식피식 웃으며 그를 바라보았다.

"그래, 네놈이 머리가 굵었다 이거구나. 술 한잔 있어야 이야기를 하려는 모양이니, 이리 와 술잔이나 받거라."

허진무는 옆구리에서 소중하게 수통을 꺼내 들었다. 박을 깎아 만든 싸구려 수통이었다. 그 속에는 수통만큼이나 싸구려 화주가 담겨 있었다.

"하오나 제자는……."

"사부의 명을 거역할 셈이냐."

술을 가까이 해본 적이 없던 호은은 멋쩍은 듯 사양을 하려 했지만 허진무가 그를 가만히 두지 않았다.

"어서 받으래두."

"…하오시면 제자가 받겠습니다."

"오냐, 그래야지. 자, 먼저 한 모금 주욱 들이키거라."

명문정파의 사제지간답지 않은 저급한 모습이었다. 정도 문파라기보다는 저잣거리의 왈패나, 용병 같은 느낌이 들었다.

호은은 조용히 화주를 받아들고 한 모금을 꿀떡 삼켰다.

"크읍—"

"으하하핫, 그러고 보니 술을 마시는 것이 처음이로구나? 아직 어리군. 자고로 외지에서는 술 외에 친구가 없는 법인데."

허진무는 킬킬거리며 웃고는 수통을 받아 들어 입가로 가져갔다. 몇 모금 꿀꺽꿀꺽 거리는 소리가 화통하게 들려왔다.

"캬아— 역시 이 맛이지. 고급 홍주에서는 이런 맛이 안 나."

“…….”

쓸쓸한 뒷맛에 아직도 호은은 이맛살을 찌푸리고 있었다. 그 모습에 허진무는 다시 한 번 웃어 보였다.

“자, 이제 술도 들어가고 했으니 말해보거라.”

“예?”

“모르는 척하기는. 어제 전투를 본 느낌에 대해 말해보라는 말이다.”

“…….”

호은의 얼굴이 어두워졌다. 허진무는 재미있다는 듯 웃었다. 보통 또래의 아이라면 필시 선인의 대단한 능력에 감탄하겠지. 하나 도기라면, 그로 인해 다쳤을 사람들을 먼저 살피기 마련이다.

허진무는 호은을 시험하고 있었다.

“두려웠습니다.”

“응? 뭐라고?”

제대로 듣지 못했는지, 허진무가 재차 반문했다. 호은은 새삼스레 다시 대답했다.

“사람이 죽을까 두려웠습니다.”

“네가 죽을까 두려운 게 아니고?”

“제자의 죽음은 두렵지 않았습니다. 다만 동생의 죽음이 두려웠을 따름입니다. 동생을 살리기 위해서는 어쩌면 저도 다른 사람을 벨 수 있겠지요. 하오나…….”

“하나?”

“제자가 그러할진대 다른 사람들이라고 저와 다르겠습니까. 그들에게도 제 동생 같은 사람이 있겠지요. 제자는… 누구든 죽게 될까 두려웠습니다.”

진실이었다. 동생을 살리고픈 마음, 자신이 살고픈 마음이 다른 사람이라고 다를까! 동생을 잃는 고통을 남이 겪게 된다 생각하니 끔찍하고도 괴로웠다.

"그랬구나… 하핫!"

허진무의 얼굴이 흡족해졌다. 어느새 웃음이 새어 나온다. 착한 제자였다. 저도 모르게 선(善)에 닿아 있는 제자다. 아마도 사조님의 말뜻을 가장 올곧게 이해한 사람이 바로 자신의 제자이리라.

"으하핫, 그 마음을 잃어서는 안 되느니라. 하하핫!"

"예. 제자가 뜻을 받드옵니다."

"역지사지의 마음에 인덕까지 갖추었어. 하핫!"

허진무는 그 후로도 한동안 웃음을 멈추지 않았다. 타 문파의 제자들이 무슨 일인가 싶어 쳐다볼 정도였으니까.

웃음 짓던 그가 다시 입을 연 것은 일 다경은 족히 지나서였다.

"하핫, 우문에 현답이었어. 너를 내 제자로 삼은 것이 자랑스럽구나."

"아……."

이게 얼마 만에 들어보는 칭찬인가! 호은의 눈이 둥그렇게 변했다.

"사실, 네게 무공을 가르치기는 싫었느니라. 아니, 네가 무공을 배울 체질이 아냐."

"……."

"왜냐하면, 마음이 너무 강직해. 이런 경우에는 무인의 길을 곧게 따르기 마련이지. 상대의 검에 예우를 제대로 갖추게 생겼어."

"그게 무슨 뜻이온지……."

"자비가 모자라게 생겼다, 이 말이다. 무인이 상대의 검에 예우를 맞추려면 목숨을 빼앗는 것 외에 별다른 수가 있겠느냐."

"……."

호은의 얼굴이 멍해졌다. 하긴, 일견하기에 틀린 말은 아니다. 무와 무가 부딪치는데 어찌 상대가 성하랴.

"그것이 나쁜 길은 아니다만, 도에 이르는 길은 아니야. 너는 그래도 무(武)를 배울 테냐?"

허진무가 은근히 물었다. 호은의 얼굴이 당혹스럽다는 듯 변해갔다. 무술을 배워 힘들어하는 사람들을 돕고 싶었다. 하지만 오늘처럼 사람이 죽을지도 모른다면 말이 다르다. 전투를 목도한 경험은 호은을 부쩍 성장시켜 놓았다.

'혹시, 내 마음이 여린 것일까?

"제자는 모르겠습니다."

"더 생각해 보거라. 무를 아예 안 가르치는 것은 아니야. 너도 어느 정도 호신은 해야 할 것이 아니냐. 한데……."

호은은 조용히 머리를 숙였다.

"네놈은 도기(道器)야. 단 하나 분명한 것은, 네가 무를 배우든 무를 배우지 않든 천월법을 잇게 될 거라는 게다."

"……."

"한마디만 더 하자면, 천월법은 별자리를 읽는 천문이 아니야. 마음속의 달을 읽는 법이다. 달은 해의 그림자일 뿐, 해는 아니거든."

"제자는 알아듣지 못하겠습니다. 무슨 뜻이온지……."

"나중에 알게 될 게다."

다시 허진무가 웃어 보였다. 더 설명해 줄 수도 있지만, 천월법을 설명하기 전에 자신이 겪고 있는 기현상부터 풀어야 했다.

'비록 지금은 달도, 해도 보이지 않는다…….'

천선의 행방은 알고 있었지만, 마선의 행방은 도저히 찾을 수가 없었다. 무림맹을 떠날 생각을 한 것은 그것 때문이었다. 어디 영기 넘치는 산이라도 찾아가야 다시 영성을 키워야 할 듯하다.

"어쨌든지 간에, 오늘도 수련해야지?"

상념에서 깨어난 허진무는 고개를 돌려 호은을 보고는 피식 웃었다. 웃으며 주위를 둘러보니, 늘 형 옆에서 떠나지 않던 동생 녀석이 보이지 않는다.

"그런데 네 동생은 어디 갔나?"

＊　　　＊　　　＊

"큭!"

호진은 뒤로 멀리 나가떨어졌다. 공격에는 내공이 없었는지 그저 피륙에 고통만 올 뿐이었다. 하지만 호진도 내공의 기초가 약한 편이니 그것만으로도 충분히 고통스러웠다.

"일어나!"

"흑, 흐흑, 때, 때리지 마……."

"일어나!"

화산파의 매화검수, 금정룡이 외쳤다. 잔인한 얼굴이었다.

"뭔지… 모르지만 잘못했어……. 흑, 흐엉! 때리지 마……."

"이제야 예의를 갖추는군. 자고로 예를 모르는 것은 짐승이나 다름없다 했다. 네 녀석은 예를 모르니 사람이 아니야."

"예, 예의를 배울게……."

"끝까지 예의가 없구나!"

금정룡은 다리를 들어 호진의 턱을 후려 찼다. 내공은 없었지만, 선풍퇴의 수법은 충분히 날카로웠다.

"크헙!"

"다시 일어나!"

"흑, 안 그럴게. 잘못했어. 안 그럴게……."

금정룡은 조용히 호진을 내려다보았다. 그의 눈에서는 분노가 타오르고 있었다. 상대에 대한 동정심이라고는 조금도 없었다.

"끝까지……."

예의를 빌미로 호진을 욕하고 있었지만 분노의 원인은 청명으로 인해 내공을 잃은 것이었다. 그 생각을 지우려는 듯 금정룡은 다시 한 번, 호진의 복부를 내리밟았다.

"아, 아파! 흐어엉! 아파!"

"……."

울음소리가 점점 더 커진다. 이쯤 되면 다른 이들이 알아챌 수 있으니 멈추어야 한다. 땔감을 구한답시고 충분히 멀리 떨어져 나왔지만 신선의 능력을 눈으로 직접 보았으니 두렵지 않을 리가 없다.

"개, 돼지만도 못한 놈……."

"흑, 흐엉……."

"혹여라도 네 태사조에게 이러한 일을 말할 생각은 하지 말거라. 만약 그리했다간 너를 죽이고 네 형을 죽일 테다."

호진은 훌쩍거리며 금정룡에게 기어가 다리를 붙잡았다. 형아는 안 된다. 형아는 안 된다.

"아, 안 돼! 나만 죽여! 형아는 안 돼! 형아는 안 돼!"

금정룡은 피식, 미소를 지었다.

"그래. 네가 말하지 않으면 될 일이다. 예의를 갖추면 네놈에게도 이리 하지 않을 테니, 다음부터 본 도사를 볼 때면 꼭 예의를 갖추도록 하거라."

"알았어, 알았어……."

호진은 다리를 부여잡은 채로 연신 고개를 끄덕였다. 형아를 때리면 안 된다는 생각뿐이었다.

"훙!"

금정룡은 거세게 다리를 틀어 호진을 떼어낸 후, 조용히 진지로 걸음을 옮겼다.

*　　　*　　　*

허진무는 걸어오는 호진을 보고 반색했다.

"아, 저기 오는구나. 우리 둘째 제자."

"호진아!"

호은이 반가운 얼굴로 호진을 불렀다. 한구석이 모자란 동생이라 제법 나이가 찼는데도 걱정이 된다. 어디 가 있는지 몰랐는데 나타나니 안심이 된다.

"아… 형아……."

어색하게 미소를 짓는 호진을 보고 허진무가 의아한 듯 물었다.

"음? 너 얼굴이 왜 그러냐?"

"아, 아무것도 아니야, 사부. 땔감을 구하다가 넘어졌어."

"원, 녀석… 조심하지 않고."

허진무는 별다른 의심 없이 믿는 기색이었다. 기실 호은이면 몰라도 호진이라면 충분히 그런 일이 일어날 수 있었다.

하지만 오랜 시간 동안 동생을 보아왔던 호은은 무언가 이상하다는 것을 느꼈다.

"정말이냐?"

"응, 형아. 진짜야."

조금 겁먹은, 그리고 긴장된 눈동자였다. 무언가 이상하다는 것을 느꼈음에도, 호은은 더 이상 말할 수 없었다.

"그래… 믿으마."

"응, 형아. 이제 자는 거야?"

"그래."

짧게 시선을 돌리며 호은이 대꾸했다. 호진의 말에 귀 기울이는 모습은 아니었다.

'…무슨 상황인지 알아봐야겠군.'

호은의 얼굴이 심각해지자, 호진은 대뜸 겁을 집어먹었다. 들키면 형아를 죽인다고 했다.

"혀, 형아… 우, 우리 어디까지 왔나 놀이하고 놀까?"

"음?"

"어디까지 왔나 하고 싶어, 엄마가 가르쳐 준 놀이."

"……."

호은은 조용히 고개를 끄덕였다. 한 번도 엄마를 보지 못한 동생의 말은 처연했다. 동생도 엄마와 함께 이 놀이를 하고 싶었을 텐데.

"그래. 하지만 멀리 갈 수는 없으니 이 근처에서만 놀아야 할 거야."

"응!"

호은은 빙그레 웃으며 동생에게 손을 내밀었다. 호진은 얼른 눈을 감고는 형의 손을 마주 잡았다.

"어디까지 왔나―"

"사부 앞에 왔지."

"에라, 이놈들아. 나잇살 먹은 놈들이 잘도 논다."

허진무는 너털웃음을 지으며 만들어 둔 자리에 드러누웠다. 미소가 가득 어린 얼굴이 밤하늘을 향했다.

다음날 오전.

청명은 아직도 잠에 취해 있었다. 잠결에 웅얼웅얼대는 모습을 바라보며, 추걸개와 귀곡자가 한숨을 내쉬었다.

"허어……."

"선인, 이만 기침하시지요."

"나는 더 잘 거예요."

볼멘소리가 바로 튀어나온다. 다른 것은 모르겠는데 선인께서 잠이 많으신 것만은 확실하다.

귀곡자는 조용히 헛웃음을 내뱉었다.

"어제 일이 꿈만 같구먼……. 허헛!"

"그건 동감일세. 나의 명을 거역할 수 없으리라고 천명하시던 그분이 맞으신지 궁금하네그려."

추걸개는 씁쓸하게 중얼거리고는 청명을 흔들었다.

"선인, 선인."

청명은 잠투정 섞인 눈을 떼고는 볼을 부풀리며 추걸개를 바라보았다.

"나, 나는 더 잘 건데!"

"하나 이만 출발해야 할 시기입니다."

눈을 끔뻑이며 청명은 고개를 절레절레 저었다. 더 자고 싶은데 일어나야 한단다.

마지못해 잠에서 깬 불퉁한 얼굴의 청명은 눈을 비비며 몸을 일으켰다. 추걸개는 조금이나마 위안이 될까 싶어 한마디 더 덧붙였다.

"오늘이면 도착한다고 하니, 곧 편히 쉬실 수 있을 겝니다."

"알았어요."

오늘 도착한다니 다행이었다. 청명은 조그맣게 기지개를 펴며 웃음을 지었다. 이제 곧 맛없는 벽곡단이 아닌, 제대로 된 식사와 편안한 잠자리에서 쉴 수 있을 것이다.

마교도들을 잡은 것보다 그것이 더 기뻤던 청명이 웃음 지었다.

선봉대는 간단한 조반을 챙겨 먹은 후 다시 걸음을 재촉했다. 척후조는 부지런히 앞길을 살폈으며, 팔십여 명의 마두가 그 뒤를 따랐다. 마교에서야 평교도로 불릴 정도로 약한 자들이었지만, 그래도 그들은 무인. 반항하고자 마음만 먹는다면 못할 것이 없는 자들이었다.

그러나 전날 신선의 놀라운 무위를 확인한 탓인지, 그들은 순한 양처럼 그 뒤를 따랐다.

얼마나 지났을까.

선봉대는 드디어 연기가 피어오르는 작은 마을에 당도할 수 있었다. 초저녁의 멋진 오늘에 밥을 짓는 연기까지 고즈넉한 느낌이 살아 있는 마을이었다.

권재후는 느긋해 보이는 마을 정경을 바라보며 웃음을 지었다.

"허허헛, 평화로워 보이는 풍경이로구려."

장강을 마주한 작은 마을이었다. 장강을 마주하고 있기에 어업이 편해 보였으나, 콸콸콸 흘러가는 거대한 물줄기 앞에서는 초라하고 위험해 보이기도 했다.

마을은 편안한 느낌과 동시에, 마치 오지와도 같은 느낌을 주고 있었다.

"마두들은……?"

"이곳에서 얼마 떨어지지 않은 곳에 있소. 하나, 선인께서 위용을 보이신 탓으로 당분간은 덤벼들지 않을 듯 보이니, 너무 염려할 바는 아닌 듯싶소이다."

"다행이구려. 아미타불……."

파진 사태가 불호를 읊었다.

두런두런 이야기를 나누는 사이에, 선봉대는 어느새 마을에 다다랐다.

5장

제6화 **형제지정(兄弟之情)**

금정룡은 각을 날렸다. 내공이 조금씩 차오르고 있었다. 제아무리 신선이라지만 내공을 아예 없애는 것은 불가능했나 보다. 그저 잠시 사라졌던 것에 불과했다. 사실 청명이 일부러 내공을 없애지 않은 것이었지만.

"마교주에게 내공을 넘겨준 너희 무당파의 마녀부터 예의도 없는 개와 같은 너까지 무당파의 명예도 이제 옛말이구나."

금정룡의 표정은 딱딱했다. 그는 경멸의 기색이 가득 어린 눈으로 호진을 내려다보았다. 혹여 무당파의 인물들의 눈에 띌까 싶어 호진의 얼굴은 가격하지 않았다.

"아, 아파……."

"…멍청한 놈."

이유없는 적개심이 불타올랐다. 그는 예의없는 후배를 훈계한다는 핑계로 호진을 공격하고 있었지만 사실 그는 신선이 자신의 내공을 훑어버렸다는 것 때문에 분노한 것에 불과했다.

"오늘은 이만하지."

"흑, 엄마… 엄마……."

호진은 엄마를 부르며 훌쩍였다. 억울하고 슬픈 것이야 당연하겠다마는, 그래도 사내가 되어서 엄마를 찾는 것은 한심하기 짝이 없었다.

아니나 다를까, 금정룡이 그 모습을 보고 비웃음을 흘렸다.

"하하핫! 사내가 되어 아직도 모친을 찾는 모습이라니! 기개라고는 조금도 보이지 않는구나!"

"흑, 흑……."

호진은 울기만 했다. 한동안 그 모습을 비웃듯 바라보던 금정룡은 차갑게 몸을 돌이켰다.

용화촌에서 제법 벗어난 곳까지 호은을 끌고 왔던 금정룡은 조용히 걸음을 옮겼다. 마음속에서 조금이나마 남아 있던 양심이 그만하라 부추기고 있었다.

금정룡은 스스로에게 되뇌었다.

"아니, 나는 예의없는 무림의 후배를 훈계하고 있을 뿐이야."

하나 그것이 거짓말이라는 건 자신도 잘 안다. 만약 그러했다면 구타가 아니라 비무의 형식을 취했을 것이다.

"…어쨌든, 나는 정당하다."

상념에 빠진 금정룡은 그렇게 중얼거리고는 걸음을 옮겼다.

그가 용화촌 근처에 당도했을 무렵이었다. 아미파의 여승 하나가 금정룡에게로 다가왔다.

"금 소협."

"의형 스님이로군요."

금정룡은 정중히 포권하며 머리를 숙였다.

"어디를 그리 다녀오시는지요?"

고운 미색의 여인이 살포시 웃으며 물었다. 약간의 동경이 숨겨진 호의였다. 며칠 전, 마교도에게 잔혹한 수를 날렸던 사건이 있었음에도 후기지수 금정룡의 이름값은 생각보다 대단했다. 한때 장강의 마두 혁필형을 잡은 것도 그였다.

"별일없었습니다. 그저 주위가 위험해 보여 경계를 해본 것뿐입니다."

"아미타불… 선봉대를 생각하는 금 소협의 마음이 그토록 깊으니, 아마도 우리는 모두 무사히 임무를 마칠 수 있을 거예요."

"과찬이십니다."

금정룡은 부드러운 미소를 지으며 머리를 숙여 보였다. 완벽한 후기지수의 모습이었다. 그는 슬며시 걸음을 옮겨 장문인의 거처 쪽으로 사라졌다.

의형 스님은 홀린 듯 그 모습을 바라보느라, 금정룡이 나타났던 곳에서 절뚝거리며 걸어오는 몸집 큰 소년을 알아보지는 못했다.

"어디를 갔다가 이리 늦은 거냐?"

호은이 걱정스럽게 동생을 바라보았다.

"으… 응?"

뒷머리를 어색하게 긁은 호진이 어설프게 미소를 지었다. 그리고 얼른 머리를 굴려 거짓말을 만들어내기 시작했다. 형한테 말하면 형아도 아프게 해준다고 했다.

"사, 사부님이 불러서 갔다 왔어."

거짓말은 너무나 완벽하지 못했다. 사부가 불렀는지 안 불렀는지는 사부를 만나면 확인할 수 있는 일이다. 호은은 무서운 얼굴로 동생을 내려다보았다.

"진짜 사부님이 부르셨더냐?"

"응……."

"참이렷다?"

억지로 시선을 돌리는 기색이 완연하다. 호은은 수상쩍다는 듯 동생을 바라보았다. 물끄럼 바라보기만 하자, 이제는 얼굴까지 붉어져서는 고개를 젓는다.

"지, 진짜 사부님이 불렀어……."

"호진아."

"지, 진짜야……."

"하아—"

호은은 한숨을 내쉬었다. 자조 섞인 한숨이었다. 호은은 동생이 어디서 맞고 왔을 거라는 생각보다는, 수련은 게을리 하고 어디서 놀다 와 놓고는 도둑이 제 발 저리듯 눈치를 보는 것이라 생각하고 있었다.

"호진아, 거짓말은 해서는 아니 되느니라. 범인이라도 세상을 살아가면서 거짓을 말하지 않음이 당연한데, 하물며 도사가 될 우리는 어떻겠느냐."

"……."

"호진아!"

"…지, 진짜야!"

궁지에 몰린 동생이 버럭 소리를 질렀다. 반항의 기색이 역력한 고함이었지만, 호은은 씁쓸히 웃으며 고개를 끄덕였다. 아직은 어린 동생이다.

보통 이런 일이 있을 때는 크게 혼을 내줘야 하지만 동생이 나쁜 행동을 한 번도 한 적이 없다. 그래서 저도 모르게 부드러워진 면이 있었다.

앞으로 무당파의 도사가 된다면 이래서는 아니 될 터인데.

"그래. 알겠다."

호은은 고개를 끄덕였다. 형이 속아 넘어가는 기색을 보이자, 호진의 얼굴이 슬쩍 밝아졌다. 형이 뭐라고 하지 않는 것을 보니 다행이다 싶다.

"……"

하지만 매일 자신을 때리는 무서운 사람의 얼굴이 떠오르자 호진의 얼굴은 금세 어두워지고 말았다.

호은은 그런 동생을 걱정스럽게 바라보았다. 한동안 꿍얼꿍얼거리며 무엇인가를 생각하던 호진이 마침내 입을 열었다.

"형아."

호은은 의아함 섞인 시선으로 동생을 바라보았다. 따듯한 눈이 자신을 바라보는 것을 느끼며 호진은 헤죽 웃었다.

"엄마 이야기 해줘."

"응?"

"엄마 이야기."

호진은 동그란 눈으로 호은을 바라보았다. 바르고 곧은 눈에 호은은 고개를 끄덕였다. 동생은 어머니에 대한 그리움을 자신을 통해 달래고 있었다.

"그래… 무슨 이야기를 해줄까?"

"엄마가 형아한테 놀이 가르쳐 주는 이야기!"

"…그래."

동생이 가장 좋아하는 이야기가 바로 이것이었다, 어머님과 자신이 놀이를 하는 이야기.

"호진이 네가 어머님의 태중에 있을 때였다. 그때 어머님께서는 몸도 좋지 않으신데, 매일 형과 함께 놀고는 했었단다."

　어쩌면 어머니는 자신의 죽음을 짐작했을지도 모른다. 더 이상 아들을 볼 수 없다는 한(恨)을 남기고 싶지 않았던 것일까? 어머니는 임신한 와중에서도 호은과 함께 시간을 보냈다. 시장을 가는 길에서도, 마당에서도 언제나 놀거나, 대화를 나누었다.

　어머니께서 돌아가시기 오 개월 전부터, 어머니는 자신이 해줄 수 있는 모든 것을 자신에게 해준 것이나 다름없었다. 그 바람에 자신은 어머니께서 아프신 줄 몰랐었다.

　어머니의 마지막 유언이 귓가에 맴도는 듯했다.

　"호은아, 동생을 잘 보살펴야 돼. 동생하고도 잘 놀아주어야 하고, 밥도 해주어야 하고… 엄마가 해줬던 것처럼 동생한테 해줘야 돼. 호은이 잘 할 수 있지? 엄마가 해줬던 것처럼……."

　호은은 부드럽게 웃음을 지었다. 자신은 어머니한테 많은 것을 받았다. 짧았지만 사랑도 받아보았고, 짧았지만 어머니께 재롱도 부려보았다. 그러나 동생은 아무것도 받지 못했다. 아예 어머니의 얼굴도 보지 못했으니, 그리움은 더 깊으리라.

　아이가 받아야 될 애정은, 자신이 대신 채워주어야 한다.

　"형아한테 놀이들을 가르쳐 주면서, 어머니는 '꼭 동생에게 가르쳐 주어라' 라고 말씀하셨단다."

　"…그럼 엄마는 나한테 알려주려고 형한테 놀이를 가르쳐 준 거야?"

　"그래. 비록 형을 통해 받긴 했지만, 그 놀이들은 사실 어머니가 네게 가르쳐 주려고 하신 거야."

　목소리가 조금씩 젖어 나왔다. 호은의 눈가에 이슬이 어린 것을 알았기 때문일까? 조금 기분이 좋아졌던 호진의 얼굴도 우울해졌다.

잠시 침묵이 감돌았다.

고요한 외중에서 열심히 무엇인가를 생각하던 호진이 고민 끝에 조심스럽게 입을 열었다.

"형아. 있잖아……."

호은은 여전히 아무런 대답 없이 동생을 바라보았다.

"…누가 막 자기를 때리려고 하면 어떻게 해?"

금정룡에 관한 이야기였다. 호은은 의심쩍은 시선으로 호진을 바라보았다.

"네 이야기냐?"

호진은 얼른 고개를 도리도리 저었다. 당황한 기색이 역력한 얼굴이었다.

"아, 아니야! 아니야! 저쪽에서 누가 막 싸우려고 해서."

"…으흠, 그렇더냐?"

호은은 의심 어린 눈으로 동생을 바라보았다. 동생은 조심스럽게 시선을 돌렸다. 호은은 무슨 상황인지 자세히 알아봐야겠다고 생각했다.

"네가 무엇인가를 잘못했다면 사과를 해야 할 거야. 사람은 누구나 실수할 수 있으니, 네가 정중하게 사과를 한다면 그 사람은 받아줄 거야."

부드럽게 말한 호은이 호진의 어깨를 두드려 주었다. 호진은 곰곰이 생각하는 얼굴로 형의 목소리를 주의 깊게 새기고 있었다.

동생을 내버려 두고 먼저 자리를 비운 호은은 일부러 말하지 않은 뒷말을 떠올렸다.

'혹시 네가 잘못한 것이 아닌데 일부러 때린 것이라면…….'

호은의 얼굴이 어두워졌다.

＊　　　　＊　　　　＊

호은과 호진이 대화를 나누고 있을 무렵이었다. 제자들은 대다수가 참여하지 못했지만, 선봉대의 수뇌부들은 용화촌장의 집에서 회의를 하고 있었다.

회의를 주재하는 사람은 권재후였다. 그는 조용히 주위를 둘러보았다. 파진 사태와 추걸개, 그리고 신선과 제자 몇 명이 자신을 바라보는 것이 보인다.

회의를 주관하는 일을 거절한 신선과 앞으로 나서는 것을 즐기지 않는 파진 사태 덕택에 자신이 회의를 주관하게 되었다.

"흐음… 그럼, 앞으로의 일을 논의해 보도록 하겠소."

"아미타불."

짧게 회의의 시작을 알린 권재후가 말을 이어나갔다.

"먼저 우리 선봉대의 임무가 무엇인지 확인해 볼 필요가 있소이다. 우리 선봉대는 사악한 마교의 목적을 알아내는 것과 동시에 상대의 규모에 대한 파악을 위해 결성되었소."

"그렇지요."

"본래 이 일은 무림맹의 비조가 해야 할 일이나……."

"……."

파진 사태가 씁쓸히 고개를 저었다. 더 말하지 않았으면 좋겠다는 뜻이다. 마교에 잠입해 있던 간세들은 모두 처형당했다. 처형 순서도 무림맹에 기록된 간세들의 명단 순위대로였다.

말인즉슨, 간세들의 명단이 마두들 손에 넘어갔다는 소리였다. 어떻게 그렇게 될 수 있었는지는 아무도 모를 일이었다.

권재후는 한숨처럼 말을 맺었다.

"간세들은 모두 처형되었지."

“…….”

장내가 침묵에 젖어들었다. 작금의 사태에 이르러서야 마교의 우위는 확고하다는 것을 알아챘다. 적은 발 빠르게 정도무림의 손발을 끊어놓고, 그리고 상대의 정보를 완벽하게 차단했다.

반면 무림맹은 마교의 동향도 전혀 파악하지 못했고, 또한 장강 이후의 마교의 행보에 대해서도 짐작해 내지 못했다.

“어쨌든 우리의 임무는 상대의 규모를 파악하는 것과 그 목적을 파악하는 것이오. 때문에 백여 명의 마두를 심문해 보았으나 아무런 대답이 없었소.”

“으음…….”

청명은 심문할 때에 고문을 가하는 것을 허락하지 않았다. 말로 해결하려 하니 정보를 캐내기가 쉽지 않다. 청명이 직접 나섰음에도 그러했다.

사실 그들 역시 교주의 명에 움직이는 장기판의 졸과 같은 역할이나 마찬가지였으니, 아는 것이 없었던 것이다. 고문을 해보아도 아마 비슷한 결과가 나왔을 것이다.

“규모에 대해서는 다행히 조금이나마 알아낼 수 있었소. 마두들은 말이 조금 다르긴 하나 곱게 실토했다오. 하니, 상대의 면면을 자세히 파악하고 그 수나 헤아려 돌아가면 될 일이지요.”

권재후는 장내의 사람들에게 선봉대의 목적을 설명하고 있었다. 파진사태가 말을 받았다.

“어려운 일은 장강 이후 그들의 행보에 대해 논의하는 것이외다.”

이것만큼은 방법이 없다. 상대를 몇 명 포로로 잡아 앞으로 어찌 될지를 알아내야 하는데 그런 정보를 취득하려면 어지간한 고위급이어야 한다. 지금처럼 조무래기는 쓸모가 없는 것이다.

"으음……."

'사실 문제는 그것뿐만이 아니지. 맹주는 선봉대를 조직할 필요가 없었어. 정말 그것을 알고 싶었다면 선봉대가 아니라 비조를 다시 조직했어야 옳았지…….'

수상하다. 어딘가 수상하다. 맹주는 도대체 무슨 속셈이란 말인가! 마선의 선기에서 벗어난 권재후는 맹주의 말이 하나부터 열까지 모두 틀렸다는 것을 확신하고 있었다.

생각에 빠져 있는 권재후를 바라보며 회의에 참여한 일대제자 하나가 슬며시 입을 열었다.

"하오면, 적도를 몇 붙잡으면 될 일이 아닌지요."

너무나 쉽다는 어조였다. 사실 거창한 임무를 기대했던 몇몇 제자들은 어느 정도 실망하기도 했다. 선인이 가볍게 포로 몇 명만 잡아오면 될 일이다. 얼마 전의 놀라운 무용을 확인하지 않았던가! 누워서 떡 먹기나 다름없을 것이다.

권재후가 탓하듯 일대제자를 바라보았다.

"일이 그리 쉬운 것은 아니다. 정보를 쥐고 있을 정도면 틀림없이 고위층. 그런 이를 생포하기가 쉬울 성싶으냐."

"저, 신선이 있잖아요. 신선께서 움직여 주시기만 하면……."

얼굴이 발그레해진 여승 하나가 말했다. 의형이었다.

금정룡은 불쾌한 듯 여승을 바라보았다. 다른 무엇보다 신선에 대한 의존도가 마음에 들지 않는다.

"…그분은 불살계를 천명하시고 계시오. 아니, 진정으로 무림맹의 뜻과 함께하는지도 확인할 수 없지."

금정룡이 불쾌한 어조로 중얼거렸다. 권재후가 금정룡을 바라보며 단호히 말했다. 아직 그는 금정룡을 용서한 적이 없다.

“그 입 다물라.”

“…예.”

제자의 대답을 들은 권재후는 엄한 표정으로 그를 쏘아봐 주고는 시선을 돌려 눈을 동그랗게 뜨고 데굴데굴 굴리고 있는 신선을 바라보았다.

“…흐음.”

“아… 왜 그러시나요?”

“아직도 사람을 죽이지 않을 뜻을 세우고 계십니까?”

청명은 고개를 끄덕였다.

“네. 저는 죽음을 원치 않아요.”

“하아…….”

권재후 대신 파진 사태가 한숨을 내쉬었다. 평소라면 자신도 저 의견에 동감했을 것이다. 하지만 지금은 전시다. 상대를 막지 못하면 그만큼 이쪽이 죽는다.

“하오면…….”

“네?”

“다시 한 번 포로를 잡을 수는 없겠는지요.”

“그게 무슨 소리인가요?”

일은 쉽다. 선인께서 어떻게든 상대의 진영으로 나아가, 누구든 고위층의 내공을 폐하고 데려오기만 하면 된다.

문제는 어떻게 날아가느냐는 것과 누구를 데려오느냐가 문제일 것이다.

그러한 이치들을 설명해 주자 청명의 얼굴이 심각해졌다. 나름대로 고민을 해보는 것이다.

포로로만 잡는다면 괜찮지 않을까?

한동안 고민하던 청명이 고개를 주억거렸다.

"하실 수 있겠습니까?"

"하, 할 수는 있지만……."

청명은 그렇게 중얼거리며 다시 생각에 빠져들었다. 하지만 마음이 동하지 않는다.

"그래도……."

"하실 수 있다면, 해주심이 많은 목숨을 구하는 계기가 될 겁니다."

"많은 목숨이요?"

"그렇습니다."

권재후는 조심스럽게 답변했다. 틀린 말은 아니다. 그 정보는 정도무림의 많은 목숨을 구하게 될 것이었다, 마교의 목숨까지는 아니겠지만.

청명이 고집스레 대답했다.

"싫어요."

조금 표정이 굳어진 청명이 대답했다. 방금, 권재후의 마음이 작게나마 흘러나온 것이다. 어쩌면 자신이 하는 행동이 많은 사람의 목숨을 죽음으로 몰지도 모른다는 생각이 들었다.

"알겠습니다, 선인."

권재후는 우울하게 고개를 끄덕였다.

*　　　*　　　*

장강의 장세협.

세 번째 밀서를 바라보는 지화당주의 마음은 어두웠다. 척후조가 가져온 보고 때문이었다. 수십 개의 검이 천지를 뒤덮었다고 한다. 그리고 그 검에 베이면 내공은 사라지지만 외상과 내상은 조금도 남지 않는단다.

‘신선…….’

아마도 그는 신선일 것이다. 그리고 그가 나타났다는 소식은, 마교의 행사에 큰 지장이 생겼다는 것과 마찬가지였다.

“으음…….”

“생각이 복잡한가 보군.”

옆에 서 있던 귀약당주 채선이 웃으며 그에게 걸어왔다.

“너무 깊이 생각하지 마시게나. 교주에게 생각이 있는 것 같아. 그러니 이제 밀서나 개봉해 보게.”

“그리하지요.”

“이거, 장기판의 말이 된 기분이긴 하네만 나쁘지는 않네그려? 교주는 정말 앉아서 천하를 보고 있나 봐. 허허헛!”

채선의 부드러운 웃음소리를 들으며 지화당주 영진이 마지막 밀서의 봉인을 풀었다. 곧 자그마한 한지가 튀어나왔다. 글자로 가득한 한지 속에서 명령은 단 세 마디뿐.

영진은 정신없이 밀서를 해독하기 시작했다.

귀약당주 채선은 아무런 말 없이 그를 기다렸다. 세 번째 밀서는 지화당주밖에 읽지 못한다.

“…으음.”

얼마 지나지 않아 지화당주는 신음성을 내뱉었다. 밀서의 해독을 마친 것이다.

“그래, 어찌 하라던가?”

“회군…….”

“회군?”

귀약당주의 눈이 부릅떠졌다. 말도 안 된다! 어찌 바로 군사를 돌리라는 말인가! 지금은 정도무림의 수족이 끊긴 상태, 최대한 발 빠르게 움직여야 승리할 수 있다.

"회군하여 사천을 친다는 명령이오."

"이대로라면 무림맹을 치는 게 병법이 아니던가? 머리를 쳐야 명이 끊기지."

"하나 교주의 명령이 그러하니 알 수가 없지요. 두 가지의 명령이 더 있소. 최소한의 인원을 보내어 적의 선봉대를 섬멸하라는 것과……."

"마지막 하나는?"

"…최대한 빨리 장강을 벗어나라."

채선의 얼굴은 이제 우스워졌다. 교주의 명령을 하나도 이해하지 못한 것이다.

"아니, 최소한의 인원만으로 신선을 감당할 수가 있던가? 그보다 최대한 빨리 장강에서 벗어나라니……."

이것은 마치 자신들이 미끼가 된 것 같지 않은가! 장강에 모였다가 적의 선봉대가 도착하니 장강을 벗어나라. 그것도 최대한 빨리.

장강에 무슨 기관 장치라도 설치되어 있을까? 아니면 진식?

그것이 무엇인지는 모르겠지만, 장강에 무엇인가 있다. 그것이 뭔지 모르겠지만 몹시 위험한 것이 분명했다. 영진은 최대한 빨리 장강을 벗어나야겠다고 생각했다.

*　　　　*　　　　*

결국 수뇌부의 회의는 결론을 내지 못한 채로 끝났다. 선인이 움직이지 않겠다면 소규모의 전투를 벌여 포로를 확보하는 방법이 제일 옳다. 선인께서도 그때만큼은 움직여 주실 것이 분명했다.

그러나 그때가 언제일 것인가!

그것만은 아무도 결정하지 못했다.

회의장을 나온 청명은 우울한 얼굴이었다. 마선의 속셈을 하나도 짐작할 수 없기 때문이었다. 설사 마선의 기적을 읽지는 못한다 치더라도 마선으로 인해 벌어지게 되는 사건들은 알 수 있어야 하는데…….

"……."

청명은 침울한 얼굴로 고개를 숙였다. 인연을 느낄 수 없다. 아니, 느낄 수 있지만 마선의 의도와는 관계가 없는 인연만 느낄 수 있다.

"그 술잔……."

선기가 어려 있던 그 술잔이 자신의 눈을 가리고 있음이 분명했다. 청명이 상념에 빠져 있을 때였다. 뒤에서 목소리가 들려왔다.

"혹여 불편하신 것이라도 있으신지요?"

뒤를 돌아본 청명의 눈에 운풍자가 무덤덤한 얼굴로 서 있는 것이 보였다.

"장강을 보고 있어요."

"……."

변함없이 무표정한 얼굴로 운풍자가 청명을 바라보았다.

"앞으로 어찌 하실 생각입니까?"

일행의 목적은 많이 바뀌었다. 평범한 일을 찾아 객잔에 가거나 농사를 짓거나 하던 일행은 이제 천하대란의 중심에 서서 무림의 일에 관여하고 있었다.

그런 길을 선택한 것은 사조님이시다.

"앞으로는… 모르겠어요."

"으음……."

사조님의 생각은 범인이 이해할 수 없을 것이다. 누가 뭐래도 신선이 시니 지혜의 깊이가 한량없을 것이 분명하다. 때문에 무슨 이유 때문인 지는 감히 짐작하지 못하겠지만… 사조님께서는 흔들리시는 것 같다.

"앞으로는 평범해지시지 않을 생각이십니까?"

"…이제는 무엇이 평범한지 알아요."

빠른 대답이었다. 청명은 조그맣게 중얼거리고는 다시 말을 이어나갔 다.

"평범한 사람은 자신을 나누어 남에게 주어요. 남의 마음을 받기도 해 요. 때로는 사물에 자신을 투영하기도 하지만요."

"……."

"그것은 인위일까요?"

모른다.

운풍자는 당혹스러운 얼굴로 청명을 바라보았다. 마음의 문제가 어찌 인위가 될 수 있겠는가! 자연스레 마음이 나뉘는 것이라면, 그것을 막는 것이야말로 인위일 수 있다.

하지만 사물에 마음을 둔다면 그것은 탐욕으로 발전할 수도 있다. 상 덕보라는 객잔 주인이 그러했다.

그렇다면 어디까지가 경계일 것인가!

"평범함을 알지만, 그 속에서 도(道)를 찾지는 못했어요. 그래서 이제 는 평범함을 찾지 않아도 괜찮지만……."

마선.

청명은 해결하지 못할 문제에 입을 다물었다. 운풍자는 그런 청명을 흘끗 바라보고는 고개를 끄덕였다.

그리고는 청명의 뒤에서 조용히 시립했다.

“…….”

청명의 눈이 그런 운풍자를 향했다. 하지만 운풍자는 변함없을 뿐이었다. 그저 서 있다.

그 모습이 힘내라고 위로해 주는 것 같아, 청명은 운풍자에게 미소를 지어주고는 다시 장강을 바라보았다.

운풍자는 무표정한 얼굴로 시립한 자세를 더욱 단단히 했다. 사조님이 자리를 비우기 전까지는 그도 움직이지 않을 요량이었다.

“바쁜가?”

그때였다. 누군가의 전음이 들려왔다. 운풍자는 시선을 돌려 뒤를 바라보았다. 무표정한 얼굴의 귀곡자가 서 있었다.

“할 이야기가 있네만. 만두 녀석도 함께 말이야.”

“무엇인지요.”

“일단 따라와 주었으면 좋겠네.”

귀곡자는 짧게 전음을 남겼다. 운풍자는 거절하기로 마음을 먹었다. 아니 될 소리다. 지금은 사조님을 모셔야 한다.

“…….”

하지만 귀곡자의 눈에는 약간의 애절함이 담겨 있었다. 그리고 진심 역시 숨어 있었다.

“다녀와요, 운풍 사손.”

“…예?”

청명이 시선을 돌리지도 않은 채로 입을 열었다. 운풍자의 마음속을 다 아는 듯한 말이었다.

‘사조님께서는 전음을 들으실 수 있으시지.’

운풍자는 묵묵히 머리를 숙였다.

“그럼, 다녀오겠습니다.”

　　　　　*　　　　　*　　　　　*

　어느새 해가 져가고 있었다. 붉은 노을이 하늘을 물들여야 했지만, 하늘에 잔뜩 낀 구름 탓인지 노을은 보이지 않았다.
　장문인들의 자리를 다시 돌보고, 그리고 장로들의 자리를 돌보며 제자들은 분주히 하루를 마감했다.
　"저, 저기……."
　"음?"
　뒤에서 들리는 목소리에 금정룡이 뒤를 돌아보았다. 쭈뼛쭈뼛 눈치를 보는 호진이 서 있었다. 호진은 뒤에서 무엇인가를 감춰둔 채 금정룡의 눈치를 보고 있었다.
　"…무슨 일이냐!"
　할 말이 있으면 대 놓고 할 일이지, 뒤에서 슬금슬금 눈치만 보는 호진이었다.
　"이, 이거 주려고……."
　"음?"
　호진이 나름대로 머리를 쓴 것은 이것이었다. 만두 두어 개. 그리고 꼬깃꼬깃 적은 쪽지였다. 호진은 그것을 금정룡에게 주고는 다시 눈치를 슬금슬금 보기 시작했다.
　식은 만두 두 개를 받아든 금정룡이 황당하다는 얼굴로 호진을 바라보았다.
　"이게 무엇이냐!"
　금정룡은 구겨진 한지를 펴 보았다.

미안[謝].

"……."

그나마 획도 다 틀렸다. 무엇인가 사죄의 표시인 듯한데, 고작 만두 두어 개로 사죄를 비는 것은 무엇인가!

금정룡은 불쾌한 얼굴로 호진을 바라보았다.

"나를 모욕하다니……."

"미, 미안해서 그거 주려고……."

"…따라오너라."

용서해 주려는 건가? 호진은 조금은 기운찬 얼굴로 금정룡을 바라보았다. 금정룡은 이미 뒤를 돌아 어딘가로 걷고 있었다.

호진은 헤벌쭉 웃으며 그 뒤를 따라 걸어갔다.

*　　　　*　　　　*

허진무는 미간을 잔뜩 좁힌 채 생각에 빠져들었다.

'천월(天月)이 열리지 않은 지 구 일.'

불길한 기분이 자꾸 든다. 한두 번이면 기분 탓이려니 하겠지만, 이곳 용화촌에 들어오고부터는 계속 불길함이 감돌았다.

천월을 보려 해도 도저히 보이지 않았다. 마치 누군가가 먹구름으로 달을 가려놓은 듯싶다. 항거할 수 없는 큰 힘이 시야를 가로막았다.

"오늘 밤에는 사부가 잠시 자리를 비울 게다."

허진무가 굳은 얼굴로 말했다. 허진무의 잠자리를 챙기던 호은의 얼굴이 멍해졌다.

"예? 어디를 가시는지요? 제자가 수행을……."

"아니, 홀로 가야 할 일이야."

장난스레 웃는 사부답지 않은 진지한 얼굴이었다. 누군가가 천월을 가려놓았다면, 오늘 개문 의식을 다시 해서라도 열어야 한다.

"서둘러야 해……."

예전, 그는 어렴풋이나마 미래를 지켜보고 있었다. 인연이 아닌 미래를 확인한다는 점에서 청명보다도 정확한 편이었다.

그렇게 읽은 미래에는 하계에 큰 난(亂)이 벌어지고 있었다. 그 난은 국난이 아니요, 그렇다고 강호의 난도 아니다. 난은 선계에서 날 터.

그때부터 그는 신선의 흔적을 찾아내는데 혼신의 힘을 기울였다. 무당파에 신선이 내려온다는 것은 무당파 제자들보다 허진무가 먼저 알았다. 그러나 대적자의 기운이 운남에서 느껴진다는 것을 알고 그를 찾으러 무당을 비웠었다.

그리고 두 번째로 대적자의 기운이 느껴진 것은 무림맹. 어쩌면 마교의 움직임과 무림맹의 움직임은 한 목적을 향해 가고 있는 걸지도 모른다.

이런 일촉즉발의 상황에 천월이 보이지 않으니, 억지로 개문식을 다시 하는 한이 있더라도 천월을 봐야만 할 것이다.

허진무의 굳은 얼굴을 바라보던 호진이 고개를 끄덕였다.

"…예. 무슨 일인지는 모르오나 오늘 밤은 모시지 않겠습니다."

"사부가 없어도 동생 잘 돌보고."

누가 보면 갓난아이들 둘 놓고 가는 줄 착각할 만한 발언이었다. 허진무의 말에 호은은 조용히 고개를 끄덕였다.

허진무는 스스로도 우스웠는지 피식 웃고는 주위를 두리번거렸다.

"그런데 네 동생은 어디 있냐? 요즘 어디를 그렇게 쏘다니는 게야?"

"…저도 잘 모르겠습니다, 사부님."

"잘 좀 보살펴라, 임마. 호진이 얼굴에 살이 꼈던데."

"예? 살이라니요?"

본시 도사는 관상에 약하지 않은 법이다. 술사에 더 가까웠던 허진무는 관상이 약하기는커녕 점쟁이에 가까운 눈을 가지고 있었다. 호은은 괜히 불안한 마음이 들어 재촉하듯 허진무를 바라보았다. 그러나 허진무는 대꾸 한 번 없이 시선을 돌려 근처에 호진이 있는지를 찾을 뿐이었다.

"아, 저기 있군."

숲 속으로 걸어가는 제자를 발견한 허진무가 중얼거렸다. 허진무가 가리킨 곳에는 금정룡을 따라 걸어가는 호진이 보였다.

호은은 심각한 얼굴로 몸을 일으켰다.

"…제자가 뒤따라 가보겠습니다."

"그래. 그럼 내일 보자꾸나."

허진무는 호은이 호진을 찾아가자 안심한 듯 웃었다. 저놈의 형제들은 따로따로 떨어져 있으면 불안한데, 붙여놓으면 마음이 편하니 신기한 노릇이다.

"예."

호은이 고개를 꾸벅 숙이고는 걸음을 옮겨 숲 속으로 나아갔다.

*   *   *

같은 시각.

용화촌으로 한 무리의 그림자가 스며들었다. 한때 신선과 맞붙었던 척후조였다. 그들에게는 그들만으로 선봉대를 제거하라는 임무가 떨어졌다.

고작 이 인원만으로 신선을 제거할 수 없다며 황금충 금명석이 반발했으나, 지화당주 영진은 명령을 바꾸지 않았다. 그저 쓸쓸한 얼굴로 몇 마디를 덧붙였을 뿐이다.

"마령환을 가져가거라. 그리고 평교도들에게 먹여. 그러면 여유가 좀 돌
게다. 또한 신선을 막아설 비책이 있으니 너희들은 너무 걱정하지 않아도 좋
다."

황금충은 고개를 끄덕일 수밖에 없었다. 끄덕이고 싶지 않았지만 별다
른 수가 없었다. 항명은 곧 죽음이니까.
상념을 마친 황금충 금명석은 나영균을 흘끗 바라보고는 고개를 끄덕
였다.
"시작하겠다."
나영균은 입술을 달싹여 전음을 보내고는 조용히 수신호를 내렸다. 손
가락이 곧게 퍼졌다가 잠시 접히더니, 이내 손바닥이 바람을 타는 듯 하
늘거린다.
그 뒤로, 일단의 무인들이 바람처럼 내려앉았다.
"암행하여 접근하라."
나영균은 조용히 주위를 돌아보며 전음을 보냈다. 선봉대의 무위가 제
법이니, 가장 확률이 높은 방법은 아마도 암살일 것이다.
곧 야행인들이 바람처럼 어둠 속으로 사라져 갔다.

*   *   *

"나를 모욕하다니!"
"모욕한 거 아니야……."
"시끄럽다!"
각이 날아들었다. 날아든 각은 호진의 얼굴에 가 박혔다. 평소에는 얼

굴에 손대지 않더니, 지금은 그런 것은 떠오르지도 않았나 보다.

"흑, 흐흑… 아, 아파……."

"네 녀석을 그리 가르친 것이 누구더냐!"

"흑, 미… 미안해……."

"빌어먹을 놈….."

다시 한 번 각이 움직였다. 제법 회복된 금정룡의 내공이 실린 각법이었다.

"크윽! 미안……."

호진은 다시 한 번 머리를 숙였다. 형아가 가르쳐 준 게 틀렸나 보다. 친구가 때리려고 하면 사과해야 하는데…….

억울하고 슬픈 마음이 들어, 호진은 눈물을 흘렸다.

"버러지 같은 놈……."

"뭐 하는 거요!"

"음?"

뒤에서 들려온 고함 소리에 금정룡은 뒤를 돌아보았다. 뒤에서는 호은이 딱딱하게 굳은 얼굴로 그들을 바라보고 있었다.

금정룡의 얼굴이 사색이 되었다.

일을 벌일 때는 생각하지 못했는데, 만약 다른 이들이 이 사실을 알았다면 신선의 귀에 들어가지 말란 법이 없는 것이다.

"제길……."

"뭐 하는 짓이냐고 물었소!"

"……."

금정룡은 조용히 몸을 돌렸다. 호은은 재빨리 맞고 있는 호진에게로 달려갔다.

"혀, 형아……."

무거운 표정의 호은이 재빨리 호진의 옷자락을 들추었다.

"······."

옷자락을 들춰보니, 몸에는 피멍이 잔뜩 들어 있었다. 호은은 저도 모르게 이를 악물었다.

"이게 무슨······."

호은의 눈에 흥분이 깃들었다. 그는 천천히 몸을 일으켰다. 그리고는 시선을 돌려 금정룡을 쏘아보았다.

"···이게 무슨 일인지 설명을 들어야겠소."

"그가 너무나 예의가 없고 사람을 모욕하기를 즐기길래 본도가 훈계를 했소."

금정룡이 대답했다. 자못 당당한 모습이었다. 호진이라는 놈을 아는 사람이라면 필히 자신의 편을 들어주리라.

"훈계가 너무 과했군."

"그건······."

금정룡의 말문이 살짝 막혔다. 과한 것은 사실이었다. 자문파의 사형제들이라도 하기 힘든 일을 벌였으니까.

"···나에게도 한번 훈계를 해보시오."

"······."

호은은 조용히 서서 금정룡을 바라보았다. 그가 보기에 호은의 무공 실력은 형편없었다. 그러나 그의 눈에는 기묘한 기운이 숨어 있었다.

파사신기일까.

그의 눈을 보자 마음 한구석에 찔끔해진 금정룡이 당황한 듯 그를 바라보았다.

"보, 본도는······."

"나에게도 훈계를 내려보라 했소!"

호은이 흥분한 듯 외쳤다.

"저 막돼먹은 놈이 아비어미도 없는 듯 굴길래……."

"그는 내 동생이오. 나와 부모님이 같지."

호은이 한 걸음 앞으로 걸어가며 말했다. 금정룡은 저도 모르게 한 발자국 뒤로 물러났다.

"그대가 스스로가 가진 무위를 믿고 그토록 방자하니, 나에게도 한번 해보란 말이오."

"…후우……."

금정룡의 얼굴에서 체념이 떠올랐다. 그것은 좋은 의미의 체념은 아니었다. 호진에게 사죄할 생각은 조금도 없다.

"본도의 훈계가 과했다는 점은 인정하겠소. 하나, 그를 빌미로 본도를 핍박하겠다면 따로 생각이 있소이다."

"그대는 도사가 될 자질이 없어. 그대 같은 자가 도사라면 나는 도사가 되지 않겠다."

금정룡의 얼굴이 붉어졌다.

"그대는 그대의 말에 책임을 질 수 있겠소?"

"몇 번이고 다시 해줄 수도 있지. 그대는 도사가 아니오. 아니, 사람도 되지 못했소."

"…흡!"

대꾸도 없이, 금정룡의 각법이 날아들었다. 빠른 속도였다. 호은은 그것을 피할 생각도 못하고 얻어맞고 말았다.

호은의 몸이 뒤로 날아갔다.

"큭큭……."

금정룡은 조용히 호은을 바라보았다. 그의 얼굴에는 미소가 걸려 있었다. 형이란 녀석이 혼자 온 것을 보면 다른 이에게 말하지는 않은 모양이다. 그렇다면 동생에게 썼던 방법을 형에게도 쓰지 말란 법은 없다.

"형제가 똑같군."

"…다시 해보지."

고통을 참으며 호은이 몸을 일으켰다. 어차피 패하게 될 것이지만, 불의를 보고도 참을 수는 없는 노릇이다. 남자라면 굴복하지 말고 마주서야 한다.

"얼마든지!"

금정룡이 손을 휘저었다. 호은이 막아보려 손을 내뻗었지만, 호은의 무공수위는 금정룡과 빗대기에는 너무나 모자랐다.

"큭!"

호은은 다시 뒤로 날아가 땅에 부딪쳤다. 그 모습에 호진이 비명을 질렀다.

"우리 형아 때리면 안 돼!"

"…큭큭."

금정룡은 희미한 웃음을 날렸다. 비웃음이었다.

＊　　　＊　　　＊

반 각이 지났다. 호은은 멍하니 누워 하늘을 바라보고 있었다. 그런 그를 보며 금정룡이 중얼거렸다.

"오늘은 이만 하지. 만약 이 일을 다른 이에게 말하거나 또다시 본도에 대한 모욕이 있을 시에는 맹세코 네놈들을 죽여 버리고 말겠다."

"…다, 다시……."

"멍청한 놈!"

호은이 몸을 꿈틀거렸지만, 금정룡은 차갑게 그를 무시하며 몸을 돌렸다. 곧 그는 두 형제 곁에서 사라지고 말았다.

곧 엉엉 울며 호진이 다가왔다.

"형아! 괜찮아? 형아!"

"……."

호은은 동생을 흘끗 바라보았다. 안쓰러운 마음이 들었다. 몸에 가득한 피멍으로 보아서는, 결코 한두 번 맞은 게 아니리라.

그런데 왜 자신에게 말하지 않았단 말인가!

갑자기 화가 치밀었다. 아직 어린, 아니, 어느 한구석 모자란 동생이지만 이런 일을 홀로 감당하려 들다니!

"내가… 큭, 뭐라고 했더냐."

"…형아, 아프지 않아? 조심해야 돼!"

"거짓을 말해서는 안 된다 하지 않았느냐."

"혀, 형아……."

호은은 제법 매섭게 동생을 바라보았다. 동생의 얼굴이 긴장으로 얼룩져 가는 것을 바라보며 그는 더 더욱 엄히 표정을 굳혔다.

"너는 부모님까지 욕되게 한 것이나 다름없다. 홀로 일을 해결하지 못하여 도움을 청하는 것은 부끄러운 일이 아니나, 모욕을 받고 가만히 있는 것은 부끄러운 일이다."

"나… 나는… 형아도 때린다고 해서……."

"시끄럽다!"

호은이 고함을 질렀다.

"그리고 형을 믿지 못했으니……."

"형아……."

"이제 나를 형이라고 부르지도 말거라!"

안 그래도 아픈 동생에게 이렇게까지 해야 했을까. 하지만 화가 치솟아 견딜 수 없었다. 악독한 화산파의 도사 놈은 돌아가신 부모님을 욕되게 한 것은 물론, 동생을 피 곤죽으로 만들어놓았다.

형이니까, 자신이 막았어야 했는데… 그것을 막지 못하고 그렇게 만든 자신이 부끄러워 견딜 수 없었다.

"동생을 잘 보살펴 주어야 한단다, 호은아……."

어디선가 어머님의 목소리가 들려오는 것 같아 호은은 이를 악물었다. 호은은 가슴속 깊숙한 곳에서 눈물을 흘리며 몸을 일으켜 걸음을 옮겼다.

"형아! 형아!"

뒤에서 호진이 애타게 호은을 불렀다. 호은은 그 외침을 무시했다.

호진은 홀로 훌쩍거렸다. 형아가 저렇게 화를 낸 적은 한 번도 없다. 언제나 괜찮다고 해주던 형아였는데…….

"형아, 미안……."

호진의 훌쩍거림은 이제 울음으로 바뀌어갔다. 형아한테 미안했다. 왜 나는 거짓말을 했을까?

"엄마… 흑, 엄마!"

형아가 화를 냈다. 엄마랑 아빠가 욕을 먹어서 그런 걸까? 아니면 자기가 형아한테 말을 안 해서 그런 걸까?

호진의 머릿속에 조금 더 불안한 상상들이 떠올랐다.

형아는 이제 형아가 아니라고 했는데, 그럼 나를 버리겠다는 뜻일까? 그럼 나는 혼자 어떻게 해야 하지?

터무니없는 상상을 하며 호진은 훌쩍였다.

“흑…….”

그런 호진을 바라보는 검은 그림자 하나가 있었다. 그는 조용히 주위를 둘러보고는 피식 웃었다.

‘별다를 것도 없겠군.’

“일단 잡아. 생포하라.”

전음을 날린 것은 황금충이었다. 그는 선봉대를 확인하기 전까지 함부로 생명을 죽일 생각은 없었다. 만약에 신선이 아무런 이상 없이 있다면, 인질이 필요하다.

“존명!”

금명석의 말에 누군지 모를 검은 그림자 하나가 입술을 달싹였다.

‘형아한테 미안하다고 해야지.’

호진은 훌쩍이다 말고 고개를 들었다. 그리고 천천히 몸을 일으켰다. 울음을 참아야겠다고 생각했지만, 아직도 울음이 새어 나온다.

“흑…….”

호진은 울먹이면서 걸음을 옮겼다. 아니, 옮기려 했다. 한 발을 내딛으려는 그 순간, 기억이 끊겼다.

*   *   *

호진이 정신을 잃을 무렵이었다.

“음?”

자그마한 법당을 세우던 허진무가 고개를 들었다. 방금 무언가 이상한 기척이 느껴졌다. 호진이 위기에 처한 것이 느껴졌던 것이다.

"기분 탓인가……."

하지만 그의 영성은 너무나도 쇠락해 있었다. 그저 기분 탓으로 여기며, 허진무는 다시 법당을 세우는 일에 전념했다.

법당에 세울 물건은 비교적 단출했다. 누가 그렸는지 모를 삼천존화가 법당에 걸려 있었고, 자그마한 촛불 두어 개가 그 주위를 밝혔다. 삼천존화 앞에는 경이 놓여 있었는데, 경은 빛을 받지 않고도 빛을 뿜어내고 있었다.

천수진을 펼쳐 주위에 금제를 가한 허진무는 고요히 주위를 둘러보았다.

"하핫."

피식, 웃음이 새어 나왔다. 사실 이러한 것들은 모두 무용한 것이나 다름없다. 천월법은 본래 천문에서 시작했으나 결국은 도(道)에 관한 것, 마음공부에 대한 것이었다.

본래 사람은 하늘과 땅에 연결되어 있었으나 인위로 인하여 그 연결에서 벗어난 만큼, 무위로 돌아가면 돌아갈수록 하늘과 땅에 가까워진다.

즉, 언제고 마음을 비우기만 하면 하늘의 뜻이나 땅의 의지를 알 수 있는 것이다.

다만 무욕의 경지에 이르지 못했기에 아직은 경과 삼천존화 따위의 세속적 물품이 필요했다.

법당을 완성하고 금제까지 완성한 허진무는 고요히 삼천존화를 바라보았다.

"원시천존이여……."

짧게 천존을 부르짖은 허진무는 조용히 눈을 감고 묵상에 빠져 들어갔다. 아주 조금씩, 마음을 비워낸다. 정도 비워내고, 욕도 비워낸다.

‘음이 있으니 양이 있고, 양이 있으니 음이 있는 법. 세상 이치가 그러하니 반드시 극선만이 존재할 수는 없는 법이야.’

무당산을 떠난 이유가 바로 그것이었다. 무당산은 영기 어린 산답게 인세를 구할 무림의 구성을 배출하리라. 하지만 극선이 있으면 극마도 있는 법.

세상을 혼탁하게 할 자 또만 반드시 태어날 것이었다. 극마를 제어하기 위해 극선이 태어나는 것일 수도 있고, 그 반대일 수도 있다.

‘천선은 무당에서 났음이니 마선은……’

허진무는 부드럽게 진언을 읊조렸다.

“무량수불……”

귀곡자는 침울한 얼굴로 고개를 숙였다. 이제 모든 것을 밝혀줄 때가 되었다. 자신이 알게 된 일들을 말해주어야 한다.

“이제 때가 되었구나. 아니, 때가 된 지는 오래되었으나 사욕에 눈이 어두워 미처 말하지 못했다네. 용서하게나.”

회한이 깃든 목소리로 중얼거리면서 운혜를 흘끔흘끔 바라보는 귀곡자였다.

“거, 참 서론이 길기도 하구나! 얼른 말하지 못하겠느냐!”

“……”

평소라면 받아쳤을 추걸개의 농담에도 귀곡자는 조용히 앉아 있었다. 앞으로 꺼내게 될 이야기는 강호를 뒤집게 될 이야기가 될 것이었다.

운풍자가 조용히 말을 재촉했다.

“사조님께서 그대를 붙잡은 이유가 반드시 있을 것이라 짐작했소.”

“…그렇지. 그분 또한 신선이니 아마 짐작하고 있었겠지.”

“그래, 그분은 참으로 선인이시지.”

추걸개는 대수롭지 않게 고개를 끄덕거리며 말을 받았다. 그래, 청명진인께서 신선이라는 것은 하늘이 알고 땅이 알고 세상이 다 안다.

'그분 또한?'

귀곡자의 말에서 무엇인가 이상한 낌새를 알아챈 추걸개는 재빨리 고개를 들었다. 헝클어진 머리와 지저분한 수염, 그리고 꼬질꼬질 때가 낀 얼굴 사이에서 충격이 떠올랐다.

그것은 다른 사람들 역시 마찬가지였다. 운혜의 눈동자는 동그랗게 변했고, 운풍자는 입술을 꿈틀거렸다.

"그분… 또한?"

"그렇소. 그분 또한. 신선은 그분 혼자만 계신 것이 아닐세."

"……!"

드디어 운풍자의 얼굴에 커다란 표정 변화가 생겼다. 운혜도, 추걸개도 알아차리지 못했지만, 아무리 놀라도 눈썹이 꿈틀거리나 입이 살짝 벌어지는 정도에 그쳤던 운풍자의 얼굴이 이제는 제법 사람처럼 보인다.

"시, 신선이… 한 분 더 계시단 말이오?"

"그렇소. 내가 말하려는 것이 바로 그것일세."

참을 수 없는 무게를 그동안 줄곧 짊어지고 있었다. 평촌에서 운혜 도고를 놓친 이후, 그는 오로지 새로운 신선, 마선의 뒤를 찾아다녔다. 나름 소기의 성과를 거두고 돌아왔지만, 그를 막을 방법은 찾지 못했다.

"하지만 정말 중요한 것은 그것이 아니지."

"무어라? 다른 이야기가 더 있더란 말이냐?"

흥분한 추걸개의 수염이 꿈틀거렸다. 그는 당장이라도 일어나 귀곡자에게 삿대질을 하고 싶은 심정이었다.

"그렇소. 신선이 한 분 계시다는 것은 사실 놀라울 것도 없다네. 중원에는 기인이사가 모래알처럼 많은 법이니, 도를 통한 사람이 더 있다고 해서 문제될 것은 없지."

"그렇다면?"

운풍자가 귀곡자의 말을 재촉했다. 운혜는 침을 꿀꺽 삼켰다.

귀곡자는 운혜의 얼굴을 한 번 더 흘끗 바라보고는 다시 입을 열었다.

"진정으로 중요한 것은, 그의 목적일세."

"목적?"

수염을 긁적거리며 추걸개가 생각에 잠겨들었다. 청명 선인께서는 평범하게 살아 인간지도를 배우겠다는 목적이 있었다. 더 이상 평범한 행보는 걷지 않고 있었지만, 어쨌든 인간지도를 공부하는 그의 모습에는 달라진 것이 없었다.

그렇다면, 새로운 신선에게도 목적이 있을 것이었다.

"하기야… 새로운 신선이 있었다면 그가 무슨 의도를 가졌든 놀랄 일은 없겠구나."

혼잣말처럼 중얼거린 것뿐이었지만 추걸개의 목소리는 모두의 귀에 똑똑히 들려왔다.

귀곡자는 고개를 끄덕였다.

"맞네. 새로운 신선, 아니, 이제는 마선이라 불러야 되겠군. 그의 목적은……."

먹구름이 더욱 짙어졌다. 밤의 야음을 한층 어둡게 하는 먹구름 속에서 귀곡자가 말을 끝냈다.

"무림의 말살. 인위로 만들어진 무림을 인위로 지우겠다는 것이라네."

마침내, 먹구름 사이로 번개가 내리쳤다.

허진무의 상념 속에서도 번개가 내리쳤다. 그의 짐작으로는, 천선과 반대되는 마선은 마교에 있었다. 그래서 운남에도 가보지 않았던가! 하지만 때로는 그 기운이 역으로 행해 무림맹으로 향한 적도 있었다.

이제 그의 기척을 느끼지 못한 지도 벌써 달포가 넘어간다. 그는 도대체 어디 있단 말인가!

천월법을 가진 이상 허진무가 해결해야 할 문제였다.

마지막으로 그를 느낀 것은 운남성에서였다. 아마 그는 마교와 함께 있으리라. 가까스로 천월을 열어낸 허진무가 운남으로 마음을 가져갔다.

"더 들을 필요도 없군. 그것은 불가능하오."

어느새 무표정한 얼굴로 되돌아간 운풍자가 단호하게 말했다. 추걸개는 멍하니 운풍자를 돌아보았다.

"그렇게 생각하는 이유라도 있나, 운풍자?"

"선계에 오르면 오욕칠정이 끊어지게 되오. 무욕의 상태에 이르러 뜻대로 행하니 그것이 욕으로 보이는 것뿐이오. 사실 선계에 오르면 본성은 잊고 극선에 다다르게 될 따름이지."

"틀렸네."

귀곡자는 씁쓸한 얼굴로 웃으며 반박했다. 운풍자의 눈썹이 꿈틀거렸다.

"하면?"

"자네는 신선에 대해 환상을 가지고 있군. 자네 말이 맞긴 하네. 천선의 경우는 분명히 그러하지."

"천선?"

"그래. 하나 지선의 경우에는 본성을 가지고 선계에 오르게 되네. 검선 여동빈은 신선이 되어서도 색을 밝혀 문젯거리가 되었고, 이철괴는 장난이 심하여 원시천존께 자주 꾸지람을 받지 않았나."

"으음……."

운풍자의 말문이 막혔다. 천선과 지선에 얽힌 이야기는 언젠가 들어서 알고 있다.

"하물며 마경을 넘어서지 못한 채 능력만 가진 반선이라면 이야기는 더 더욱 커지네. 그런 경우에는 원시천존이 아니면 그 누구도 감당하지 못해."

"……."

"그를 마선이라 칭한 이유가 바로 그것일세."

귀곡자는 씁쓸히 고개를 저었다. 그는 마경에 올라 나름의 도를 찾은 인물, 지선이 되지는 못하였으나 천선에 가까운 인물이다.

"하면? 그대가 투항해 이러한 정보를 말해주는 이유가 뭐지? 그리고 알려줄 것이면 진작에 알려줄 것이지, 지금까지 버틴 이유는 도대체 무엇인가?"

"…한 가지 이유가 있지."

추걸개는 곧은 눈으로 귀곡자를 주시했다. 표정 변화 없는 냉혹한 얼굴이었다.

"말해보게."

"…어려울 것이야 없네만. 저 여도사를 밖으로 보내주겠나?"

귀곡자는 운혜를 가리키며 말했다. 천하를 논하는 중요한 이야기 중에 밖으로 나가게 된 운혜가 재빨리 반박했다.

"나갈 수 없어요."

"……."

"왜 나가야 되는데요? 저도 듣겠어요!"

"사매."

운풍자가 조용히 운혜를 불렀다. 무표정한 얼굴이 운혜의 얼굴에 가 박혔다.

“나가 있어라.”

“말도 안 돼요!”

무덤덤한 어조가 다시 한 번 내뱉어졌다.

“사형으로서 내리는 명이다. 나가 있어라.”

“말도 안······.”

“사매.”

운혜의 말을 끊은 목소리에 운혜는 이해할 수 없다는 듯 운풍자를 바라보았다. 운풍자는 조용히 그 모습을 바라보며 고개를 저었다.

“···좋아요.”

더 이상 어찌할 수 없다는 생각을 했기 때문일까? 운혜는 마침내 고개를 끄덕였다. 그리고는 화난 몸짓으로 벌컥 문을 열어젖혔다.

“귀여운 아이야.”

운혜의 뒷 모습을 바라보며 귀곡자가 중얼거렸다. 추결개는 다시 신경질적으로 수염을 긁적거렸다.

“이제 말해보거라, 왜 지금에서야 그 사실을 알렸는지.”

“나는 음화신녀를 잡으려 했었네. 평촌에서 직접 부딪쳐 봤으니 잘 알고 있겠지.”

“그렇지, 네놈이 운혜 도고를 잡으려 했다는 것은 삼척동자도 아는 사실이야. 왜 잡았느냐가 늘 궁금했지.”

언뜻 듣기엔 장난기 어린 목소리다. 하지만 그 목소리 속에는 묘하게 상대를 추궁하는 의미가 숨어 있었다. 정보를 다루는데는 최고라는 개방의 거지다운 화법이었다.

“하지만 그를 마교주에게 줄 생각은 없었지. 나는 그 이전에 이미 마교를 배신했거든.”

“······!”

운풍자의 얼굴이 당혹스러워졌다. 평촌에서 그와 귀곡자는 한번 맞붙은 적이 있었다. 그때, 그는 생사를 도외시하고 덤벼드는 듯하다가 운혜를 보고는 홀린 듯 자리를 비웠었다.

"내게는 딸이 하나 있었다네. 이름은 서희였지."

"성은?"

"그건 비밀로 하겠네."

귀곡자의 얼굴에 추억의 귀퉁이가 떠올랐다. 아장아장 걷던 딸의 모습부터, 어느 순간 배가 불러오던 모습, 그리고 억지로 음정을 취하는 모습이 떠올랐다.

"그런데?"

추억에서 귀곡자를 끄집어내며 추걸개가 물었다.

"내 딸, 서희는……."

귀곡자가 아픈 얼굴로 대답했다.

"음화신녀를 잉태할 성모로 선택되어졌다네."

무너지듯 대답한 한마디에 운풍자는 숨을 들이켰다. 마교에서 사이한 대법을 통하여 음화신녀를 만들었다는 것은 모두 알고 있다. 성공했다는 사실 역시 익히 알려져 있었다.

그러나, 마교에서 도망쳐 무림맹으로 온 그녀가 누군지는 아무도 알지 못했다. 마치 지워진 사람처럼, 무림맹의 조사에서조차 그녀의 정체를 알지 못했다.

"그렇다면… 그녀는……."

"그래. 운혜 도고의 어미 되는 사람이 바로 내 딸이지. 운혜 도고는 내 외손녀일세."

추걸개의 얼굴에 놀라움이 떠올랐다.

콰쾅―!

다시 번개가 내리쳤다. 잠시 모옥이 번쩍하고 빛났다.

귀곡자가 계속 말을 이어나갔다.

"나는 딸의 목숨을 지키고 싶었어. 딸아이가 성모로 선택되어졌다는 것을 알자마자 탈출시키려 했네. 하지만 두 번의 계획은 모두 실패했지."

"…으으음."

"다행히, 마지막에는 성공할 수 있었다네. 하지만 음화대법은 이미 완성된 후였어… 서희는 제 딸이라도 살리겠다고 제 목숨을 깎아가며 무림맹으로 달려갔지. 내가 어찌어찌 구해보려 했네만 이미 무림맹에서 목숨을 잃었더군."

추걸개는 반신반의하는 얼굴로 귀곡자를 바라보았다. 저 말을 믿어야 할까? 판단하기에는 아직 정보가 부족했다.

"딸아이는 유서를 남기고 갔더군."

"……."

"그 내용은 별로 말해주고 싶지 않네. 여하튼, 그 이후로 나는 손녀를 구하기 위해 교주를 감시하기 시작했네."

기나긴 고생의 나날이었다. 목숨을 주기로 했던 수하들이 한두 명씩 사라져 갔고, 그 와중에 조금씩 정보를 얻을 수 있었다. 단순히 운혜를 지키기 위해서 시작한 것이었지만, 후에는 조금 다른 목적이 가미되었다. 다른 음모가 그 뒤에 숨어 있었던 것이다. 교주는 따로 스승이라고 해도 될 만한 자를 모시고 있었다.

하지만 서른여 명의 목숨을 바쳤는데도 단 한 명도 그 누군가의 정체에 대해서는 알아내지 못했다.

"나는 염화대전에 잠입했네. 대교주 모자원께서 직접 세운 곳. 교주가 아니면 출입이 불가능한 곳이었지. 그리고 그곳에서 마선을 직접 보았네."

"서른 명이 목숨을 잃었다면서… 자네는 어찌 살아남았나?"

"살아남은 게 아닐세. 그가 날 살려둔 거지."

귀곡자는 발각됐다. 하지만 마선은 그를 알아채고도 그를 살려두었다. 아니, 아예 자리에 없는 사람 취급을 했다. 그의 시선 속에는, 언제든 눌러 죽일 수 있는 개미 한 마리를 보는 듯한 즐거움이 숨어 있었다.

오히려 그에게 자신의 정체를 알려주기도 했다.

"두 번째 음화신녀가 발견하기 전에는, 마선의 뒤를 캐는데 정신이 없었네. 하지만 두 번째 음화신녀가 발견되었다는 밀마를 보자마자 나는 앞뒤 가릴 겨를이 없었네. 무조건 사천으로 가야 했지. 자네들에게는 미안하네만 교주는 힘이 있는 사람이었어. 언제 운혜를 취할지 모르는 이상, 다른 제물이라도 바쳐야 했지."

마규상은 평촌 이후로 행적이 감추어진 귀곡자를 수상하게 생각했었다. 어디에 있었는지 모를 그가 음화신녀가 나타났다는 소식이 알려지자마자 갑자기 피어오르듯 사천에 나타났던 것이다.

사실 그는 마선을 쫓고 있었다.

"이야기는 여기까질세. 한 가지만 더 말하자면 염화대전에 숨어 있던 때에 그는 무림맹을 몇 번이나 거론했네."

귀곡자는 씁쓸한 얼굴로 중얼거렸다.

"그 얼굴은 맹주였어."

허진무의 수염이 파르르 떨렸다. 아주 잠깐, 잠깐 동안 마선에 대한 기척이 잡혔다.

그는 마교와 함께 있지 않았다. 아니, 마교와는 동떨어진 곳에 있었다. 천월법이 보여주는 아련한 진실 속에서, 그가 익숙한 태사의에 앉아 있는 것이 보였다.

무림맹의 맹주실에만 존재하는 태사의. 그의 얼굴 또한 익히 알고 있는 얼굴이었다.

도제 남궁세옥!

그가 찻잔 하나를 놓고 그 위에 손을 가져가고 있었다.

허진무는 넋을 놓고 그 모습을 바라보았다. 곧 찻잔 속에서 자그마한 소용돌이가 일어났다. 소용돌이는 곧 물기둥이 되어 위로 치솟았다. 마치 용권풍 같은 모습이었다.

"요, 용권풍?"

생각이 그대로 입을 타고 흘러나왔다. 그 목소리를 들었음일까. 갑자기 도제 남궁세옥이 고개를 들었다. 그는 천월을 통해 자신을 바라보고 있는 허진무의 얼굴을 똑똑히 바라보고 있었다.

"헛!"

깜짝 놀란 허진무가 재빨리 마음속에서 영상을 지웠다. 마치 안개처럼 영상이 스르르 사라졌다. 보고 싶었던 미래를 확인한 허진무의 눈이 번쩍 떠졌다.

"제기랄! 아니, 무량수불!"

＊　　　＊　　　＊

툭, 투툭—

바람이 몰고 온 먹구름은 마침내 비를 일으켰다. 한두 방울, 하늘에서 빗방울이 떨어졌다. 비가 올 계절이 아닌데도 내리는 비를 바라보며, 용화촌장은 어색하게 중얼거렸다.

"참, 별일 다 있구먼. 비가 올 때도 아닌데… 또 강이 넘치는 거 아닌가 몰라."

"아버님도 참. 지나가는 비일 거예요. 너무 걱정하지 말고 이만 들어가세요."

용화촌장은 하늘을 바라보며 고개를 갸웃했다. 며늘아기의 말이 맞겠지.

"하긴, 네 말이 맞을 성싶구나. 내릴 비가 아닌데 내리는 걸 보니 하늘이 노했거나, 아니면 지나가는 비일 게야."

늙은 허리는 비가 오면 욱신거린다. 욱신거림이 점점 더 심해지자 그는 허리를 두드렸다.

"그나저나, 저 도사님은 비를 피할 생각도 않으시고 뭘 하시는 겐지 몰라?"

"얼른 들어가세요, 아버님."

"오냐."

용화촌장은 아픈 허리를 두드리며 방 안으로 들어섰다. 그 모습을 우울하게 바라보던 청명은 고개를 돌렸다. 마을 사람들은 아무것도 모르나 보다.

청명은 하늘을 바라보았다. 바람이 자연스럽지 않았다. 이 바람은 풍신이 불러일으키는 바람이 아니다.

이번엔 주위를 둘러보았다. 고요했다. 무언가 불길한 고요만이 주위를 휘돌고 있었다. 비가 오고 있었지만 사람들은 소낙비라도 내리려나 하고는 대수롭지 않게 넘길 뿐이었다.

"이건 무위가 아닌데……."

청명은 불길한 하늘을 바라보며 중얼거렸다. 이 비는 내려야 할 비가 아니었다. 먹구름을 몰고 온 풍신님의 모습이 하나도 보이지 않았다.

"풍신님이 보이지 않아……."

청명은 시무룩한 얼굴로 고개를 숙였다.

＊　　　　＊　　　　＊

“뭐라고!”

추걸개가 분노한 얼굴로 외쳤다. 그 얼굴 속에서는 의심과 충격이 떠올라 있었다.

“맹주는 의심할 바 없는 무림의 구성일세! 그가 해결해 낸 분쟁만도 네 개가 넘어! 그는 정도무림을 위해…….”

“그것이 위선이라면 어찌할 텐가.”

“위선일 리가 없어! 나는 그를 조금이나마 알고 있다고 자부하고 있네.”

추걸개는 씹어뱉듯 중얼거렸다. 그리고는 더 들을 것도 없는 듯 시선을 돌려 버렸다.

“믿기 싫다면 어쩔 수 없지.”

귀곡자는 더 이상 관여할 필요가 없다는 듯, 짧게 중얼거렸다. 사실 그로서는 이 이야기를 청명 선인께 직접 하기보다 그를 보필하는 이들에게 해주고 싶었다.

운혜에 대한 이야기를 선인께 해주고 싶지 않았던 것이다. 이제 이야기를 모두 전했으니, 남은 것은 운풍자와 추걸개의 몫일 뿐이다.

“자네도 날 믿지 못하겠나.”

귀곡자는 은근히 운풍자를 바라보았다. 운풍자의 반응은 조금 달랐다.

“아닙니다.”

“이보게, 운풍자! 자네 저 말을 믿는 겐가!”

“…의심해 볼 필요는 있다고 생각합니다.”

“뭐라? 어째서!”

“……..”

운풍자는 다시 한 번 귀곡자를 바라보았다. 적어도 그의 얼굴에서는 거짓을 말하는 기색이 느껴지지 않았다. 아니, 오히려 자신의 진실을 튼튼히 믿고 있는 듯한 얼굴이었다.

"저는 연회장에서의 일을 기억합니다."

"연회장?"

"예. 아시다시피, 기운이라는 것은 누구나 느낄 수 있습니다."

기감이 높은 사람일수록 그러하다.

"사조님과 마선에게서 느껴지는 기감이 어떠했는지 혹시 기억이 나십니까."

"나기야 나네만……."

추걸개의 이맛살이 살짝 접혀졌다. 생각에 빠져든 것이다.

연회장에서 오랜만에 사형을 만났었다. 개방을 내팽개치고 어디를 그렇게 쏘다니는지, 무림맹에서 걸신들린 듯 음식을 주워 먹고 있었다. 하지만 정보에 밝다는 개방도니만큼, 주위를 훑고 있다는 것은 의심할 바 없는 사실이었다.

그는 맹주와 선인께서 술잔을 나눌 때에 깜짝 놀란 듯 멈추었다. 그래서 자신도 맹주를 돌아보았고, 그때 느낀 것은…….

"내공 같진 않았지. 마치…….."

"마치?"

재미있다는 듯 귀곡자가 말을 받았다.

"선인 같았네."

"…제가 느낀 바로도 그러했습니다."

"하나, 본래 자신보다 상대의 경지가 높을 경우, 기감이 아무리 높다 하여도 쉽게 판단하기 힘든 법일세!"

"저도 그 때문에 확연히 답을 알아채지는 못했습니다만."

운풍자가 다시 생각 속으로 빠져 들어갔다. 하지만 아무리 생각해 보아도 답을 알 수가 없다.

"나는 그 생각에는 찬성할 수 없네."

추결개가 단정하듯 중얼거렸다. 만약 눈으로 본 것이 정확하지 않다면, 먼저 있는 정보로 추론하는 것이 옳다.

먼저 있던 정보, 아니, 그보다 자신이 겪어온 느낌으로 볼 때 분명히 맹주는 또 다른 신선 따위가 아니다.

마음을 확고히 한 추결개는 귀곡자를 노려보았다.

"네 녀석의 말을 믿기는 힘들구나. 헛소문을 퍼뜨리는 것을 보니 대충 짐작할 수 있겠군. 정파에 분란을 꾀하러 온 게냐?"

"하핫, 예나 지금이나 자네는 멍청해, 만두. 자네 사부가 왜 자네에게 방주직을 넘기지 않았는지 알겠군."

"뭐라?!"

빈정거리는 귀곡자의 말에 추결개의 얼굴이 붉어졌다. 귀곡자는 고개를 설레설레 저었다.

"신선께 물어보면 간단한 게 아닌가?"

"음?"

맞다.

이론의 여지가 없다. 같은 신선인 데다가 한때 맹주의 시험도 받았으니 선인께서 모를 리가 없다.

"그, 그렇군."

"아, 선인께 묻기 전에 부탁 하나만 하지. 기왕이면 운혜 도고에 대한 이야기는 비밀로 해주게."

"예?"

"…밝히기 싫어서 말이야."

아마도 선인께 이야기가 흘러가게 되면, 선인께서는 반드시라고 해도 좋을 만큼 운혜 도고에게 이야기를 해줄 것이다. 그렇게 되는 것은 달갑지 않다.

지금까지 와서 자신이 외할아버지라고 나서봤자, 혼란만 가중될 뿐 현재 상황에서는 도움 될 것이 없다.

"자네가 원한다면 그리하지. 아니, 자네의 이야기가 맞다면 그리해 주지. 아니라면 운혜 도고에 관한 이야기도 믿을 수 없을 거야."

추걸개가 단호히 중얼거리고는 운풍자를 바라보았다.

"그런데, 선인께서는 어디 계시나?"

"예?"

운풍자가 잠시 당황한 듯 추걸개를 돌아보았다. 그러고 보니 사조님께서는 강가에 서 계셨다. 축객령을 내려 물러나긴 했지만…….

"가, 강가에……."

"이렇게 비가 많이 오는데?"

추걸개가 탓하는 음성으로 운풍자를 불러올 무렵이었다.

덜컹!

커다란 소리가 들려왔다. 마치 누군가가 발이라도 헛디뎌 문에 부딪친 모습이었다.

"…음?"

귀곡자는 조심스럽게 뒤를 돌아보았다.

"설마, 운혜 도고가 온 것은 아닐 테지?"

"운혜 사매는 아마 다른 집으로 기거하러 갔을 거요."

"그럼……?"

덜컹!

이번엔 누군가가 문을 여는 듯한 기색이었다. 운풍자는 무표정한 얼굴로 몸을 수습했다. 여기서 있었던 이야기가 밖으로 새어나가봤자 좋을 일이 없다.

한 손으로 검병을 쥐고 문가로 간 운풍자는 다급히 외치는 운향 사형의 목소리를 들을 수 있었다.

"운풍! 운풍 게 있느냐!"

"사형?"

운풍자는 검병을 쥔 손을 다시 풀고는 문을 열었다.

문밖에는 초조한 얼굴의 허진무가 서 있었다. 내리는 비를 전부 맞았는지, 물에서 방금 나온 생쥐 같은 모습이었다.

하지만 그 눈빛은 믿을 수 없이 형형했다.

"모두들 안에 계시느냐? 사조께서는?"

"아, 아니 계십니다만. 홀로 해야 할 일이 있으시다 하여 자리를 비우셨습니다."

"이런 제기랄! 아니, 무량수불!"

허진무가 다급한 듯 화를 냈다. 손에는 검집을 쥐고 있었는데, 당장이라도 출수할 것 같은 모습이었다.

"왜 그러십니까, 사형?"

"일단 사조님을 찾아야 해."

"사형!"

운풍자가 짧게 허진무를 불렀다. 정신 차리라는 의미가 담긴 목소리였다.

멍해져 있던 허진무는 갑자기 정신이 든 듯, 운풍자를 바라보았다. 운풍자는 무표정한 얼굴로 허진무를 똑바로 바라보고 있었다. 그 눈에 허진무의 다급한 마음이 조금이나마 진정되었다.

"눈 부라리지 마라, 이 녀석아. 하늘 같은 사형에게 소리를 다 지르다니."

못마땅하다는 듯 말한 허진무는 잠시 눈을 감았다. 스스로에게 상황을 정리하는 눈빛이었다.

"좋아. 시간이 없으니 짧게 말하마. 예전, 난이 선계에서 날 거라는 이야기를 한 적이 있지?"

"예? 예… 그러합니다."

운풍자는 대답을 길게 끌며 뒤를 돌아보았다. 그럼 그렇지, 하는 귀곡자의 얼굴과 충격을 받은 듯한 추걸개의 얼굴이 보였다.

"그랬었지……."

"좋아. 일단 신선이 본 문에 계시다는 건 더 말할 필요 없겠지. 청명 사조 말이다. 그리고 또 다른 신선이 하나 더 있어. 아마도 마경에 오른 신선이다. 살기가 느껴져. 그는……."

"맹주?"

설마, 하는 표정으로 추걸개가 중얼거렸다. 허진무의 얼굴이 깜짝 놀란 듯 바뀌었다.

"어찌 아셨소?"

멍한 얼굴로 추걸개가 귀곡자를 바라보았다. 귀곡자는 '그럼 그렇지' 하는 얼굴로 고개를 끄덕였다. 운풍자 역시 멍해진 얼굴이었다.

허진무는 고개를 설레설레 저었다.

"아니, 중요한 건 그게 아니야. 여기 있다가는 다 죽어. 마선이 사조님을 죽이려 하네!"

"…사조님!"

운풍자가 황급히 외쳤다. 사조님을 찾아야 한다!

"서두르세!"

행동은 추걸개가 제일 빨랐다. 그는 이미 비가 쏟아지는 문밖으로 달려나가고 있었다.

　　　　　*　　　　　*　　　　　*

　청명은 멍하니 하늘을 올려다보았다. 비가 떨어져 얼굴에 부딪치는 것이 따끔따끔거렸다.

　"풍신님, 풍신님!"

　고함 소리. 누군가가 들었다면 미쳤다고 했을 고함 소리였다. 절박한 청명이 다시 한 번 외쳤다.

　"풍신님, 풍신님!"

　쏴아아—

　정적이 흘렀다. 오로지 비가 떨어지는 소리만이 울렸다. 청명은 눈을 감았다. 아직도 풍신님의 기척이 느껴지지 않았다.

　한 지역을 관장하는 토지신이나, 수룡신이 아니라지만 큰바람이 부는 곳에는 늘 풍신님이 계신데…….

　"풍신님!"

　여전히 내리는 비와 동시에, 일렁이는 장강만 눈에 들어올 따름이었다. 청명은 무심코 장강을 바라보았다. 내리는 비에 머리칼이 젖어 눈을 가리자, 청명은 머리카락을 옆으로 쓸어냈다.

　장강의 일렁임이 심해지고 있었다.

　"수룡왕님?"

　멍하니 청명이 중얼거렸다. 하지만 청명의 부름에도 수룡왕은 꼼짝달싹을 하지 못하고 있었다.

　그것을 알아챘을 시점이었다.

　장강의 일렁임이 심해졌다. 아니, 이건 일렁임이 아니었다. 장강의 한 부분이 마치 솟아오르듯 부풀어 올랐다. 동산 같은 모습이었다.

　"아…….."

청명은 저도 모르게 뒷걸음질쳤다. 이번엔 커다란 물 웅덩이가 강 한가운데 생겼다. 물이 움푹 파였다.

"이… 이건……."

강의 의지 없이, 바람의 의지 없이 바람이 불고 강이 흔들렸다.

청명은 이제 두려워지기 시작했다.

"사조님!"

청명이 조금씩 뒷걸음치고 있을 때, 운풍자가 달려왔다. 운풍자의 목소리는 다급했다.

멍해진 눈으로 청명은 뒤를 돌아보았다.

"운풍 사손, 풍신님이랑 수룡왕님이 대답이 없어요."

"선인, 대체 거기서 뭘 하시는 게요!"

운풍자 뒤로 추걸개가 달려와 외쳤다. 그는 수염이 제멋대로 바람에 흔들리는 데도 곧게 서 있었다. 추걸개와 비슷하게, 허진무가 도착했다.

"선인, 자칫하면 우리가 위험에 처한 것일 수도 있습니다! 맹주가!"

추걸개가 다급히 외쳤다.

"맹주가 정말로 선인과 같은 신선입니까?"

청명은 다급히 뒤를 돌아보았다. 큰 폭으로 웅덩이가 생겼다, 작은 동산이 솟아올랐다 한다. 청명은 거칠게 외쳤다.

"모두 피해요!"

"맹주가 정말……!"

"풍신님도 없고 수룡왕님도 없어요! 이 바람은……."

추걸개는 미칠 듯한 비바람을 뚫지 못했다. 그는 맹렬하게 선인만을 노려보고 있다가, 청명이 뒤를 돌아보자 따라서 시선을 옮겼다.

"저, 저게 뭡니까!"

"이 바람은 마선이 부른 거예요!"

“어떻게 이런 일을… 호풍환우?!”

추걸개가 멍하니 강을 바라보았다. 강은 여전히 솟아올랐다, 파였다를 반복하고 있었다. 그리고 그사이의 폭이 점점 더 커져만 갔다.

“무슨 일이 벌어지는 겁니까…….”

“마선?”

추걸개의 목소리를 뚫고 허진무가 외쳤다. 허진무는 잠깐이나마 마선이 무엇을 하는지 본 적이 있다.

“마선이 이 바람을 불렀다고요?!”

비바람이 몰아치는 소리에 묻혀, 모두들 고함을 질러대야 했다. 안 그래도 혼란스러운 가운데, 귀곡자마저 외쳐 댔다.

“제길! 운혜 도고는 어디 있소! 바람이 예사롭지 않아!”

귀곡자의 말에 청명이 정신을 차렸다. 바람의 움직임 속에서, 운혜 사손의 인기척이 느껴졌다.

운혜 사손은…….

*   *   *

챙―!

한 자루의 검과 한 자루의 도가 서로 맞부딪쳤다. 그리고 빗속에서 어울리지 않게 불꽃이 피어올랐다.

“흡!”

운혜는 짧게 호흡을 들이마시고는 뒤로 몸을 뺐다. 신형이 뒤로 날아가는 것과 동시에 검이 앞으로 뻗어나갔다.

운혜를 뒤쫓던 사내가 사이한 웃음을 흘렸다.

“크큭, 도망가면 될 줄 아느냐!”

"시끄러워!"

오행만합!

운혜의 검이 다섯 군데로 흘렀다. 빠른 속도는 아니었다. 한군데를 경유해 다음 장소로 검이 움직이는 것뿐이었다.

하지만 그 속에 만 가지의 흐름이 숨어 있었다. 어디로 공격하든, 방어할 곳이 생긴다.

챙ㅡ!

"흐흐, 어린 계집년이 제법이로구나!"

"저기 말이야, 도망가는 게 어때?"

운혜는 다부진 얼굴로 검을 쥐어들고는 외쳤다. 상대의 수위가 예상보다 높았지만, 별로 위험한 상황은 아니었다.

진기를 이끌면 냉기도 휘돈다. 상대는 자신의 검에 스치기만 해도 중상을 입게 된다.

"흐흣, 네 년이 도망쳐 주세요. 하고 빌면서 내 발을 핥으면 그렇게 해주지."

마두의 말에 운혜는 이를 악물었다. 하지만 상대도 섣불리 덤벼들지는 못했다. 자그마한 상처 하나를 입은 백련교도는 팔을 잘라야 했던 것이다. 순수한 음기 때문이었다.

"그냥 항복하는 게 어떻겠느냐? 네년은 교에서 좋은 취급을 받게 될 거라는 걸 약속하지."

"무량수불, 싫어!"

운혜가 잠시 시간을 번 틈에 주위를 훑어보니, 몇몇의 화산파 제자들과 아미파 제자들이 보였다. 몇 명은 어찌어찌 막아냈는가 보다만, 한 명은 아예 쓰러져 있다.

"거기! 화산파의 도우는 괜찮으신가요?"

“예? 아미타불, 생명에는 지장이 없습니다만… 팔을 잃으셨습니다!”

“…무량수불.”

다시 한 번 도호를 내뱉으며, 운혜가 검을 치켜올렸다. 그리고는 다시 고함을 지른다.

“장문인들께서는 어디 계신 거예요?”

“모르겠습니다!”

“말도 안…….”

운혜가 다시 입을 열었다. 하지만 그보다 먼저 마두가 웃음을 흘렸다.

“흐흐훗, 장문인이라면 본좌도 상대하기가 쉽지 않지. 그가 나오기 전에 해결해야겠군.”

“…흡!”

다시 도가 날아왔다.

혈해산귀의 초식이었다. 운혜는 마주 검을 부딪쳐 갔다. 입으로는 고래고래 고함을 지르며.

“운풍 사형! 막 선배!”

그리고 마지막으로 가장 부르고 싶었던 이름을 불렀다.

“청명 사조님!”

*　　　*　　　*

인연은 읽히지 않았지만 운혜 사손의 외침은 읽혔다. 운혜 사손은 자신의 이름을 애타게 부르고 있었다.

청명은 재빨리 뒤를 돌아보았다. 뒤에서 비바람을 그대로 맞고 있는 운풍 사손과 추걸개가 눈에 들어왔다. 다급한 어조로 청명이 외쳤다.

“나는 가야 해요! 운혜 사손이…….”

"뒤를 보시오, 선인!"

추걸개가 말을 막았다. 뒤에서는 물이 솟아올랐다 다시 파였다를 반복하고 있었다. 청명은 그 모습을 보고는 숨을 들이켰다.

"용권풍!"

허진무가 다급히 외쳤다. 그로서는 처음 보는 자연의 광폭함이었다. 조금 전에 보았던 찻잔처럼, 아마도 장강도 솟구쳐 오를 확률이 높았다.

"용권풍?"

청명이 홀린 듯 중얼거렸다. 그리고는 멍하니 장강을 노려보았다.

"수룡왕님이 물을 잡아두고 계신 거예요. 바람이 물을 부르지만 물은 움직이지 않고 있어요."

본래 바람이 물결을 훑으면 물방울들은 바람을 따라 위로 떠올라 하얀 포말처럼 변화한다. 그러나 장강수룡왕은 물방울들이 바람에 휩쓸리도록 내버려 두지 않았다. 물방울 하나하나를 붙잡아 막아두고 있는 셈이다.

"하지만… 오래 잡을 수는 없을 거예요."

청명의 머릿속이 복잡해졌다. 만약 수룡왕님이 바람을 이기지 못하게 되면 많은 사람들이 죽게 된다.

불현듯 불안한 미래가 머릿속으로 파고들어 왔다. 바람이 물을 부르게 되면 곧 홍수가 일어난다. 하늘로 치솟은 물줄기는 사람들을 빨아들일 것이고, 순박하고 착한 마을 사람들은 물기둥 속에서 허우적대며 괴로워할 것이다.

아니, 괴로워하는 것도 잠시. 곧 폐 속에 물이 차 올라 죽음을 맞이하게 된다.

"그럼… 운혜 사손은……."

바람을 막으려 든다면, 운혜 사손이 위험하다.

두 번째 미래가 흘러들어 왔다.

운혜 사손은 지금 당장 죽지는 않는다. 마교의 포로가 되어 이곳저곳에서 고초를 겪게 될 뿐, 생명에 지장은 없다. 그러나 마선은 운혜 사손을 이용해서 자신의 마음이 가는 길을 막게 된다. 많은 생명을 구할 수 없게 되리라.

"운혜 사손이 죽으면……."

청명의 마음은 그것으로 끝나는 것이 아니었다. 운혜 사손의 눈이 머릿속에 또렷이 떠올랐다. 어떻게 해야 하지? 누구를 구해야 하지?

아무것도 결정하지 못한 청명의 머릿속이 복잡해졌다.

"나… 나는……."

청명은 고개를 푹 숙였다.

"나는……."

"사조님."

고민에 잠겨 있던 청명의 귓가에 운풍자의 목소리가 들려왔다. 빗소리가 거세어 어지간한 소리는 잘 들리지도 않지만 운풍자의 목소리는 똑똑히 들려왔다.

"수룡왕께서 언제까지 폭풍을 막을 수 있습니까."

멍하니 청명이 운풍자를 돌아보았다.

"그리… 오래 막지는 못할 거예요."

"하오시면, 사조님께서는 막으실 수는 있으십니까."

"예? 예……."

시선을 돌려 장강을 바라보며 청명이 대답했다. 운풍자는 고개를 끄덕였다.

"하오시면, 저와 사형, 막 선배가 운혜 사매를 구출하겠습니다. 사조님께서는 이곳에 계시지요."

"네?"

청명의 당혹스러운 눈망울이 운풍자를 바라보았다. 운풍자는 무표정한 얼굴로 고개를 숙였다.

"그럼, 다녀오겠습니다."

"하지만……."

"……."

운풍자는 대답이 없었다. 그저 몸을 돌리고 걸음을 옮길 뿐이었다. 추걸개가 청명을 보고 안심하라는 듯 웃었다.

"운혜 도고는 걱정하지 마십시오, 선인. 이 추걸개가 반드시 구해오리다!"

"아……."

추걸개가 경쾌하게 몸을 돌렸다. 그 뒤로 허진무와 귀곡자가 재빨리 사라졌다.

"……."

청명은 다시 장강을 바라보았다.

*　　　　*　　　　*

"꺄악!"

아미파의 여승이 비명을 질렀다. 눈가 바로 앞에 도가 다가오고 있는 것이다. 여승은 재빨리 손을 흔들었다. 검면을 쳐보려는 것이었다.

"흐흣, 잔 수를 피우는구나."

마두는 검을 살짝 흔들었다. 검은 여승의 손을 피해 손목으로 날아갔다.

"헛!"

여승은 재빨리 손을 뒤로 빼었다. 하지만 마두의 도가 더 빨랐다.

몇 걸음 뒤로 물러선 여승은 손을 감싸 쥐었다. 눈에는 눈물이 그렁그

렁했다. 처음으로 맞는 생사결이나 다름없었다.

"흑… 아, 아미타불……."

"너무 많은 포로는 필요없으니, 몇 명은 죽여라."

나영균이 잔인한 어조로 명을 내렸다. 그는 조용히 시선을 옮겨 운혜를 바라보았다.

"제기랄! 이년 검에 베이지 마라! 작은 상처 하나도 나면 안 돼!"

누군가의 고함 소리가 들려왔다. 운혜의 검에 다리를 살짝 베인 마두 하나가 절뚝거리며 뒤로 물러나며 외친 것이었다. 다행히 운혜는 제법 선전하고 있었다. 운혜가 쓰러뜨린 마두만 해도 벌써 아홉이 넘는다.

"멍청한 녀석, 고작 계집에게 당하다니……."

나영균은 조그맣게 중얼거렸다. 그는 씨익 웃으며 활을 꺼내 들었다.

"다행히 나에게는 화살이 있지. 근접전을 피해야 한다면 대환영이야."

짜리몽땅한 근육질 거한은 자신감 넘치는 미소를 지었다.

"…무량수… 불……."

운혜의 몸도 성한 것은 아니었다. 아니, 성하다기보다는 상처투성이였다. 베어진 옷과 피륙들의 상처만 해도 다섯 군데가 넘는 듯싶다. 그중 세 군데는 치명적인 요혈을 겨우 빗나간 모습이었다.

"잘 가라."

나영균이 활을 재웠다. 이제 이 화살만 쏘면 저 여도사를 죽이게 될 것. 그러면 남은 몇 명을 데리고 포로에게 마령환을 먹이러 간 황금충과 합류할 수 있다.

"너나 잘 가!"

"흡!"

뒤에서 갑자기 들려온 목소리에 나영균은 다급히 몸을 돌려 소리가 들려온 곳으로 활을 날렸다.

쌔액—

"어이쿠!"

늙수그레한 비명이 들려왔다. 하지만 몸을 살짝 틀어 활을 피한 상대는 조금의 상처도 입지 않았다. 오히려 여유롭게 장난치는 듯한 목소리가 들려왔다.

"하마터면 죽을 뻔했구나!"

"막 선배!"

반가운 얼굴로 운혜가 외쳤다. 추걸개는 운혜를 바라보며 외쳤다.

"괜찮은가?! 많이 다쳤구면!"

"너무 늦으셨어요!"

귀여운 투정이었다. 마두들은 이제 완전히 당황했다. 여도사의 능력이 제법 뛰어나 고생을 치르고 있었는데 이제는 전대 고수쯤으로 보이는 거지가 나타났다.

사실 나타난 것은 그들만이 아니었다.

"응? …큭… 쿨럭!"

사태를 관망하던 마두 하나가 헛기침을 내뱉었다. 기침 속에서 피가 살짝 배어 나오더니, 기침이 심해질수록 피가 점점 많이 새어 나왔다.

"독?"

"아니, 마천혈귀조."

"쿨… 럭… 귀… 귀곡……."

마두는 말을 끝맺지 못한 채 쓰러졌다. 마지막 죽기 전, 그는 자신의 목숨을 거둬간 누군가의 얼굴을 확인할 수 있었다.

"당신… 이… 왜…."

"…네가 내 손녀를 죽이려고 했거든."

귀곡자는 조그맣게 속삭였다. 그저 싸늘히 주위를 돌아볼 뿐이었다.

“퇴… 퇴각!”

마두들이 황급히 외쳤다. 그리고 그대로 뒤도 돌아보지 않고 신형을 날렸다. 운혜가 비명처럼 외치며 그 뒤를 쫓았다.

“쫓아야 해요!”

“아니 되네!”

“왜요!”

“지금은 일단 마을로 돌아가야 한다, 사매.”

어디선가 피 묻은 검을 들고 무표정한 운풍자가 걸어나왔다. 그는 조용히 운혜를 돌아보았다.

“마을 전체가 위험해.”

“예?”

그게 무슨 말도 안 되는 소리냐는 듯, 운혜가 멍한 얼굴로 운풍자를 바라보았다.

*　　　*　　　*

운혜가 운풍자를 만났을 무렵, 장문인들은 대단히 심란한 시간을 보내고 있었다. 위험에 처한 운혜와 아미파 승려들의 구원 요청을 본의 아니게 무시하긴 했지만 장문인들도 놀고 있지만은 않았던 것이다. 그들도 나름대로 바빴다. 바쁘지 않았다면 운혜의 목소리를 따라 신형을 날렸을 것이다.

“어떻게 포로들을……!”

“큭큭큭…….”

마두들은 정신없이 웃고 있었다. 운혜와 나영균이 싸우고 있는 동안, 황금충 금명석은 포로들에게 접근하는 데 성공했다. 심지어 마령환을 먹이는 데까지 성공했다.

권재후는 회한 가득한 얼굴로 앞을 노려보았다.

"쪽수가 너무 많구려."

"포로가 모두 기력을 찾았으니……."

허탈한 음성으로 중얼거린 곽재후의 말에 파진 사태가 답변했다. 사라진 몇몇 제자들을 제외하고는, 거의 대부분이 용화촌의 중심에 서 있었다.

"진으로 감당할 수 있겠소?"

"생사를 도외시한다면 얼마 동안이야 막아내겠지요."

"저들 중 몇몇은 고수로 보이외다만."

"나머지야 내공을 찾은 지 얼마 되지 않았으니… 어찌해 볼만은 하겠지요."

파진 사태는 천천히 내공을 끌어올렸다. 마두들은 이제 사이한 웃음을 짓고 있었다. 그들이 먹은 환은 잠력을 끌어내는 마령환. 내공이 있든, 없든 관계가 없다. 심지어 단전이 파괴되어도 얼마든지 진원진기를 이끌어낼 수 있다.

"허헛… 그럼 움직여 봐야겠구려."

권재후가 씁쓸히 중얼거렸다. 그는 곧 뒤에 포진한 화산파의 매화검수들을 바라보았다.

"화산파의 제자들은 들으라! 촌각이 아쉬우니, 서둘러 매화검진을 펼쳐라!"

챙—

병장기 뽑히는 소리가 울려 퍼졌다. 젊은 매화검수들은 이를 악다물고 검을 쥐고 있었다. 이십오 년의 평화는 너무 길었다. 중장년의 제자들은 그럭저럭 각오를 다지고 있었으나, 어린 제자들의 긴장은 너무나 컸다.

아미파의 여승들도 마찬가지였다.

"아미타불… 불타의 가호가 없지는 않을 게야. 항마불진을 펼치거라."

침착한 어조였다. 아미파의 여승들은 각오 어린 얼굴로 장을 펼쳐 앞으로 향했다. 그리고 그와 동시에, 마교도들이 외쳤다.

"으하하핫! 백련교의 형제들이여! 정도의 위선자들을 모조리 쓸어버려라!"

"와아아아!"

거대한 함성이 터져 나왔다. 광기 어린 함성이었다.

*   *   *

커다란 고함 소리가 들려오자 청명은 저도 모르게 그쪽을 바라보았다. 바야흐로 큰 싸움이 시작되려 하고 있었다. 그러나 자신에게는 그 싸움을, 그 피를 막을 여유가 없었다. 청명은 우울한 얼굴로 장강으로 시선을 돌렸다.

일렁―

장강의 진폭이 점점 더 커지고 있었다. 청명은 저도 모르게 침을 꿀꺽 삼켰다. 이제 수룡왕님이 더 막으실 수 없다. 그렇다면 많은 사람들의 목숨이 위험하다.

'마, 막아야 해.'

청명은 뒤로 몇 걸음 발을 뺐다. 앙다문 입술부터 눈까지, 각오에 가득 찬 모습이었다. 내리는 빗 사이로, 장강을 바라보며 청명이 입을 벌렸다.

'시, 시작한다.'

장강의 중앙이 큰 폭으로 사라져 갔다. 강 한가운데에서 땅이 보일 만큼 커다란 구덩이가 생겼다. 잠시 거기서 멈추는가 싶더니, 곧 구덩이가 솟아오르기 시작했다.

물은 동산 모양을 이루었다. 동산 모양으로 조금씩 조금씩 더 커져가던 장강은, 마치 터지기 직전의 기포 같았다.

"무량수불……."

청명은 저도 모르게 눈을 감고 침을 꿀꺽 삼켰다. 바야흐로 물과 바람의 광무가 시작되려 하고 있었다.

콰콰콰콰쾅!

굉음과 함께, 동산이 폭발했다. 동산을 기점으로 거대한 물줄기가 하늘로 솟구쳤다. 숨을 쉴 수도 없이 강하게 불어오는 바람에 청명은 헛숨을 들이켰다.

"헉!"

대선풍, 용권풍이라도 불리는 바람이 솟아올랐다. 장강의 물을 빨아들인 용권풍은 한줄기의 물기둥이 되어 하늘과 맞닿았다. 그리고, 맹렬하게 회전하며 청명에게로 다가오기 시작했다.

콰콰콰콰쾅—!

굉음은 곧 용화촌 사람들 모두의 눈에 들어왔다.

"모두 피하세요!"

청명은 눈을 감았다. 사람의 생과 사는 자연에 대해 순환하는 법이지만, 자연의 부름이 없을 때 죽음을 맞는 것은 살해나 다름없다. 더군다나 인위적으로 만들어진 바람이라면 더 더욱 그러하다.

부드럽게 손을 들어올린다. 바람의 강렬한 기운을 막아야 한다. 광풍이 되어 주위의 모든 사물을 빨아들이고 있는 용권풍을 온몸으로 느끼며 청명은 천천히 뒷걸음질 쳤다. 너무나 강한 바람이었다.

"사조니임!"

"……."

운혜의 목소리였다. 운혜와 추걸개, 허진무와 운풍자가 도착한 것이다. 하지만 대꾸할 겨를이 없다. 청명은 바람을 막아서는데 온 힘을 집중하고 있었다.

콰콰콰콰쾅!

뿌리 깊은 나무가 바람에 휩싸여 공중으로 떠오른다. 나무는 미친 듯 회전하고 있는 물기둥 안으로 빨려 들어가 같이 회전을 시작했다. 장강에 대어놓았던 배 역시 마찬가지였다. 배들은 이미 공중에서 돌고 있었다.

청명은 손을 앞으로 뻗고 이를 악물었다.

'원시천존님……'

물기둥 한가운데에서, 작은 산들바람이 태어났다. 산들바람은 용권풍이 회전하는 방향의 반대로 휘돌며 섞여 들어갔다. 마치, 나무를 휘감는 넝쿨 같은 모습이었다. 바람을 와해하려는 듯, 물기둥의 하단에서 산들바람이 위로 솟구쳤다.

부드럽고 너무나 미약해 보이는 바람이었다. 용권풍을 해소하기에는 무리였으나, 진행을 막는 것은 충분했다.

"이… 이거… 요… 용권……."

"자, 잠깐!"

추걸개의 멍한 목소리 뒤로 허진무가 외쳤다.

"마을 사람! 마을 사람들은 어떻게 되는 거요!"

"뭐?"

"사람들, 대피는 하고 있냐고오!"

선후배 가릴 처지가 아니었다. 허진무는 추걸개에게 막말을 했다. 아무런 소리를 듣지 못한 듯, 비를 홀딱 맞아가며 용권풍을 저지하고 있는 청명을 바라보며, 운풍자가 이를 갈았다.

"무량수불!"

이를 갈면서도 도호를 읊어대는 것을 보니, 역시 도인은 도인인가 보다. 운풍자는 욕처럼 도호를 내뱉고는 재빨리 신형을 뒤로 물렸다.

“대피시켜야 합니다!”

“이런 멍청한! 마을 사람들 생각을 전혀 안 하다니!”

추걸개가 마주 외쳤다. 추걸개는 청명을 한번 바라보고는 시선을 돌렸다.

“서두르… 잠깐!”

“예?”

마구 달려가려던 허진무가 걸음을 멈추었다. 그리고 추걸개의 손가락이 가리키는 곳으로 시선을 옮겼다. 곧 신음성이 새어 나왔다.

“검광……..”

병장기가 부딪치고 있었다. 제일 안 좋은 상황에 마교도가 쳐들어왔다. 상황을 파악한 운풍자가 다급히 외쳤다.

“지금부터 모두 산개하시오! 마을 사람들은 필시 대피해 있을 터! 흩어져 그들을 대피시켜야 하오!”

“서두르세! 많아야 쉰 가구가 안 돼! 용화촌 중앙에서 보세!”

추걸개는 조급한 마음에 말을 마치자마자 황급히 취팔선보를 펼쳐 비를 뚫고 앞으로 달려나갔다.

운풍자와 운혜, 허진무는 서로를 바라보았다. 한순간의 시선이 지나고 그들은 모두 다른 방향으로 흩어졌다.

아무 집으로나 황급히 달려간 운풍자는 다급히 문을 열었다. 집 안에는 새는 비를 맞으며 두려운 듯 떨고 있는 노인이 보였다. 운풍자는 더 생각할 새도 없이 외쳤다.

“죄송하오, 노인장!”

“왜, 왜 그러시는… 헉?”

더 이상 설명할 겨를이 없다. 운풍자는 노인을 어깨에 들쳐 메고는 경공을 펼쳐 마을의 중앙으로 달려갔다.

중앙에는 이미 몇몇의 사람들이 모여 있었다. 허진무와 추걸개가 발 빠르게 움직인 탓이었다. 때로는 저들끼리 미리 나와 대피할 준비를 하고 있던 사람도 있었다.

"…빠르군."

운풍자는 조그맣게 중얼거리고는 다시 몸을 돌렸다. 노인이 살고 있는 옆집으로 달려가는 것이다.

"도망가시오!"

운풍자는 옆집의 문을 벌컥 열고는 갑자기 내리는 커다란 비와 사람들의 살육전에 공포에 질려 있는 아낙네에게 고함을 질렀다.

"폭풍이 오고 있소! 피해야 하오!"

"도, 도사님… 밖에!"

"밖으로 나오시오!"

운풍자는 더 설명할 시간이 없다는 듯 앞으로 달려나가 여인의 손을 붙잡았다. 불안한 기색에 여인네 옆에 서 있던 아이가 칭얼거리며 울었다.

"엄마! 엄마! 으아아앙!"

"밖으로 서둘러 나가야 하오!"

운풍자는 거칠게 여인네를 밖으로 꺼내었다. 여인네는 당황한 듯하면서도 운풍자를 뒤따라왔다.

그가 두 번째 움직였을 때에 거의 대부분의 사람들이 나와 있었다. 추걸개와 운혜, 허진무가 빨랐던 것도 있지만, 마을의 중앙에 모인 사람들이 이웃들을 불러모아준 덕분이었다.

이웃의 외침에 밖으로 나온 사람들은 밖으로 나오자마자 순한 양처럼 변해 버렸다. 주위에서 벌어지는 살육전 때문이기도 했지만, 사실 장강에 보이는 거대한 물기둥 때문이었다.

"용권풍… 이라고 합니다."

자신이 데려온 여인에게 운풍자가 설명했다. 여인은 당혹스러운 얼굴로 난생처음 보는 모습을 바라보았다.

"용신님이 승천하시는 건가요?"

운풍자는 고개를 끄덕였다. 자세히 설명하는 것보다는 일단 피하게 하는 것이 급선무였다.

"그렇소. 때문에 마을이 수장될 위험이 있소. 서둘러 피해야 하오!"

"도사님, 우리는 그러면 어디로……."

여인네가 불안한 듯 물었다. 운풍자는 재빨리 추걸개를 바라보았다.

"막 선배! 사람들을 인도해 주시겠습니까?"

"그리하지!"

평소라면 툴툴대었을 추걸개는 별다른 반박 없이 바로 고개를 끄덕였다. 그도 상황이 얼마나 급박한지는 알고 있었던 것이다.

운풍자는 다시 아낙네를 돌아보았다.

"저 노인을 따라가시오. 열심히 따라가기만 하면 아마 목숨을 구원받을 게요."

마교도들이 일반 양민을 노릴 리는 없다. 아무도 없다면 모르되, 정도의 무인들이 이렇듯 많으니 굳이 양민을 노릴 필요는 전혀 없는 것이다.

그렇다면, 많은 호위를 뺄 필요는 없으리라.

운풍자는 추걸개를 바라보고는 짧게 목례했다. 운혜 역시 추걸개에게 짧게 인사를 남겼다.

"거진 다 나온 듯하니, 서둘러 주서야 하오, 막 선배!"

"알았네! 이제 출발하겠소!"

추걸개는 마을 사람들을 보고 고함을 질렀다. 추걸개의 독려 하에 마을 사람들은 주섬주섬 추걸개의 뒤를 따르기 시작했다.

　다행히 한숨 돌린 운풍자는 격전지를 바라보았다. 서로의 몸을 가르기 위해 도와 검이 춤추고 있었다.

　그리고 아주 불운하게도 격전지는 점점 장강 쪽으로 가까이 가고 있었다.

　"무량수불… 사조님……."

*　　　*　　　*

　자신에게서 어떠한 위험이 닥쳐오는지 확인할 새도 없이 청명은 용권풍과 맞서고 있었다. 보통이라면 주위의 위험들을 확인할 수 있었겠지만, 지금은 온 신경이 용권풍에 집중되어 있다.

　"큭!"

　청명의 입에서 신음 소리가 새어 나왔다. 도와 검을 들고 생사결을 치르고 있는 무인들과 달리, 청명은 마음으로 생사결을 치르고 있었다. 물러선다면 많은 이들의 목숨을 내놓아야 할 것이다.

　산들바람이 살짝 적어졌다. 동시에 광풍은 더 더욱 진해졌다. 미친 듯이 회전하는 물기둥이 내륙으로 한발자국을 디뎠다.

　"크… 으윽……."

　청명은 두어 발자국을 뒷걸음질쳤다. 광풍의 기세를 막아내지 못한 탓이었다.

　그때, 누군가가 청명을 바라보고는 도를 날렸다.

　"크하하하하! 검 한 자루 없이 서 있는 도사가 있다니, 멍청하구나!"

　"…지… 지금은… 안 되는데……."

　청명은 억지로 뒤를 돌아보았다. 마음을 한군데로 집중해도 모자랄 판에 누군가가 도를 날리려 한다. 마음속에는 순수한 살기가 묻어 있는 도였다.

"으앗!"

마침내 도가 날아오자, 청명은 재빨리 머리를 숙였다. 거북이 목이 사라지듯, 머리가 쏙 사라졌다.

"제법 한 수가 있구나!"

하지만 혈귀도법은 본래 연환초식. 바로 다음 초식이 이어지기 시작했다. 아홉 개의 검날이 청명에게로 날아 들어왔다.

청명은 볼을 가득 부풀리고는 크게 외쳤다.

"운혜!"

챙—!

비명과도 같은 고함 소리에, 청명의 허리춤에 매달려 있던 검이 저 스스로 춤을 추었다. 갑자기 뽑혀 나온 검은 마교도의 도를 막아냈다.

그러나 그사이, 용권풍은 더 더욱 진해지고 있었다.

콰콰콰콰쾅!

용권풍은 내륙 쪽으로 빠르게 다가왔다. 근처에 있던 집 한 채가 들썩들썩거리더니, 잠시 후, 지붕이 뜯겨 나가 용권풍 속으로 사라졌다.

"으잇!"

이상한 고함 소리를 내뱉으며, 청명은 다시 용권풍을 바라보았다. 용권풍의 아래에서 사라졌던 산들바람이 다시 새어 올라왔다.

하지만 용권풍에 마음을 보내는 사이에는 검 운혜에게 신경을 쓰지 못한다. 운혜는 땅에 떨어지고 말았다.

"음?"

마두는 이상하다는 듯 청명을 바라보았다. 이기어검의 고수가 갑자기 등을 돌린다. 혹시 찔러달라는 소릴까?

도를 다시 들어올린 마두는 청명의 등에 도를 슬쩍 찔러보았다.

"이잇!"

청명은 눈을 꼬옥 감고는 몸을 돌려세워 다시 검 운혜를 불러들였다. 그러나 다급한 상황인지라, 운혜에게 집중할 수는 없었다. 검은 마두의 도와 부딪치자, 제법 큰 반동을 그리며 뒤로 크게 물러나고 말았다. 곧 적수공권인 청명의 품으로 도가 날아들어 왔다.

"으하핫! 내가 이기어검의 고수를 물리쳤다!"

"하지 말아요!"

조그마한 항의가 이어졌다. 그리고 그와 동시에, 마두가 들고 있던 도가 공중으로 솟아올랐다. 마두는 숨이 넘어갈 듯 놀랐다.

"으헉?"

날아간 도는 곧 용권풍 속으로 사라졌다.

홀로 남은 마두는 놀란 눈으로 청명을 바라보았다. 정확히는, 도를 따라서 시선을 옮긴 것이었다. 그리고 곧 멈추어져 있던 폭풍이 다시 움직이는 것을 보았다.

이기어검의 고수는 물론 무섭다. 자신의 검마저 빼앗아간 고명한 수법은 잘 보았지만, 아무래도 그 뒤에 있는 것이 더욱 무섭다.

"으아아아악!"

마두는 몸을 돌려 형편없는 비명을 지르며 도망갔다. 청명은 고개를 살짝 갸웃거렸다.

"응?"

청명은 멍하니 뒤를 돌아보았다. 뒤에서는 제어에서 풀려난 용권풍이 미친 듯이 춤을 추고 있었다.

"으아아앗!"

앞서 도망친 마교도와 마찬가지로, 청명도 재빨리 뒤로 도망치기 시작했다. 진행을 멈출 수 없다. 멈추려면, 조금 떨어져서 다시 새로운 바람을 불어내야 한다.

청명은 도도도 달려 폭풍을 피해 달려갔다. 청명이 달려가고 있는 곳은 격전지였다.

"크, 큰일날 뻔했네."

뒤로 도망간 청명은 안도의 한숨을 내쉬며 다시 폭풍우를 바라보았다. 용권풍은 한층 더 커져 있었다.

쉴 틈이라고는 조금도 없다. 청명은 다시 용권풍을 노려보았다. 마음을 보낸다. 흘러나간 마음은 곧 용권풍 사이로 흘러들었다.

콰콰콰—

굉음이 조금씩 줄어들었다. 산들바람은, 물기둥의 아랫부분을 와해시키고 있었다. 청명의 선기가 다시 한 번 힘을 발휘했다.

"으아… 운혜 사손, 힘들어요."

청명은 볼멘소리로 중얼거렸다. 너무나 지난하고 괴로운 작업이었다. 용권풍의 기세는 처음부터 조금도 꺾이질 않았다.

콰콰콰콰—

갑자기 무슨 일일까?

산들바람에 흩어지던 물기둥이 조금 더 강력하게 휘돌았다. 맹렬하게 바람이 휘도는 것을 느끼며 청명은 멍하니 입을 벌렸다.

"마선… 흡!"

바람이 한발 앞으로 전진했다. 청명은 신음을 내뱉으며 한발 뒤로 물러났다.

상황이 점점 악화되고 있었다. 그것도 모자란 데 누가 또 도를 날린다.

"하지 말아요!"

챙—!

고개를 돌린 청명이 외칠 무렵이었다. 다행히 도는 검 한 자루에 막혀 더 이상 진전하지 못했다.

"사조님! 바람! 바람을 막으십시오!"

운풍자가 다급히 외쳤다.

"크큭, 죽어라!"

마두는 도를 날렸다. 운풍자는 눈을 빛내며 허리를 숙였다. 도는 운풍자의 허리 위로 빠르게 지나갔다.

"헛? 이런 간악한……."

허리를 숙인 운풍자는 바로 앞으로 검을 찔러 넣었다. 검은 마두의 몸 속 깊숙이 박혔다.

"으앗!"

몸이 두 개가 아닌 이상, 한 번에 한 명의 적 이상을 섬멸할 수 없다. 그사이, 또 다른 마교도가 청명 사조님에게로 도를 날리고 있었다.

"저리 비켜!"

거칠게 고함을 외치며 운혜가 끼어들었다. 운혜는 오행만합의 초식으로 마두를 베어나갔다. 마두가 당황해 뒤로 밀려나가는 것이 보였다.

"다행이군……."

운풍자는 짧게 한마디를 중얼거렸다. 그리고 주위를 둘러보니, 마두들이 청명 사조님을 노리고 계속 덤벼드는 것이 보였다. 남아 있는 것은 운혜와 자신.

"무량수불……."

절로 도호가 터져 나왔다.

＊　　　＊　　　＊

마교도들과 장문인들이 대결하는 한가운데에서는 호은이 정신없이 주위를 둘러보고 있었다. 호은의 시선이 닿는 곳에서는 어김없이 피가 뿌려지고 있었다. 때로 그것은 마두의 피였으며, 때로 아미파의 피나 화산파의 피가 뿌려지기도 했다.

이러한 상황에 동생은 도대체 어디 있단 말인가!

"호진아!"

"죽어라, 위선자!"

마구 달려가려던 호은을 막아서며 누군가가 도를 날렸다. 호은은 재빨리 허리를 숙여서 도를 피해냈다. 자칫하면 개죽음이다. 동생이 죽었다면 모르되, 동생이 죽지도 않았는데 자신이 먼저 죽을 수는 없다.

하지만 그러기엔 가진 무공 수위가 너무나 낮다.

"제기랄!"

"크크크, 죽어!"

마두의 도가 횡으로 그어지자, 호은은 황급히 몸을 날렸다. 몸을 데구르르 굴리고 보니 다행히 적의 도와는 좀 멀어져 있다.

적이 뒤따르기 전에 호진을 찾아야 한다.

호은은 황급히 주위를 둘러보았다.

"호진아!"

"크윽! 사제!"

앞으로 달려가다 보니, 쓰러진 화산파의 도사를 부여잡고 누군가가 눈물을 흘리고 있었다. 화산파의 도사의 눈에 슬픔과 분노가 차 오르는 것이 느껴졌다. 그는 눈을 뒤집으며 앞으로 달려나갔다.

"으아아아!"

그 모습을 비껴 지나가며 호은이 주위를 두리번거렸다.

"제기랄, 호진아!"

*　　　　*　　　　*

호은은 동생의 이름을 목청껏 외쳤다. 아직은 멀쩡하지만, 누구의 칼이 자신의 목을 베어갈지는 아무도 모른다.

한 치 앞도 보지 못할 폭우 속에서 미친 듯이 칼을 날리고 있는 난전이었으나, 난전일수록 틈이 많은 법이니 최대한 빨리 움직여 동생을 찾아야 했다.

'저, 저거?'

어디선가 겁먹은 눈동자가 자신을 주시하는 것이 느껴졌다. 아주 조그맣게 보이는 눈동자였지만, 호은은 그것이 동생이라는 것을 알 수 있었다.

"호진아!"

호은은 목청껏 호진을 불렀다. 동생은 뒤에서 멍하니 싸움을 바라보고 있었다. 난생처음 도가 살을 가르고, 검이 몸을 꿰뚫는 것을 본 호진은 대단히 놀란 듯 보였다.

잠시 놀란 호진은 호은의 목소리를 듣자마자 정신을 차렸다.

"형아!"

"거기 가만히 있어!"

"형아!"

호진은 무작정 호은을 향해 달려오기 시작했다. 겁을 집어먹은 채로, 자신을 부르는 형을 보자마자 반가운 마음에 달려온 것이었다.

호은은 달려오는 호진을 발견하고는 기겁했다. 호진의 뒤에서 마두가 도를 날리고 있는 것이었다.

"엎드려!"

"형아?"

호진은 이상한 기척을 느끼고는 흘끗 뒤를 돌아보았다. 그리고 동물적 본능으로 바닥에 누워 버렸다.

쌔액—

도가 호진의 코끝을 지나 스쳐 갔다.

"도망가긴 어디를 도망가느냐!"

"으아아아악!"

호진은 미친 듯이 비명을 질렀다. 빗소리를 뚫고 그 목소리는 호은의 귀에 똑똑히 전달되었다. 동생의 비명 소리에 호은은 얼른 주위를 둘러보았다. 땅에 떨어진 도가 한 자루 눈에 들어왔다. 생각할 겨를도 없이 호은은 도를 집어 들었다.

"호진아! 조심해!"

"형아!"

호은은 이제 막무가내로 앞으로 달려오기 시작했다.

앞으로 달려가는 것은 허진무도 마찬가지였다. 격전지로 빨려 들어간 그는, 어디론가 달려가는 호은과 마교도들 사이에서 오도카니 서 있는 호진을 발견하고는 앞으로 달려나가는 중이었다.

"호은아! 야, 이놈아! 무공도 모르는 놈이 거길 왜 혼자 가!"

허진무는 애가 타 고함을 질렀지만, 호은은 듣지 못했다.

"흡!"

호은은 내려오는 도를 피했다. 하늘의 도우심인지, 자신이 주워 든 도를 찌를 필요는 없었다. 화산파의 제자 하나가 자신을 공격하는 마두의 등을 크게 베어버렸기 때문이었다.

호은은 화산파의 제자를 흘끗 바라보고는 다시 정신없이 달려나가기 시작했다.

"호진아! 너는 무공을 배웠으니 할 수 있을 것 아니냐! 건곤구공을 펼쳐!"

"으아악!"

호진은 땅에 넘어진 채 비명을 지르며 뒤로 기어가는 중이었다. 어찌어찌 호은의 목소리를 들었는지, 호진은 자신을 향해 날아오는 도를 바라보고는 손을 뻗었다.

손은 도가 아닌, 도를 쥐고 있는 손목으로 날아갔다. 빠른 손놀림 덕택에 호진은 마두의 손목을 쥘 수 있었다.

"아니, 이놈이!"

마두는 재빨리 손을 뒤로 뺐다. 하지만 호진의 손도 같이 딸려온다. 호진은 겁에 질린 채 마두의 손을 놓지 않았다.

그사이, 호은은 호진의 뒤에까지 접근했다. 그는 접근하자마자 호진이 쥐고 있던 손의 주인을 향해 도를 내리그었다.

"흐아압!"

"이, 이놈… 놔! 놔라!"

호진의 손을 정신없이 뿌리치고 있던 마두가 당황한 듯 뒤를 돌아보았다. 그리고 그게 그가 본 마지막 풍경이었다.

서격—

목을 단숨에 베어버린 호은은 당혹스러운 눈으로 호진을 바라보았다. 사람을… 베었다. 저 사람도 동생처럼 소중한 것이 있을까.

"괜찮으냐?"

"형아… 피……."

"괜찮아? 다친 데는? 다친 데는 없느냐?"

"난 괜찮아… 형."

호은의 얼굴이 다급해졌다. 호은은 재빨리 호진의 손을 잡고 자신의 품으로 당겼다. 그와 동시에, 마교도 한 명의 도가 호진이 있던 자리를 베고 지나갔다.

호진을 뒤로 내팽개친 호은이 도를 마주 들었다. 무공의 차이가 너무 크게 난다. 호은은 이를 악물고는 그를 노려보았다.

"제길."

짧게 욕이 새어 나왔다. 마두는 다시 그에게 도를 날리고 있었다.

챙─

호은은 무사히 검을 쳐냈다. 호은은 모르고 있었지만, 허진무가 그토록 지겹게 시켜온 마보 덕택에 늘어난 하체의 힘 덕분이었다. 팔의 근력은 터무니없고, 내공도 없었지만, 그것은 마령환의 내공을 다 사용한 상대 역시 마찬가지였다.

"후우─"

크게 숨을 들이킨 호은은 상대에게 도를 날렸다. 이번에는 상대가 방어하기가 힘들어졌다. 쾌도는 아니었지만, 상대방은 쾌도도, 중도도 이끌어내지 못하고 있는 상태였다.

휘익─

몸을 우로 비틀어 상대의 도를 피한 호은이 그의 팔을 노려 도를 날렸다. 마두는 여유롭게 호은의 도를 막아내며 웃음 지었다.

"크크큭……."

마치 저잣거리의 막싸움처럼, 호은과 마두가 엉겨 붙었다. 상대도, 자신도 지쳐 있으니 먼저 기운을 소모하는 쪽이 지는 경기였다.

"흡!"

호은은 검을 막아서고 있는 마두의 배를 걸어찼다. 마두가 형편없이 뒤로 물러섰다.

"흐… 읏… 호진아! 빨리 도망가!"

지친 몸을 추스르며 호은이 호진을 불렀다. 한 명을 상대하느라 미처 확인하지 못했던 동생을 찾아 호은은 고개를 돌렸다.

"형아!"

호은은 지친 몸을 추스르며 호진을 돌아보았다. 호진은 울먹이며 호은을 바라보고 있었다. 그리고 그 뒤에는…….

"안 돼!"

호은은 호진에게 도를 날리는 마교도에게 정신없이 달려갔다. 적의 칼을 막기 위해 도를 뻗어보려 했지만, 도를 뻗어들 힘도 없다.

호은은 그저 몸으로 호진을 막아 세울 뿐이었다. 다행히, 호은은 무사히 동생을 막아설 수 있었다.

"…어… 어머니……."

호은은 저도 모르게 오래전부터 불러본 적이 없던 이름을 불러보았다. 도가 자신의 눈을 향해 똑바로 날아오고 있었다.

"형아!"

비명이 터져 나왔다.

그리고 호은은 날아오는 도를 마지막으로 아무것도 볼 수 없었다.

*　　　*　　　*

번쩍.

청명의 눈이 확실히 떠어졌다. 눈가에 용권풍의 회전이 보였다. 하지만 청명은 그것을 보고 있지 않았다.

'이건……?

아주 다른 마음이 보이고 있었다. 그것은 호진의 마음이었다. 형에 대한 상념들이 청명의 마음속으로 들어왔다. 때로는 그것에 호은의 마음이 섞여 있기도 했다.

먼저 밀려들어 온 것은 호은 도우의 마음이었다.

"호은 도우?"

"부탁합니다. 보리 한 덩이만 주세요! 아니, 조라도 좋아요! 동생 먹일 수 있도록 조금만……!"

"먹고 죽을래도 없다! 그런 무리한 부탁을 하려면 우리 집에서 썩 꺼져!"

날카로운 인상의 아낙이 째지는 듯한 고함을 질렀다. 하지만 호은은 포기하지 않고 아낙의 발치에 매달렸다.

"꼭 갚겠습니다! 부디 조 한 덩어리만!"

"시끄러워!"

콰!

아낙은 잔인한 어조로 문을 닫아버렸다. 잠시 안의 인기척을 느끼고 있던 호은은 기가 죽은 얼굴로 몸을 일으켰다. 일자리를 잃어버린 지금, 동생에게 먹일 밥이 없다.

"…호진아, 우리는 이제 어떻게 하니."

씁쓸하게 중얼거린 호은이 걸음을 옮길 무렵이었다. 뒤에서 문이 가볍게 열리는 소리가 들리더니, 조그마한 주머니 하나가 밖으로 툭 던져졌다. 사그락거리는 소리를 들으니 곡식인가 보다.

"감사합니다! 감사합니다!"

"그거 가지고 썩 꺼져! 앞으로는 오지 않는 게 좋을 거다!"

퉁명스러운 목소리. 하지만 그 속에는 은근히 정이 녹아 있다. 호은은 몇 번이고 머리를 숙였다. 이제 동생에게 밥을 해줄 수가 있다.

"형아, 형아는 안 먹어?"

대충 삶아 만든 조죽을 한 입, 두 입 먹으며 호진이 질문했다. 호은은 대수롭지 않다는 듯 중얼거렸다.

"형은 매일 맛 좋은 걸 먹는단다. 객잔의 주인 아저씨의 마음이 너그러워 그런 거야. 조금이라도 싸오면 좋을 텐데… 싸올 수 있는 것은 그것뿐이구나."

호진은 우울한 얼굴로 호은을 바라보았다. 형이 배고파하는 것을 알고 있다. 아마 자기 먹으라고 안 먹는 것 같다.

호진은 제 나름대로 꾀를 부리기로 마음먹었다.

"형아, 나 배불러."

호은은 걱정스러운 얼굴로 호진을 바라보았다. 사심이 전혀 깃들지 않은, 진정으로 걱정스러워하는 듯한 얼굴이었다.

"벌써 배가 부르다니, 네 몸에 이상이 생긴 게 아니냐?"

"아니야, 나는 아프지 않지만 배불러."

"…진짜냐?"

배가 고팠기 때문일까. 호은은 동생의 말을 진정으로 믿고 싶다고 생각했다. 호진은 헤죽 웃으며 고개를 끄덕였다.

"응! 이제 나는 놀러갈 거야!"

그리고는 형의 대답도 기다리지 않고 방문 밖으로 뛰쳐나갔다.

호진이 일곱 살, 호은이 열네 살일 때의 차가운 겨울은 그렇게 지나갔다.

청명의 눈에는 여전히 용권풍이 비치고 있었다. 많은 사람들을 죽이려는 바람이었다. 그 바람은 인위로 가득 찬 인간을 벌하려는 마음이 숨어 있었다.

정은 인위일까? 아니면 선일까?

이번에는 호진 도우의 마음이 들어왔다.

밖에는 또 먹을 게 나름대로 있는 법이다. 배가 고프면 꽃도 따먹어도 되고, 그리고 잘 보면 겨울에 나는 과일이 있을지도 모른다. 배고픔을 이기지 못하고 이것저것 먹을 것을 구하던 일곱 살의 호진은 아무것도 얻지 못하고 우울하게 걸음을 옮겼다.

"아······."

집에 돌아왔을 때는 형이 조죽을 한 입, 두 입 삼키고 있었다. 씹는 것도 힘들었던 걸까? 조심스레 한 입씩 가져가는 것을 보니 마음이 더 더욱 울적해졌다.

한동안 집에 들어가지도 못하고 밖에서 형의 모습을 관찰하던 호진은 형이 조죽을 모두 씹어 삼켰을 때에야 들어갈 수 있었다.

"형아! 나 왔어!"

"아, 호진이로구나."

조금은 기운찬 얼굴로 호은이 말했다.

"너 때문에 남은 조죽을 다 버려 버렸잖냐, 아깝게. 그거 더 두면 상한단 말이다."

호진은 웃음을 지었다. 형아가 먹었다는 것을 알고 있지만, 말해줄 수는 없었다.

"형아, '우리 어디까지 왔나—' 하자!"

"…그래."

그 놀이를 할 때마다 어머니가 떠오른다. 괜히 기분이 울적해져 자주 하고 싶지 않은 놀이였다. 그러나 동생은 어머니의 향기조차 맡아보질 못했다. 단목향, 참 좋은 냄새였는데.

호은은 피식 웃으며 손을 내밀었다.

"형아 손 잘 잡아야 돼."

"응."

"앞으로도 놓으면 안 돼? 형아가 다 해줄 테니까 너는 형아 손 놓으면 안 돼?"

무엇이 불안했던 것일까. 호은은 몇 번이나 동생에게 같은 질문을 했다.

"놓으면 안 돼?"

"응, 알았어, 형아."

"자, 그럼 시작한다."

호진은 천천히 눈을 감았다. 눈을 감기 직전, 형의 넓은 등이 보였다. 믿고 기댈 수 있는 든든한 등, 그러나 왠지 슬픈 등이었다. 눈물이 날 것 같아 호진은 얼른 눈을 감았다.

곧 열 걸음을 걸었다. 한 발자국, 한 발자국 걸음을 뗄 때마다 마음이 무거워지는 것만 같았다.

"어, 어디까지 왔나—"

"문 앞까지 왔지."

형의 따듯한 목소리가 들려왔다. 머릿속에는 아직도 형의 등이 보이고 있었다.

청명은 눈을 감았다. 이것은 인위가 아니다. 아니, 인위일지도 모른다. 그러나 세상을 환하게 밝히는 빛이기도 하다.

청명은 부드러운 미소를 지으며 용권풍을 바라보았다. 용권풍은 정을 훑으려 하고 있었지만, 그것은 가능하지 않다.

사람들은 자신을 다른 사람에게 투영하는 법이므로, 그것이 인위일지라도 정을 품게 되므로.

갑자기 산들바람이 한층 더 강해졌다.

산들바람은 아주 조그마한 힘으로 용권풍을 바꿔놓고 있었다. 거센 바람은 산들바람에 취해 스스로를 바꾸어 천천히 흘렀다.

콰콰콰콰—!

마지막 기세인 것일까? 용권풍은 발악하듯 거세게 피어올랐다. 주위의 모든 것을 삼킬 듯한 기세였다. 모든 것을 빨아들이는 무서운 바람이 미친 듯이 불어왔다.

"헤헷……."

그럼에도 불구하고 청명은 웃으며 하늘을 올려다보았다.

저 하늘은 땅을 사랑할까? 왜 저렇게 파란 하늘은 땅을 보고 웃을까?

'구름이 흘러가지만, 사실은 내 마음이 흘러가는 것일 뿐.'

청명은 미소를 지었다. 사실 그것은 마음에 달린 것이라는 것을 잘 알고 있기 때문이었다. 하늘이 땅을 사랑하려면, 내가 하늘을 사랑하면 될 것이다.

나는 땅을 보고 웃을 테다. 하늘을 보고 웃을 거고, 운혜 사손을 향해 웃을 테다.

아직은 느끼지 못하지만, 정을 느끼리라. 인간지도가 있다면 그 속에 있으리라.

청명은 웃었다.

*　　　*　　　*

청명의 웃음이 피어오를 무렵, 마선은 질끈 이를 악물어야 했다. 무엇인가에 집중하던 마선의 손이 부들부들 떨렸다. 마지막으로 찻잔 위에 펼친 손바닥을 움켜쥐고 잔을 노려보았지만, 그 흔들림은 서서히 줄어들고 있었다.

그는 찻잔 속의 폭풍을 다시 일으키고자 선기를 집중했다.

챙강!

힘을 이겨내지 못한 찻잔이 깨어졌다. 그리고 그와 동시에, 마선의 입가에서 잔기침이 새어 나왔다.

"쿨럭, 쿨럭……."

힘없이 내뱉은 기침은 곧 사그라졌다.

"……."

마선은 아무런 말없이 주위를 둘러보았다. 마치 아무런 내상도 입지 않은 듯한 모습이었다. 그것은 사실이기도 했다. 그저 작은 충격이 있었을 뿐이다.

"허허헛……."

마선은 허탈하게 웃음 지었다. 천선을 너무 얕보았던 것일까? 그의 계획은 그만 틀어져 버리고 말았다. 마선의 웃음소리가 커져갔다. 한발 건너 천선을 제거하려던 그의 속셈이 틀렸다.

'그렇다면 직접 나설 뿐이지.'

머지않아 천선을 제거한다, 가능하다면 천하대란이 벌어지기 전에.

마선은 광소를 터뜨렸다.

"으하하하핫!"

천선은 자신의 능력보다 훨씬 뛰어났다. 풍신까지 쫓아내며 부른 용권풍을 막아낼만큼…….

*　　　*　　　*

따듯한 웃음처럼, 산들바람도 미소 짓듯 흘러갔다. 용권풍은 마지막으로 거세게 흔들렸다.

콰콰콰쾅-!

하지만 용권풍은 한 발자국도 앞으로 전진하지 못했다. 그저 제자리에

서 빙글빙글 돌 뿐이었다. 산들바람이 아주 부드러운 몸짓으로 거센 용권풍을 어루만졌다. 곧 산들바람은 권풍을 품에 안 듯 스러져 갔다.

기적과도 같은 광경에, 서로 검을 나누던 무인들은 어느새 모든 행동을 멈추었다.

"마, 말도 안 돼……."

누군가의 중얼거림이 들려왔다. 모두의 마음을 대변하는 말이리라. 그들은 경악과 충격 속에서 심기를 소모하고 있었다.

"이, 있을 수 없어……."

저도 모르게 한마디를 중얼거린 마교도가 털썩 땅에 쓰러졌다. 마령환의 기운이 모두 소모된 것이다. 기운없는 고개를 억지로 돌려 시선을 돌려보니, 마령환의 기운이 모두 소모한 마교도들이 자신과 비슷한 얼굴로 서 있다.

"헤헷."

어디선가, 부드러운 웃음소리가 들려왔다. 아마도 신선의 것이리라. 마침내, 용권풍이 가라앉았다. 미칠 듯이 작은 폭풍은 빠르게 부드러운 바람으로 변해갔다. 그리고 용권풍으로 인해 떠오른 물들이 곧 중력의 법칙을 따라 아래로 낙하하기 시작했다. 결국 사람들은 다시 한바탕 물속에 빠져들어야 했다.

쏴아아—

비는 그쳤지만 비와는 비교도 되지 않는 것들이 땅에 떨어졌다.

"으앗!"

청명은 깜짝 놀라 비명을 질렀다. 하늘에서 빨려 들어갔던 집의 지붕이 떨어지고 있었던 것이다.

당황한 청명은 도도도 뒤로 달려갔다.

쾅—!

집의 지붕이 땅에 떨어졌다. 겨우겨우 살아남은 청명은 다행이라는 듯 헤죽 웃음을 터뜨렸다.

"헤헷."

웃음 짓는 청명을 보고 운혜가 비명처럼 외쳤다.

"칼! 칼이 떨어져요!"

이번에는 용권풍이 빨아 삼켰던 도가 땅에 떨어지고 있었다. 청명은 크게 눈을 뜨고는 비명을 질렀다.

"으앗!"

선기를 움직이면 좋겠지만, 방금 자신이 할 수 있는 모든 일은 다했다. 마음을 움직일 여력조차 남아 있지 않았다. 자칫하면 죽을지도 몰라.

청명은 눈을 꼬옥 감았다.

"이야압!"

누군가가 청명의 앞을 가로막으며 떨어지던 도를 후려쳤다. 운혜였다. 운혜는 도 하나를 후려치는 것도 힘들었는지, 겨우겨우 도를 비껴낼 수 있었다.

"우, 운혜 사손……."

"괜찮아요, 사조님?"

"네."

청명은 부드럽게 미소를 지으며 몸을 일으켰다. 몸을 일으키고는 옆에 선 운혜를 쑥스러운 듯 바라보는 모습이 마치 아이와도 같았다.

하지만 그 웃음을 가지고 아이 같다고 생각하는 사람은 아무도 없었다.

"허어……."

화산의 장문인 권재후는 놀라운 눈으로 청명을 바라보았다. 마치 아이와도 같은 미소 속에 감출 수 없는 현기가 깃들어 있다. 해맑게 웃는 소년은, 사실 거대한 용권풍을 막아낸 신선이었다.

"허헛……."

권재후는 웃음을 지었다. 청명의 웃음 속에는, 괴로움도 없고 슬픔도 없었다. 세상의 것이 아닌 듯한, 기묘한 기운이 그를 감싸고 있었다.

권재후의 웃음소리를 듣고는 파진 사태가 걸어왔다. 파진 사태는 곱게 눈을 흘겼다.

"임무를 성공하지 못했는데 웃음이 나시나보군요."

"……."

파진 사태의 말에 권재후는 고개를 슬쩍 저었다. 더 말하지 말자는 뜻이었다. 임무의 실패는 어찌 할 수 없는 것이었다.

인간의 힘으로는 할 수 없는 자연재해가 잇달았고, 마두들의 숫자는 너무나 많았다. 신선이 막아내어 주리라 예상했지만 신선은 폭풍을 막느라 다른 곳에 신경 쓸 겨를이 없었다.

"그나마 다행이지요… 전멸은 피했으니."

"전멸?"

파진 사태가 재미있다는 듯 권재후를 바라보았다. 그 얼굴에는 미소가 가득했다.

"누구에게 전멸을 당해요? 마교도예요?"

권재후는 웃었다. 마교도들은 인간의 문제다. 목숨을 얻든 잃든 인간이 해결해야 할 문제였다. 하지만 인간의 문제가 아닌 하늘의 문제는 어찌할 수 없는 일이다. 꼼짝없이 생사를 하늘에 맡겨야 할 뿐이다.

…신선이 아니었다면 자신들도 그렇게 되었을 것이다.

"용권풍 말입니다, 사태."

"호홋, 그러하지요."

파진 사태는 흡족한 듯 웃음을 지었다.

본래 영웅은 난세에 난다. 어두움이 밀려올 때에 희망을 찾고자 하는 것이 인간의 기본적인 속성이기 때문일지도 몰랐다.

제자들을 잃고, 임무도 완수하지 못했지만 그들은 신선을 보았다. 그의 능력은 무궁무진하다. 그리고 선하다.

그가 정도를 도와줄지, 도와주지 않을지는 아무도 짐작할 수 없다. 하지만 적어도 피를 흘리게 하지는 않으리라. 많은 생명의 구함이 있을 것이다.

그것이 바로 정도가 아니고 무엇이랴!

"그만하면 되었지요……."

파진 사태는 시선을 돌렸다. 시선의 끝에는, 무당파의 제자로 알려진 짐꾼들이 서 있었다.

*   *   *

호진은 울음을 터뜨렸다. 그 울음은 평소의 울음과 달랐다. 평생 의지해 왔던 형이 피를 흘리며 쓰러져 있는 것을 바라본 호진의 마음이 어떠하랴!

"으어헝! 형아! 형아!"

"후… 읍……."

고통을 참느라 이를 악문 호은의 입에서 긴 호흡이 뿜어져 나왔다. 앞이 보이지 않는다.

"호진아!"

"형아, 나 여기 있어! 형아!"

"호진아아! 어디 있느냐? 호진아아!"

호진은 울먹거리며 형의 손을 잡았다. 호은은 부드럽게 웃으며 호진의 손을 마주 잡았다.

"여, 여기 있는 거니? 보이지 않아! 호진아!"

"흑, 형아……."

호은은 손을 앞으로 뻗어 호진의 손을 잡았다. 호진은 마주 잡은 손의 주인공이 동생이라는 것을 똑똑히 짐작할 수 있었다.

"괜찮으냐? 어디 다친 데는 없니?"

정신없이 동생의 몸을 여기저기 더듬으며, 호은은 동생이 무사하기만을 빌었다. 동생의 옷은 물에 흠뻑 젖어 있었다.

"피, 피 흘린 거 아니냐? 너 괜찮은 거야?"

호진은 형이 보지 못한다는 것도 잊은 채 고개를 도리도리 저었다.

"흑, 흐흑, 어… 없어… 형아! 으허엉!"

동생의 어깨를 짚었던 손에 무언가 물방울이 떨어지는 느낌이 들었다. 아마도 눈물일까 싶다.

호은은 피식 웃음을 지었다.

"울지 마라. 형아는 괜찮으니."

욱신거리는 눈가로 손을 가져가며 호은이 중얼거렸다. 손에 닿은 눈에는 아무것도 느껴지지 않았다. 오로지 쓰린 통증만이 있을 뿐, 있어야 할 것이 없다.

쓰라림에 깜짝 놀라 손을 뗀 호은은 눈을 뜨려고 애써봤다. 하지만 눈은 도저히 떠지질 않았다. 아무리 애써도 눈은 떠지지 않았다.

"…이런."

동생이 앞에 있으니 많이 슬퍼할 수는 없다. 억지로 통증과 상실감을 감추어가며, 호은은 미소를 지었다.

"형에게… 나무 막대기 하나를 쥐어주겠니?"

"응?"

무슨 뜻인지 알아듣지 못한 호진이 멀뚱히 형을 바라보았다. 호진은 뭘 가져다 달라는 건지 질문하려 입을 열었다.

"여기 있다, 못난 제자 놈아."

호진보다 먼저 사부가 자그마한 작대기를 쥐어주었다. 허진무의 목소리는 살짝 떨려나왔다. 호은은 모르고 있었지만, 허진무의 팔다리는 부들부들 떨리고 있었다.

'내 잘못이로구나……'

모두 자신의 잘못인 양 싶다. 무공을 진작 가르쳐 주었어야 했다.

"아, 얼른 받지 뭐 해?"

허진무가 억지로 목소리를 내어 타박했다. 눈을 베이는 상처를 입었으니 업고 가고 싶을 뿐, 걷게 하고 싶은 마음은 없었다.

그러나 동생에게 걱정을 시키고 싶어하지 않는다는 것을 잘 알기에, 허진무는 스스로 일어날 수 있도록 배려할 수밖에 없었다.

"형아……."

동생의 목소리를 들으며, 호은은 자그마한 나무 막대를 쥐어 들었다. 허진무는 무거운 얼굴로 호은을 바라보고는 한숨을 내쉬었다.

"못난 것……."

"괜찮습니다, 사부."

호은은 사부가 있으리라 짐작되는 곳을 향해 얼굴을 돌려 슬쩍 웃어 보이고는 다시 동생 쪽으로 고개를 돌렸다.

"나는 괜찮다."

"걸을 수 있어?"

"글쎄다……."

호은은 손에 쥐어든 자그마한 막대를 어루만졌다. 이것이 이제부터 자신의 눈이 되어줄 터이다.

"아마도 걸을 수 있겠지……."

호은의 마음이 괴로움으로 가득 찼다. 동생은 아직 어리다. 철없고 어린아이를 이제부터 어찌 돌볼 것인가. 사부가 계시니 다행이지만, 마음에 걸리는 것이 아예 없는 것은 아니었다.

'호진이 얼굴을 더 이상은 못 보겠구나.'

동생의 얼굴을 한 번만 더 볼 수 있으면 얼마나 좋을까? 동생에게는 한 번도 말하지 않았지만 사실, 동생은 어머니를 닮았다.

어머니의 얼굴을 한 동생을 생각하며 호은은 천천히 막대기를 쓸어 만졌다.

호진은 우울한 얼굴로 고개를 숙였다. 형아는 이제 눈이 보이지 않는다. 눈도 안 보이고, 아프기도 많이 아프다.

"아, 그래."

그때였다.

호은은 무엇인가 떠오른 듯, 장난기 어린 웃음을 지었다. 그래, 생각해 보면 자신에게 이런 나무 막대는 쓸모가 없다. 동생이 있으니까. 동생이 보이지 않을 때는 자신이 손을 잡아주면 되고, 자신이 보이지 않을 때는…….

"호진아."

"응?"

어눌한 대답에, 호은은 가슴 어림께에서 웃음이 치솟아오르는 것을 느꼈다.

"우리 어디까지 왔나 놀이할까?"

"……."

"이번엔 네가 형의 손을 잡아줘야지."

"…흑."

보이지 않지만, 울음이 들린다. 이 나무 막대기는 자신의 눈 따위가 아니다. 자신의 눈은 이제 동생이 해줄 것이다.

호은은 진정으로 웃을 수 있었다. 어머니의 얼굴이 갑자기 떠올랐다. 이 놀이는 어머니께서 가르쳐 주신 것이다. 그리고 자신은 이 놀이 덕택에 걸음을 옮길 수 있을 것이다.

"자, 형의 손을 잡으렴."

"…흑, 흑."

훌쩍이며, 호진은 호은의 손을 부여잡았다. 호은은 미소를 지으며 손을 흔들었다.

"이제 걸어야지?"

호은이 손을 흔들자, 호진은 고개를 몇 번 끄덕거렸다. 그리고는 걸음을 옮겼다.

"형의 손을 놓으면 안 된다?"

"응……."

"놓으면 안 돼."

동생이 있기에 살아갈 수 있었다. 자신이 동생을 돌보는 것이 아니라, 동생이 있기에 자신이 살아갈 수 있는 것이다. 동생이 없었다면 자신도 없었다.

몇 걸음 걸었을까.

마침내 호은이 다시 입을 열었다.

"어디까지 왔나."

"흑… 흑……."

울기만 하는 동생에게 호은이 따듯한 목소리로 입을 열었다.

"어디까지 왔나."

"흑, 사… 사부 앞까지 왔지."

호진의 울먹거리는 목소리와 누군가의 따듯한 웃음소리가 들려왔다.

"하핫, 다 큰 놈들이 애처럼 놀기는."

울음 섞인 웃음의 주인공은 사부였다.

6장

제1화 두 개의 객잔

하남성에는 객잔이 하나 있다. 관도 한가운데 위치한 객잔의 이름은 서호객잔으로, 늘 한적한 곳이었다.

도시도 아니고 길가 한가운데 있는 객잔이 어찌 복작일 수 있겠는가! 그저 지나가는 길손이 하룻밤 유숙코자 찾아올 뿐이었다.

그러나 이 객잔이 붐비지 않는 이유는 또 하나 있었다. 객잔에 묵은 손님이 제대로 걸어나간 경우가 거의 없기 때문이었다.

무림인이라면 모르지만 일반 양민이라면 객잔에 든 이후부터 고난의 연속이라고 보면 되었다.

"그나저나, 손님이 없구만."

"시국이 이럴진대 누가 여행을 떠나겠소."

수염을 제멋대로 기른 장비와도 같은 사내가 투덜투덜거렸다.

"정파에서는 사악한 마교가 사람들을 학살하고 있으니 조심하라 하고,

마교에서는 정파의 압제에서 사람들을 구한다 하고… 것, 참. 변명들은
참 좋더이다."

투덜투덜거리는 내용은 별것 아니었지만, 꼭 앞으로도 장사가 안 될
거라는 것을 예언하는 것만 같다.

불쾌해진 사내가 크게 외쳤다.

"시끄럽다, 이놈!"

"틀린 말이 아니잖소. 뚫린 입으로 말도 못하시오."

야비하게 생긴 사내가 눈을 가늘게 떴다. 더 이상 말한다면 크게 혼쭐
을 내줄 참이다.

"몇 마디만 더 지껄이거라. 그 입을 꿰매 버리게."

"하라면 못할 줄 알고. 시국이 이처럼 불안하단 말이오, 시국이."

"오냐. 조금만 더 해라."

"눈이 있으면 보시오. 아직 크게 한판 벌이지 않았다지만 마교와 정파
무인은 만나기만 하면 한 쪽이 죽을 때까지 싸우고 있다오. 낭인들은 마
교도로 오해받거나, 정파로 오해받으면 바로 목숨을 잃는 실정이고. 일
반 양민도 첩자일까 싶어 마구 학살한다 하더이다."

"……."

"관에서는 뭘 하는지… 에이, 미친놈의 세상."

물론, 관아에서 움직인다면 가장 위험한 곳 중 하나가 이 객잔이다. 하
지만 관아에서 안 움직인다면, 이 작은 도둑들은 생계가 위험해질 것이
다.

"그래도 세류소선께서 계시니 손님이 아예 없지는 않을 거 아니냐!"

"세류소선? 아아, 그분? 그래, 진정한 협객이 났다고 강호가 떠들썩한
그분 말이오?"

"그래, 그분 말이다! 요 며칠 전에는 산적들을 훈계해서 집으로 돌려

보내고, 마두들과 인면수심의 정파 무림인들을 혼내주고, 도둑도 잡아주고, 벼랑에서 떨어질 것 같은 어린아이도 구해주고…….”

“그걸 믿소?”

“…….”

믿기에는 너무나 허황된 말이었다. 하지만 세간에 그렇게 알려졌으니 어찌 다른 말을 할 수 있겠는가!

“아예 처음부터 이상했지. 호북성에서 아이들 납치되는 걸 막아주고, 마교에 침입해 장로들을 싸그리 죽이고, 천하제일가를 구원하고… 또 뭐 있더라? 아, 그래. 사천에서 교주도 물리쳤다 그랬지?”

“그뿐이냐! 장강에서 용권풍으로 사람들이 모두 죽을 뻔했는데, 그분이 호풍환우하여 용권풍을 막아냈다 하지 않으셨느냐!”

자랑스럽게 야비한 사내가 중얼거렸다. 그런 사람이 있으니, 여행자가 있고 여행자가 있으니 그 주머니를 털어 자기 같은 마두들이 살아갈 수가 있다.

그분께 자신들이 걸리지만 않는다면, 그분은 참으로 훌륭하신 분이신 것이다.

게다가 장강에서 폭풍을 막아내신 후로는 세상을 떠돌아다니며 협객행을 펼치고 있다고 하니, 신선을 뵙고자 여행하는 사람도 제법 생길 것이다.

“쯧쯧, 헛소문에 그렇게 물들다니, 형님도 참 순박하오?”

“…….”

“뭐, 어쨌든 이런 세상에 돌아다니는 사람이 있다면 그 사람이야말로 금테 두른 사람이지.”

야비한 사내의 얼굴이 붉으락푸르락해졌다. 끝까지 나불나불거리는 것을 보니, 드디어 위계질서에 대해 설명해 줄 때가 된 듯하다.

"거기 가만히 있거라. 잡히면 네놈을……."

"계시오?"

한바탕 소란을 피우기 직전이었다. 누군가 대단히 딱딱해 보이는 사람이 문을 열었다.

두 사내는 물끄러미 그를 바라보았다.

"아, 소, 소, 손님이시구려!"

"손님이다!"

객잔의 사내들은 기묘한 웃음을 흘렸다.

"헛헛헛, 어서 들어오시구려! 일행이 더 있소?"

"있소."

무표정한 사내가 객잔 안으로 들어왔다. 그 뒤로 거지 한 명과 노인 한 명, 그리고 두 명의 소년소녀들이 들어왔다.

"오오, 이렇게 손님이 많이 오다니! 이런 행운이 있나!"

행운이다. 이제 곧 저들의 은자 및 구리들은 모두 자신의 차지가 될 것이다.

"얼른 앉으시오. 하하핫!"

거한이 웃음을 터뜨렸다. 피곤해 보이는 얼굴을 한 일행들이 천천히 걸음을 옮겨 앉았다.

"시국이 어수선한데, 이렇게 돌아다니고 계신 걸 보니 무공이라도 익히신 분인가 보구려?"

"…그렇소."

짧게 운풍자가 중얼거렸다. 그는 무표정한 얼굴로 객잔의 좌석으로 다가가 섰다. 그리고 소년이 자리에 앉아, 그제야 자신도 앉는다. 아마도 호위인가 보다.

'호오, 부잣집 도련님이 이럴 때에 여행을 떠나셨나 보군.'

“하핫, 얼른 차라도 내어오리다.”

야비한 사내는 부엌으로 걸음을 옮겼다. 부엌에는 거대한 거도가 있다. 손님들은 거도에 머리를 잃거나 머리 대신 돈을 잃게 되리라.

식탁을 바라본 운풍자는 한숨을 내쉬었다.

“으흠······.”

“으음······.”

따라서 추걸개도 한숨을 내쉬었다. 몹시 피곤한 모습이었다.

“식탁 꺼지겠다, 만두.”

“네놈이 상관할 바가 아니야. 천하를 뒤엎일 위기에 한숨이 나지 않을 수 있겠느냐. 하물며, 마선이 우리를 노리고 있는데 흔적을 이리도 많이 남겨두었으니······.”

“그만 하시지요.”

운풍자가 말을 막아섰다. 청명은 조용히 눈을 끔뻑거렸다.

위기는 시시각각 다가오고 있었다. 정사대전은 이미 열렸다. 선봉대가 큰 피해를 입고 돌아왔다는 것은 이미 잘 알려진 사실이었다. 적도들이 사천으로 모이고 있고, 정도에서는 새로이 구원군을 모집하겠다 난리였다.

그러나 청명은 적덕선이 되겠다 마음을 먹었다.

덕을 쌓는 신선. 사람들을 이롭게 하는 신선이 되겠다는 뜻이었다. 그래서인지, 황급히 전쟁으로 인해 위기에 처한 사천으로 달려가야 할 텐데도 여전히 느긋한 행보를 보이고 있었다. 많은 사람들을 도운 것이다.

그리고 악인들을 계도했다.

“어쨌든, 한발 앞서 사천으로 가야 하오. 마선을 해치우기 전에 필요한 것은 바로 그것이 될 거요.”

“하나가 중요하다고 다른 하나가 중요하지 않은 것은 아니에요. 무릇 보이지 않는 것을 볼 때에야 진정으로 중요한 것이 무언지 알 수 있게 되지요.”

청명이 부드러운 미소를 지으며 말했다. 최근 들어 탈속한 기운이 조금 더 심화된 청명이었다. 이제는 진짜 신선이라고 해도 믿을 만하다. 물론 아직도 언동에 있어 독특한 점이 많지만 말이다.

“하늘의 때는 서두른다고 일찍 오지 않으니, 할 수 있는 일을 먼저 함이 옳아요.”

청명은 조그맣게 중얼거리고는 제 말이 맞다는 듯 고개를 끄덕였다. 추걸개는 한숨을 내쉬며 고개를 슬쩍 저었다.

“그런데… 잡스러운 기운이 느껴지는데?”

“그렇군요.”

흠칫.

주방 뒤에 있던 두 명의 사내가 움찔했다. 대화 내용을 들었을 때부터 그들의 얼굴은 사색이 되어 있던 중이었다. 정파가 어떠니, 위기가 어떠니 하고 있지 않은가!

둘은 재빨리 시선을 교환했다.

“벌써 들켰으니… 얼른 나오너라.”

“이야아아아!”

들켰다면, 살아남을 수 없다. 상대가 고수라면 특히 그렇다. 그럴 바에는 한번 부딪쳐 보는 게 낫다.

두 사내는 비명을 지르며 도를 들고 달려들었다.

“모두 무릎을 꿇어라! 그렇지 않다면 본좌의 도를 맛보게 될 게야!”

“……”

운혜는 귀찮은 듯 고개를 저었다. 추걸개 역시 마찬가지였고, 귀곡자는 한숨을 내쉬며 시선을 돌리고 객잔 밖을 바라보았다.

심지어 운풍자마저도.

오로지 청명만이 걱정스러운 얼굴로 일어설 뿐이었다.

"마음에 살기를 품으면 안 되는데……."

"이런 꼬마 놈이 무슨 소리를 하는 게… 으헉?"

사내는 말하다 말고 비명을 질렀다. 손이 움직여지지 않은 탓이었다. 손에 쥐고 있던 도는 공중에 떠 못이라도 박아놓은 듯 움직이지 않았다. 움직이려고 온갖 힘을 주어봤지만, 전혀 움직이지 않는다.

청명은 걱정스러운 어조로 한 번 더 중얼거렸다.

"그러면 안 돼요."

"보… 본좌가 카… 칼 맞을… 보… 보여주지 않을 테니… 이대로 가기만 하면… 그러니까… 살려는 줄 수 있소."

청명은 곧은 시선으로 두 사내를 바라보았다. 그 시선을 본 사내들의 몸이 딱딱하게 굳었다.

소년의 눈에서 나오는 파사진기 탓이었다. 마음에 악을 품었으나 그 속에서는 한가닥 정기도 숨어 있던 것이었다.

올곧은 시선의 소년이 자신을 바라보며 한마디, 한마디 말하는 것이 모두 마음속으로 파고들었다.

"무릇 욕은 화를 부르는 법이니, 욕심을 품으면 안 돼요. 많이 가지려 하면 반드시 잃게 되는 법이랍니다."

청명은 사천에서 보았던 돼지를 생각했다.

"그러면 돼지가 돼요."

"예, 알겠습… 예?"

마지막의 황당하다는 시선이 청명을 향했다. 청명은 제 말이 맞다는 듯 고개를 끄덕거렸다.

"돼지가 되면 뚱뚱해져요."

"예, 예… 그렇습죠."

황당한 시선이 청명을 향했다.

*　　　*　　　*

사천성에도 자그마한 객잔이 하나 있다.

한때는 명물로까지 소문났던 이 객잔은, 구경거리가 모두 사라진 이후에도 꾸준히 손님을 모으고 있었다.

이 객잔의 주인은 희한하게도 머리칼이 백발인 여성이었다. 그녀에게는 딸이 있고, 정혼을 약속한 사내도 있었다.

문제는 그 사내가 너무나 뛰어난 인물이라는 점이었다.

그는 바로 사천 당가의 소가주, 당유성이다.

그 둘이 어찌 연인이 되었는가는 아무도 모른다. 그저 소문만이 약간 남아 있을 뿐이었다.

소문은 이렇다. 당유성 공자께서 객잔의 여주인에게 홀딱 반해 그 뒤를 줄줄 쫓았고, 신분의 차이 때문에 부담을 느낀 여주인이 구애를 거절했다고 한다.

그러나 당유성 공자는 그 여인을 포기할 수 없었고, 계속된 구애가 거절당하자 결국 강제로 합궁을 하였다 한다.

그 여인은 혼인도 전에 아이를 낳아야 했고, 쌀이 익어 밥이 되자 당유성 공자는 안심한 채, 이제나저제나 혼인날만 기다리고 있다고 한다.

극악무도한 남자가 되어버린 당유성과 청순가련하고 기운없어 겁간에 가까운 합궁을 당했다고 알려진 관가연은 그 소문을 몹시 즐거워했다.

물론, 한쪽만.

"얼굴을 들고 다닐 수가 없어……."

"호호홋! 너, 너무 웃… 호홋!"

"웃지마, 할머니 같은 머리를 해서는."

"호홋, 이, 이번만큼은 할머니라고 해도 봐줄게요. 호호홋!"

가연은 신이 나서는 웃고 있었다. 그런 가연을 보며 투덜투덜 대고 있던 유성의 얼굴에도 웃음이 어려 있었다.

사실 요 몇 주야간, 유성은 한번도 웃어본 적이 없었다. 그 사실을 잘 알고 있던 가연은 억지로 웃는 듯한 유성의 얼굴을 보고는 웃음을 거두었다.

"…웃기긴 한데… 웃고 싶은 기분은 아니지요?"

"응. 다른 건 모르겠지만 아무래도 겁간했다는 건 너무하잖아. 아직 합궁도 못했는데……."

"그거 말고요."

유성은 웃음을 지은 채로 가연을 올려다보았다. 가연의 얼굴이 살짝 어색해졌다.

"왜… 그런 눈으로 봐요?"

"걱정해 주는 거야?"

"예."

이제는 제법 당당해진 가연이 고개를 끄덕였다. 유성은 피식 웃었다.

"하긴… 안심할 상황은 아니야."

안심할 상황이 아니라 아주 불안한 상황이었다. 가연이라면 사족을 못 쓰던 유성이 보름간이나 얼굴도 비추지 못했을 정도였다.

"가연, 정말 피하지 않을 거야?"

"네."

가연은 고개를 끄덕였다. 유성은 심각한 얼굴을 지었다.

"아무리 이 가게가 처형의 가게라지만 관매의 목숨도……."

"굳이 그것 때문만은 아니에요."

빈 찻잔을 주워들며 가연이 대꾸했다.

무인된 자의 아내는 언제나 낭군의 목숨을 걱정해야 한다. 언제 어디서 누구의 칼에 목숨을 잃을지 모른다. 밤이면 밤마다, 낭군의 얼굴을 바라보며 한숨 짓는 것이 바로 무인의 아내다.

물론, 당가나 남궁세가처럼 거대한 세력을 이룬다면 크게 걱정할 일은 아니다. 그 정도 세력을 이루었으면 생명에 지장이 있을 일은 거의 없다. 거기에 소가주쯤 되면 자살이라도 하지 않는 이상은 죽을 일이 없다 할 수 있으리라.

그러나 지금과 같이 정사대전이 벌어진다면 상황은 크게 다르다. 커져 버린 세력만큼이나 명예도 높아져, 터전을 버리고 도주하는 비겁한 행동 따위는 할 수 없게 된다.

전멸하거나, 혹은 승리하거나 둘 중 하나다.

'그런 상황에… 나 혼자 피할 수는 없지.'

"어떤 상황이 와도 난 객잔에 있을 게요. 힘들면 찾아와요."

"소연이는 어쩌고?"

"……."

가연의 얼굴이 어두워졌다. 자신의 욕심 때문에 자칫하면 소연이도 위험하게 된다.

"맹이, 아니, 신선님께 보낼까 생각 중이에요. 당신이 조금만 힘 써준다면 무림맹인가? 그곳도 좋고요."

소연을 살려야 한다는 데는 이견의 여지가 없다. 소원의 샘물이 어떤 맛인지 아직도 기억하고 있다. 그런 아이를 버릴 수는 없다.

하지만, 자신이 품에 안고 키워봐야 객잔 여주인만이 될 뿐이다. 물론 유성에게 맡기면 당가의 독녀가 되기도 하겠지만 딸을 무림의 여걸로 키우고 싶은 생각은 더 더욱 없다.

그렇다면 차라리 더 좋은 공부를 시키는 게 어떨까 싶다. 물론, 무공 말고.

"뭐, 어디 서원이라도 보낼까요? 잘하면 사위도 괜찮은 놈으로 물어올지도 모르잖아요."

"사위?"

유성의 얼굴이 떨떠름해졌다. 곧 그는 상상할 수 없다는 듯 고개를 거세게 저었다.

"안 돼. 벌써부터 사위라니. 어떤 놈이든 데려오기만 하면 나는 그 녀석한테 독을 먹여 버릴지도 몰라."

"품에 싸고돌지 말아요, 안 그래도 버릇없어지고 있으니까."

대수롭지 않게 대답하며 가연이 중얼거렸다. 위험이 시시각각 다가오는 상황과는 어울리지 않는 소소한 이야기였다.

"그래야지? 어차피 평생 데리고 살 것도 아닌데."

"그러니까요. 그런데 말하고 보니, 사위가 누가 될지가 궁금한데요?"

유성은 밖에서 많이 힘들 것이다. 집에서만큼은 작은 위안을 찾게 해주는 것이 좋으리라. 가연은 농을 주워섬겼다.

"그래도 지금은 일러."

"호홋."

"그나저나, 선인께서는 다시 한 번 들러주지 않으시려나? 소연이가 어제도 명이 오라버니 이야기를 하던데……."

드르륵—

유성이 중얼거릴 즈음이었다. 문이 열리는 소리가 들려왔다. 그리고 조금은 한산한 객잔을 둘러보는 노인의 눈동자가 보였다. 그 뒤로도 몇몇의 허름한 노인들이 들어온다.

"어서 오세요, 어서 오세요!"

가연이 얼른 문가로 달려갔다. 자리를 안내하기 위함이었다. 제일 앞에 서 있던 작고 쪼글쪼글한 노인이 근엄하게 고개를 끄덕였다.

"좋은 곳이군. 자리로 안내해 주게."

"예, 이쪽으로 오세요."

노인은 가연의 뒤를 따라 걸었다. 그 뒤로 뚱뚱한 노인 하나와 이야기 속에 나오는 산신령 같은 노인, 늙었지만 현숙한 노파가 걸어 들어왔다. 제일 뒤에 몹시 초췌한 청년이 들어왔다.

가장 늦게 들어온 청년을 바라보며 뚱뚱한 노인이 외쳤다.

"네 녀석이 먼저 들어와서 자리를 잡았어야 하는 게 아니냐!"

"죄, 죄송합니다!"

"에이, 요즘 젊은것들은 너무 게을러."

혀를 끌끌하며 뚱뚱한 노인이 자리에 앉았다. 자리에 착석한 산신령 같은 노인이 근엄하게 가연을 바라보았다.

"간단하게 소면이나 네 그릇 부탁함세."

"예. 얼른 차를 내오지요."

바람처럼 가연이 주방으로 사라졌다. 활기찬 여인을 바라보며 뚱뚱한 노인이 중얼거렸다.

"머리가 하얗다니, 신기한 처자로세? 마치 흡기라도 당한 것 같구려."

"음… 자연적으로 나올 법한 머리는 아니지요."

산신령 같은 노인이 대꾸했다. 현숙한 노파는 고개를 살짝 갸웃했다.

사실 이들은 마교의 사장로였다. 호북성에서 얻은 밀서를 펼친 후 바로 밀서에 알려진 장소로 달려온 것이었다.

밀서를 운반하던 비화대주 기경식이 자신들을 죽이려 하지 않았다면, 그리고 밀서를 해독할 수 있는 전대의 지화당주 천기신사 경추추가 없었다면 불가능한 일이었을 것이다.

"아차, 이 녀석 걸 시키지 않았군."

소면 네 그릇은 모두 장로들의 것이었다. 무심결에 비화대주의 것을 잊고 있었던 경추추가 얼른 가연을 불렀다.

"저기— 미안하네만 소면 한 그릇을 추가해 주게!"

멀찍이서 알겠다는 대답이 들려왔다.

"예, 알겠습니다!"

예전에는 가까이 오지도 않고 지껄이는 점소이의 머리통을 박살 내어 놓았을 것이다. 그러나 최근에는 오히려 그런 소소한 분위기가 더 마음에 들었다.

"가, 감사합니다."

몹시 기죽은 어조로 비화대주가 중얼거렸다. 기경식의 얼굴 여기저기는 시퍼렇게 멍이 들어 있었다.

얼마 전, 호북성에서 노인들을 죽이고자 나타났던 기경식은 오히려 제가 죽을 뻔했었다. 가장 작고 쪼글쪼글한 노인이 먼저 돌멩이를 툭 던지더니, 천하가 뒤집혀 자신은 하늘을 밟고 있어야 했다.

그 다음에는 신선 같은 노인이 밭에서 생강 줄기를 뽑아 신묘한 검술로 자신의 뺨을 마구 후려치더니, 급기야는 뚱뚱한 노인이 손짓하자 기침만 양껏 하다가 잡혀 버리고 말았다.

눈물 콧물을 줄줄 흘리고 있는데, 작고 쪼글쪼글한 노인이 다가와 품을 뒤지더니 밀서를 꺼내갔다.

‘미륵이시여……’

비화대주는 저도 모르게 미륵을 불렀다. 하지만 미륵은 대답하지 않았다.

“뭘 그리 생각하느냐, 이 녀석아!”

뚱뚱한 노인이 비화대주의 뒤통수를 후려쳤다. 비화대주는 억울한 얼굴로 고개를 숙여야 했다.

“그나저나, 이제 곧 사건이 시작되겠구려, 양 형.”

비화대주를 보다 못한 것일까. 곽여휘가 느긋하게 입을 열어 양태승을 불렀다.

밀서에는, 사천을 친다고 나와 있었다. 무릇 백련교도된 자로 교의 행사를 방해하고 싶은 마음은 없지만, 그들은 교주 위에 오롯이 서 있는 한 명을 더 알고 있다.

마선. 그는 스스로를 마선이라 칭했다.

“그렇다면 천선께서도 이리 오시겠지요?”

“그거야 모르지요. 하오나, 천하가 흔들리는데 가만히 계시지는 않을 것이 분명하외다.”

곽여휘의 말에 경추추가 대꾸했다. 그의 안색은 심각했다. 자신이 뭐라고 감히 정사대전의 중앙에 들어왔느냐고 묻는다면 할 말은 없다. 그렇다고 가만히 있을 수도 없었다.

도(道)의 끝자락이라도 본 이상은 할 수 있는데 만큼은 해봐야 했다.

문득 해맑은 얼굴로 도에 대해 강론하던 선인의 얼굴이 떠올랐다.

“허허헛.”

경추추는 속절없이 웃음을 터뜨렸다. 그 웃음에, 옆에 서 있던 설수진이 고개를 갸웃하며 손을 휘저었다.

왜 웃나요?

"허헛, 별거 아니라오. 문득 그분의 모습이 떠오르지 뭐요. 청명이라
는 도호만큼이나 맑았던 웃음 말이오."

나도 다시 뵙고 싶어요.

설수진이 곱게 미소를 지으며 눈가를 가리켰다. 경추추는 고개를 끄덕
거렸다.

"그 웃음만 떠오르오? 으하핫! 나는 무공을 연구한답시고 모여 앉아
무론을 나눌 때에 그분의 안색이 파리하게 질리는 것도 생생히 떠오른다
오!"

"허헛, 비무할 때는 어떠했는지."

곽여휘의 마지막 말을 끝으로 잠시 이야기가 멎었다.

객잔의 여주인이 찻잔을 들고 앞에 서서 의구심 어린 얼굴로 그들을
바라보았던 것이다.

"무, 무슨 이야기 중이신가요?"

"음? 허헛, 처자가 알 만한 이야기가 아닐세."

양태승이 너털웃음을 터뜨리며 고개를 저었다. 하지만 가연의 얼굴은
너무나 심각했다.

"호… 혹시… 신선에 관한……."

멈칫.

네 명의 노인의 얼굴이 딱딱하게 굳었다. 그들은 굳어버린 채로 서로
눈짓을 교환했다.

곧 경직되었던 노인들의 몸이 풀렸다. 양태승은 수염을 벅벅 긁으며
손가락끼리 부딪쳤다. 살짝 독을 끌어 모으는 것이다.

곽여휘는 배를 어루만지는 척하면서 검을 부여잡았고, 경추추는 소매
에 손을 넣었다.

“처자가 그를 어찌 아시는 게요?”
“그건 우리가 묻고 싶소만.”
가연의 뒤에서, 유성이 걸어나왔다. 그의 눈은 날카로웠다.

『우화등선』 6권에 계속…